西行记

周涛 作品

南方出版传媒
花城出版社
中国·广州

图书在版编目（CIP）数据

西行记 / 周涛著. -- 广州：花城出版社，2019.1
ISBN 978-7-5360-8793-4

Ⅰ．①西… Ⅱ．①周… Ⅲ．①长篇小说－中国－当代 Ⅳ．①I247.5

中国版本图书馆CIP数据核字（2018）第270837号

出 版 人：詹秀敏
责任编辑：文　珍　周思仪　周　飞
技术编辑：薛伟民　凌春梅
封面设计：棱角视觉 ANGULAR VISION

书　　名	西行记 XI XING JI
出版发行	花城出版社 （广州市环市东路水荫路11号）
经　　销	全国新华书店
印　　刷	广东新华印刷有限公司 （广东省佛山市南海区盐步河东中心路23号）
开　　本	880毫米×1230毫米　32开
印　　张	8.75　2插页
字　　数	190,000字
版　　次	2019年1月第1版　2019年1月第1次印刷
定　　价	35.00元

如发现印装质量问题，请直接与印刷厂联系调换。
购书热线：020－37604658　37602954
花城出版社网站：http://www.fcph.com.cn

楔　子

　　所谓生活，无非就是说生命活过的地方，时间和地点。它们曾经存在过，然后消失，无影无踪，留不下多少痕迹。大部分生活都看起来毫无意义，平淡无奇，琐碎平庸，过去就过去了，像一些垃圾，毫无价值地堆积在人的记忆里。有谁会认为自己的经历就是传奇呢？没有，人们都会觉得自己的生活和别人大同小异，不管你吃了什么，屙出来的都差不多，谁也尿不出葡萄酒，屙不出珍珠玛瑙来。

　　这些"垃圾"堆积在那里，尘封在记忆中，任凭岁月的风尘一层一层地覆盖，历史的霜雪一遍一遍地淹没，渐渐被遗忘，偶尔被提起，却因为没有任何价值，而被扔得更远。

　　它们，这些"垃圾"早就死了。

　　它们就像兵马俑一样，站立、列阵，有面型，有表情，但是永远发不出声响。这些时间的殉葬品，谁能让它们活转过来，告诉你它们经历过的事物呢？谁又能想到，这些被深厚的土壤埋葬了的各种生活的"垃圾"，有时候像种子一样，反而在埋葬中获得了生存的机会呢？

　　在东后街上，有一个70多岁的退休老人，白发苍苍，神采奕奕，耳朵有些聋，身体还行。他自称是"一头老狼的身体，铜头铁脖子，麻秆腿豆腐腰"，擅长长途奔袭，不善于短促突击。现在他最大的本事是"能吃能睡"。他有个小小的爱好，就是喜欢翻拣他那些记忆的地下室里堆积的旧垃圾。翻来拣去，找不到一件稍微有点儿价值的东西，他写不成回忆录，也没有什么物件值得留给后人。太平常了，我能有的别人都有，别人能有的我不一定有。就这么回事儿，剩下的就是混吃混喝，等死了。纵有千年铁门槛，终须一座土馒头。还翻拣个什么劲儿呢？

终于有一天晚上，这个不死心的老头做了一个梦。这个梦不同寻常，就好像那些种子发芽、生根、挺枝、长叶一样，他的尘封的记忆忽然被唤醒了似的，又活过来了。那些人，那些事，拂去尘埃，现出面目，一个接一个从地下室里走出来了。过去的普普通通的日子，突然一下凸现为生活。过的是日子，写出来就成了生活。过去的那些稀松平常的人和事，在梦里活过来，变得忽然具有了各自的意义。他们都好像在说："写呀，为什么不写呢？可以写一本书，书名都摆在那儿了。"

这个梦真真切切，点化了他，一梦点醒了现实中的人。他醒来之后，老是在想着这个梦，坐卧不安，反复思量。他顺手翻开莎士比亚的书，想寻找一点感觉，果然，一段话自己跳进他的眼睛："在这风雨飘摇、国家多故的时候，我们惊魂初定，喘息未复，又要用我们断续的语音，宣告在辽远的海外行将开始新的争战。我们决不让我们的国土用她自己子女的血涂染她的嘴唇；我们决不让战壕毁坏她的田野，决不让战马的铁蹄蹂躏她的花草。那些像扰乱天庭的流星般的敌对的眼睛，本来都是同种同源，虽然最近曾经演成阋墙的惨变，今后将要敌忾同仇，步伐一致，不再蹈同室操戈的覆辙；我们决不再让战争的锋刃像一柄插在破鞘里的刀子一般，伤害它自己的主人。"

他觉得这些话说的就像那时候,地方也像是那个地方。时间开始倒退回去,四十多年啊,走过来很漫长,很漫长,可是倒回去,只需一秒……那些四十年前发生在喀什噶尔的陈年往事,就这样渐渐地在他的脑袋里面呈现出来,演电影一样——当然,是黑白片。

虽然是黑白片,却不是卓别林时代的哑片。整部片子里都配着音乐,十二木卡姆是贯穿全剧的基调,时而忧郁、悲凉、舒缓,时而高亢激扬,如同沙漠风暴;其中穿插着《黑眼睛》(喀拉快孜)和《牡丹汗》那样深情迷人,恍若仙曲的爱情民歌,还有那支每与闻之必会催人泪下,涤荡肺腑的《塔里木河》……

是这样,正是这样,演出从回忆中开始,从头至尾,伴随着的是喀什噶尔独有的那种音乐。回忆,常常是因为音乐诱发的……就像一不小心碰响了一个琴键,然后引发出全套的十二木卡姆。

正是这样,"所有的文学都是作家的自叙传"。谁说的?郁达夫说的。

这次又让他说对了。

如果命运给了一条看起来让你绝望的路,那也没准儿是好事呢。它只对那些它特别看得起的人,才会这样安排。命运如果让你一开始就顺顺当当、叮叮咣咣,你就要小心喽,这条路走下去往往是通向平庸,一事无成。如果荆棘丛生、危崖险途,你也不要绝望,更不要自杀轻生,从无路之路上走出来的,往往通向意料不到的结局,那结局无非是两种可能——不是让命运毁了你,就是你改变了命运。

一

1972年的春天,有两个倒霉蛋呆立在那里。

一个大约有一米八,另一个也是。一个瘦、白,另一个壮、黑。瘦、白的那个似乎想说话,但一时又找不到话可说;壮、黑的那个好像更沉得住气,根本就不想说话。

那个春天的天气阴郁愁苦,灰色的云层看起来又腻又黏,像一块脏抹布,散发着洗碗布的霉味儿。地面上一些积雪化了,另一些还堆着。化了的地方一片泥泞,略高处拱出几块干地,看起来就像长了牛皮癣的皮肤,让人恶心。周围的行人稀稀拉拉,衣衫昏暗,面无表情,低着头寻找路面上可以下脚的地方,像几只迟疑的老鼠,时走时跳。

一切都暗合并增强了愁苦绝望的心境,那个1972年的春天。

姬书藤和哈皮当时正站在克孜勒苏驻乌鲁木齐办事处的土院子里,等候开往南疆的班车。等车的人不多,散落在院子里,彼此都不认识,谁也不敢先放下警惕。那个早晨的空气里饱含着一种凄凉和无奈,就像一头待宰的牛眼睛里看到的那样。命运一下子把人推到了一个挂满了蝙蝠的未知洞口,只说了一句"去吧,这就是你的前途"。

他俩站在这个人生的起点上,听天由命,有一种彻底失败后的沉静,谁也找不出可说的话,无话可说了,呆若木鸡地默默站着,仿佛都在思考着什么。其实他俩的脑子里什么也没有思考,完全是一团乱麻,一片混乱,毫无头绪,失去了思考力和判断力,就像被宣判了死刑的人,脑子里只剩下一个念头在回荡:"这辈子算完了。"

姬书藤和哈皮都是少年时随着父母到了新疆的,他是从北京来的,哈皮是从武汉来的。他俩十八九岁考上同一个大学,同班同座同一个宿舍,一起打球、游泳、唱歌、朗诵诗,也曾无忧无虑生活充满阳光。然后经历了"文化大革命"的狂风暴雨、电闪雷鸣,虽然赢得一片迷茫,却有幸没有夭折在枪炮声里。之后到了部队农场再教育,熬过了一年囚徒似的苦役,终于苦役结束了,却被分配到南疆——一个比边远更边远、比艰苦更艰苦的地方。

正是在这个鬼起点上发生的事,全都莫名其妙,不可思议,荒诞无聊却又让人终身难忘,终身难忘却又谁也不愿意提起——因为提起这些破事除了让人沮丧之外毫无意义。

那天只有一个人前来送行,刘西骑了一辆二六型自行车兴致勃勃地出现在这个土院子里。刘西的爹是个老红军,农垦厅的厅长,人称刘聋子。这个1929年参加革命的刘聋子,是江西永新县的人,那时闹红,一伙子年青人一起出来了,什么姜驼子啦,毛矮子啦,贺圆头啦,一帮子全出来了。谁知道他娘的这一下就走得远喽,跑到南泥湾种地也就算了,竟然跑到新疆来了!"什么叫革命?革命就是要命!"刘聋子说,早知道跑到新疆来种地——农垦厅长不是种地的吗?种荒地的——还不如在永新老家种地呢!

现在刘聋子的儿子刘西来了,他一来就大喊大叫。"这鬼地方怎么连口水也不给人喝啊？你、你去烧壶水去，顺便拿几个杯子来！"他指着屋门口立着的一个女人说。

那女人冷着脸，一声不吭进了屋，再出来时，没有拎水，带出来一个男人。"谁在这里闹事？"那男人凶道。

那女人指了一下。

"你是干什么的？跑到这里来撒野！"

"没有哇，要口水喝是撒野吗？"

"你是不是说了'这鬼地方'？"

"说了，怎么啦？这就是他妈的鬼地方！连口水都……"

话还没说完，那男人已经冲过去，一把揪住了刘的领子，紧紧卡住了刘的脖子。那男人看不太出年纪，动作很快，态度很凶，像30多岁人的动作，但是又像50岁人的面貌。

这下把刘西卡疼了，他先说了两遍"你放开！"，后面又说："你放不放开？"

不放，揪得更狠。

老红军刘聋子的儿子也不是吃素的，他身体壮实，喜欢滑冰，还喜欢在武斗时期冲锋陷阵。此时他毫不犹豫，身体后仰，收腹，腾出一条右腿来，朝对方的小腹一脚猛踹。

姬书藤在旁边看着。他没想到刘西的一脚力道这么大，那男人不但松了手，而且跌翻出去几米远，滚在地上捂着肚子大叫。看样子疼得要命，那女人一边跑过去扶他一边叫喊："这是办事处主任哪，肚子上刚刚动过阑尾手术哪，踢死人了呐！"

这两个男女在地上泼赖了一阵，突然那男人爬起来，说了声"你等着"便直奔他那屋里去了。刘西不在乎，等着就等着，看他还有什么本事。

姬书藤说："刘你快走吧，他可能抄家伙去了。"（他平常总把刘西简称刘。）

刘说，抄家伙吓唬谁呀，不动。

姬书藤硬推刘："快走！"

刘西不情愿地走，边走边回头。

那男人出来了，手里提了斧子追过去。

姬书藤一看，这还了得，要出人命了！哈皮当时呆在那里，像根木头一样一动不动。姬书藤赶快跟上去。刘跑到自行车处，回头看那男人提着斧子近了，一慌，车钥匙插不进去。那人到了跟前，抡起斧子，姬书藤从侧面冲上去，一把抓住。

这时刘的锁开了，跳上车走了。

刘走了，那男人揪住姬书藤不放了，"你们是一伙的，今天的班车不发了！"他是办事处主任，说不发就不发，这么僵持着一上午。姬书藤心想，这也不是个事儿，便灵机一动，想出个办法。他过去给那男人说，主任啊，今天的事你应该感谢我，是我救了你呀。

那男人牛气哄哄地说："你们是一伙儿的，我感谢你什么？"

"你心里清楚，不是我挡你一把，你今天要闹出人命来呢！你说你那斧子举起来了，倒是砍还是不砍？砍了，一个刚毕业的大学生，还不是一般的学生，那是老红军、农垦厅长刘聋子的儿子，今天就倒在血泊中。你不砍，你吓唬吓唬他，那是你吗？你想想，今天是不是我救了你？我给你免了一场大祸，免了一场死罪！你不谢我就罢了，还不让发车跟我们作难，有你

7

这么对待恩人的吗？你也是个不小的领导，老革命吧，咋能这么不通情理呢？"

那男人不吭声，歪着脑袋在想。

好说歹说，总算把那办事处主任的思想说通了，肚子不疼气也快消了，到了下午，终于同意发车了。哈皮在一旁叹气道："没想到去谁都不想去的南疆，也这么难。"

"唉，有什么办法，"姬书藤说，"你说全中国还有比咱们俩去的地方更边远，更落后，更倒霉的地儿吗？喀什噶尔，克孜勒苏，不是沙漠就是山，咱们的命咋就这么苦啊……"哈皮无语。

下午五点，大轿车终于出发了。

二

第二天，车行在一个戈壁滩上，缓缓停在路边。司机喊了一句"下车放水"，车上的满共八九个乘客，便下了车去撒尿。那天倒是阳光灿烂，照得戈壁滩上的石头白光闪闪。那个大戈壁一望无际，没有一棵树，连个灌木丛也没有，无遮无碍。高天阔地，蓝天白云，痛痛快快地撒泡尿也是很舒服的事啊，哈皮说："真想撒一泡洞庭湖那么大的尿，把这狗日的戈壁滩尿得长出原始森林来！"

姬书藤苦笑了一下，说那倒是解恨，可惜你没那个本事。尿完他目光一转，突然看到三十米开外一团奇异的白光，不是石头,那是一个女人的屁股。阳光下,那屁股像一大块羊脂玉,一块白鹅卵石,温润、纯净,银光闪闪,勾人魂魄。大戈壁正像它阔大、粗粝的底座,反衬出这块白玉的细腻温柔。仅只一眼,他就感到了强烈的刺激,刚刚尿完尿的家伙立即就有了反应。上车时,他特别注意了一下那个大白屁股的主人,是个穿着一身黑衣服的农妇,相貌平常,看过去起码在四五十岁了。他暗自发笑,心想自己也是荒唐得可以,怎么竟能在三十米开外,被一个撒尿的老农妇的屁股一下点爆了呢?后来他想了想,也难怪,20多岁的人了,以前从来没见过啊。之后很多年,他也参观访问了各式各样的美女屁股,但是都没有那个黑衣老农妇的屁股印象深刻。那个无名者的屁股,在戈壁滩上散发着生命的气息和撩人性欲的光芒。一个那么普通的老农妇,在她的黑衣服下面竟然暗藏着如此异光闪耀的羊脂玉!

她在三十米开外空旷的大戈壁上脱下裤子,开始有些羞涩、迟疑,露出白花花的屁股和大腿的后半部分,这时反而果断,不管不顾地解起来。一股女人的味道在姬书藤的想象中飘散过来,是身体的气息,女人味儿,令他心神荡漾,把持不住了片刻。

"女人!"他开始品哂、回味这两个字,阴晦郁闷的心里闪进来一线亮光。地狱里只要有女人,那么地狱也并没有想象的那么可怕,有女人的地方就可以生存下去。他肯定有些女性崇拜,原因不就是他正年轻吗?刚25岁;另外就是他家里只有兄弟没有姐妹,从小他就奇怪,每天从哪儿冒出来那些女孩啊?神秘得很,一到晚上全不见了,无影无踪。她们似乎永远是干净的、活泼的,有教养的,不屙不尿不放屁,不说粗话,不抠鼻屎,而且有相当一些还很聪明,学习成绩总是名列前茅。在相当长的一个时期,从小学到高中吧,他在她们面前有自卑感。他老是不能确定他在她们眼里是个什么样子,有时候他颇感自信、洋洋得意,一不小心又跌入自卑的深渊。

但是今天,他这种由于一个素不相识的黑衣农妇的白屁股诱发的女性崇拜,很快就被眼前的这个年轻女子粉碎了。姬书藤和哈皮正跟随着这个女子走在满地碎石的戈壁滩上,不远处是一个客房。天尚未晚,阳光仍然白花花地溅在戈壁滩上,那女子提着一串钥匙在前头走着,骄傲地昂着头,好像是个公主。她穿了一件雪白的新衬衣,当然还穿了一条蓝裤子。这一套可能是过去她从来没有穿过的全新的装束,使她这个刚刚从农村户口转成城镇户口的村姑变得土洋土洋的,傲慢、无礼,还有一种故意做出来的厌烦,好像所有的男人都想调戏她。

她用钥匙串上的一个钥匙打开门,用下巴朝里努了一下。这时,姬书藤和哈皮的四只眼睛同时都发现了,她的身上,那件白衬衣上,至少有十几处血点,有暗红的,有新鲜殷红的,全是臭虫血。再看那间破土房子,半个顶棚塌下来,已经挨上地了。两张破床,蒿草已经高过了床沿。墙本来不白,墙上到处都是斑斑血迹,全是臭虫血!

"这怎么住啊,就是个臭虫窝嘛!"哈皮忍不住喊出来,"恶心死了!"

"嫌恶心别住么,戈壁滩上没臭虫。"那女子撇着嘴扔下这么一句,头也不回地走了。

"真把自己当公主啊,"姬书藤把话朝她扔过去,"一身臭虫血,真是臭美到家啦!"人家理都没理。

"不过也难怪,这么个鬼地方,人家年轻、不丑,又穿了白衬衣,看见她的男人眼睛里都冒血,那还不成了公主了?"哈皮似乎并不介意。

"那让你娶了她,你干不干?"

"行啊,让你呢?"

"我?我会杀了她!"

说着,俩人翻看了一下各自的枕巾被褥,太脏了。叹了一口气,发愁了。

"今天晚上咋睡觉呢吗?没法睡。"

"哎,哈皮你知不知道,除了咱们两个,还有谁分到南疆了?"

"有啊,"哈皮说,"我知道的就有茹仙古丽和司马义·艾合买提江分回了喀什。茹仙古丽你知道吧?"

"八仙姑嘛,高个子,黧黑面孔,一看就是南疆农村出来的维吾尔族丫头,朴实得很。不过你要细看,黧黑面孔上的眉眼也漂亮着呢。我就故意叫她'八仙姑',她不生气,只是笑。"

"数学系的司马义·艾合买提江呢?你还有印象吧,当时是咱们天山公社的头头。"

"怎么不记得,个子不高,皮肤白白的,汉语说得南腔北调,有时候像河南话,有时候又有点像山东话,嗓音尖高,有组织能力,做事很投入。"

"对对对,就是他。"哈皮说。

"我印象最深的就是那次造反派的'星火燎原'要把咱们'天山公社'赶出学校,弄来一群彪形大汉拳打脚踢,就像虎入羊群。保守派哪见过这阵势,纷纷四散。司马义当时妄图稳住阵脚,在那儿高喊:'不要跑!大家不要跑嘛……'结果大家还是乱得像羊群一样收拾不住。"

"这就叫'炸营'了,"哈皮说,"完全没有思想准备,要不怎么叫'保守派',心里没有仇恨,连我这么壮的不是也跟着跑吗。"

姬书藤说:"后来在图书馆围住一个'星火燎原'的人辩论,那小子猖狂得要命,跳着脚口出狂言。我从他后面飞起一脚,不料这一脚准准踢在他的肛门上,半只脚都插进去了,隔着皮鞋都热乎乎的。那小子疼坏了,转了好几圈儿,哇哇乱叫。他也不知道究竟是谁踢的,回过头来,上去就给了司马义一个大耳光!"

"司马义没解释,偷偷看了我一眼,白白替我挨了打。"

哈皮说:"当时我也看见了,司马义这么做,确实够意思。我没想到他也分到南疆了。"

姬书藤苦笑:"人家是回家团圆,咱们是背井离乡,不一样呢。汉族就咱俩吧?"

哈皮"嗯"了一声不说话了。

越是往西走越绝望,这才走出去多远,就已经荒凉得不成样子。两人和衣坐在破床上。这时姬书藤和哈皮都深深体会到东和西这两个方向所代表的深刻含义。东是太阳升起的地方,西是没落荒凉的极地,向西一步就是离太阳的温暖、春天的生机远一步,宁往东行十里,不向西挪一寸。而他俩正向着西边的尽头走着。这才刚刚开始,还有遥远的路程等着他们。

"克孜勒苏是什么意思?"姬书藤冷不丁地问。

哈皮说:"红水。"他也没睡着。

"喀什噶尔呢?估计你也不知道。"

"好像是'顽固不化的人'。我也是听说的。"

姬书藤闷闷地想:"这两个地方,一个红泥汤子,一个顽固不化,现在正在远处,很远处,冷漠无情地、无动于衷地等着咱们,来不欢迎,走不拒绝,不知道等着咱们的究竟是什么?"

姬书藤问哈皮:"咱们这算不算'发配'?就像《水浒》里写的那些人,林冲啊,杨志啊那些人?"

哈皮说:"咱们这是'分配',不是'发配'。"

姬书藤说:"分到好地方、好单位的,那就叫分配;像咱们俩这样的,只能叫发配。"

姬书藤这天情绪低落到了极点,他弄不清班车走到哪里了,那些拗口的地名非常难记,而且他也从来没有听过。他估计是靠近塔克拉玛干大沙漠了,这个号称"死亡之海"的地方,完全名不虚传。一靠近它,天马上就变昏暗了,明明是上午,顷刻间就变成了黄昏。隔夜浓茶一样的天色里,预示着某种不安和不祥,就像一场大战之前的宁静和死寂。日如紫,有风赤如血。

大轿车小心翼翼地在这条砂石公路上爬行,像一只预感到危险的昆虫,它孤零零地一边前进,一边有些迟疑,似乎有些拿不准进退。这时候,担心的那个家伙来了,沙漠里的风暴好像是从云里降落下来的,它像掠食动物那样先是藏在云里,它推着云层慢慢靠近、移动,它把那些云染得浑黄,像打碎的蛋黄一样。然后，狂风从云端跳下来，一落地，飞沙走石，天昏地暗，一片混沌，立即给你端上一幅世界末日景象！

姬书藤和哈皮坐在后边的座位上，眼睛盯着车窗外。被风暴吹动的流沙，像泛滥的山洪暴发，从汽车的车轮下面奔泻而去。黄沙滚滚滔滔，奔流不息，车就仿佛行驶在一片浑黄的急流上，骇人而又壮观。风暴给了它生命，短暂而疯狂。

姬书藤盯着看着，看着看着，洪水幻化成了无数只在风中奔跑的狐狸，其中也有一些黄鼠狼，还有灰色的，像野兔子一样的茇茇草，团团滚滚，漫无边际，狂奔乱窜。有时慌不择路，一头撞在车轮上变成碎沙；有时瞅准时机，飞快地从车轮底下钻过去……他完全没有想到，沙漠风暴有如此巨大的魔力，把几百米高的沙丘一掌打飞，变成眼前的万花筒。

风在筛沙子，不厌其烦地筛呀筛呀，从这里移到那里，又从那儿移回来。就这么筛了几万年、几十万年或者更长？整个一个塔克拉玛干就是一座筛沙场，没有人烟，也少有飞禽走兽，只有风，在独自不停地筛呀筛！人们当然是讨厌这一套的，恨它，诅咒它。人们喜欢雨，不喜欢风，称它为"风魔"。风是太魔性啦，它不理睬，还是不停地筛沙子。"以人类的眼界和心胸怎么能理解我呢？"风心里清楚，这样漫长时空下的大规模工程，人类是理解不了的，难道自然界有徒劳的事儿吗？人类根本不知道，天行健，却从不做无用功，一切都是必须的，事物正在演化，它并不告诉你为什么。

极端低落的情绪这时反而开始好转，他感到了天地之间存在着的那股惊人的伟大力量，同时也朦胧地意识到自身命运的渺小、微不足道。

他对哈皮说:"你见过塔克拉玛干沙漠风暴这种疯狂劲儿吗?"

哈皮说:"没有,从没见过,比一万头雄狮猛扑过来还厉害!"

于是哈皮沉吟片刻,似乎有所领悟,他说:"古人说'置之死地而后生',咱们俩现在不正是置之死亡之海了吗?这才是真正的死地呢。也许不是坏事,豁出去了,不是在沙漠中被埋葬,就是在绿洲中崛起!"

姬书藤看着哈皮,心里暗暗惊奇。这个平时言语不多的同窗,内心有一股顽强的韧劲。外表看起来朴实、粗壮,能吃苦,肯出力;其实内里是相当聪慧的,他打篮球是主要得分手,唱歌几乎达到了专业水平,还写得一手娟秀得不像男人的毛笔字。他的内心和外形反差太大,就像是完全相反的两个人组装在一起了。这次毕业分配到南疆的两地州,姬书藤几近崩溃,可是哈皮就挺得住,他受得了。

姬书藤还是觉得有些苦中作乐,哈皮的豪迈诗情让他振作了一下,很快就泄了气。这也是一种阿Q精神,哪有什么"崛起"呦,只有一种结局,那就是被这个沙漠彻底埋葬。无声无息,尸骨无存,就像从没有到这个世界来过一样……想到这里,姬书藤感到一股彻骨的心寒。这是他的人生最不可承受的,埋没,埋没才是最可怕的,比死亡更可怕;他宁可早死也不愿意被埋没的长寿。

正想着,汽车又到了一个站,停下,司机说:"今天不走了。"

"师傅,"姬书藤问道,"今天咱们走了多少公里?"

"六十多公里。"

"怎么一天才走了六十多公里呀。"

"那离喀什还有多远啊?"

"七百多公里吧。"

"啊?还有那么远啊!……"

唉,喀什噶尔,你是个什么鬼地方呦,躲在天边地角,躲那么远干什么?存心不想让人找到!姬书藤想象中,这个顽固不化的喀什噶尔是个倔老头,留着长长的黑胡子,眼神固执无光,沉默不语,没有表情。他穿着一身袷袢,坐在一个台阶上,不知道脑子里在想什么。他像一个浸泡在历史溶液中的标本,他不说话,但有呼吸,你永远猜不透他的心思……今后,姬书藤将和这样一个地方打交道,他心情复杂,很不情愿,有一两分畏惧,两三分好奇,三五分沮丧,七八分茫然,十分失落和痛苦。他根本想不到,在这个完全陌生的古城里,将会有不少熟悉的人和事,构成他人生重要阶段的舞台和故事。

三

整整走了一个礼拜,一路颠簸熬人,屁股颠成八瓣,才终于到达了喀什噶尔。和姬书藤脑子里想象的相差不远,这个人口只有十来万的小城,是个地、市两级党政军机关所在地,城虽不大,水泥铺就的主要路段却十分宽敞,代表着十足的官方色彩。这条贯通全城的大道,有一点模仿北京长安街的意思,又宽又平，但是短，算是个短安街吧。马路上没有几辆汽车，显得大而无当，有些浪费。这在上世纪七十年代初已经相当豪阔了，与旧城区的那些狭窄的泥土小巷相比，简直是很不和谐，像是硬贴上去的。

喀什噶尔这座城，整体是土黄色的。这座离海很远离沙漠很近的小城，一年下不了几场雨，非常干燥；拥挤的居住区，全是用土坯和木材筑成，一片土黄色。街巷间、马路上永远落着一层黄土，只要一辆汽车开过去，空中就会弥漫起历久不散的黄尘。城边有座七里桥，桥下流泻的吐曼河水是浑红色的；它不像河水，像是日夜流淌的泥浆。那些旧城墙，染着岁月的沧桑，比黄土还黄；还有那些勉强像树的树，所有的枝叶上无一幸免地落着一层沙土，半绿半黄，望之苍老。古城，古得不能再古了，如果不是那条水泥铺就的"短安街"和几座新盖的百货大楼，那么你完全可以想象自己已经穿越了时空，走进了千年以前丝绸之路上的那座名城。

一切都不会有多大的变化。你看那些郊区进城的维吾尔族农民，光着双脚走在土路上，脖子上挂着一双靴子，肩头搭着褡裢。快进入这座城时，在路边的渠沟里冲洗一下脚，然后蹬上他的靴子迈步进城。你还看见一长串赶着毛驴车进城赶巴扎的外县农民，毛驴车上铺着毯子，坐着一家人，乐呵呵的满心欢喜。一辆车和一辆车连起来，只须最前面的一辆赶车就是了，完全像一列"毛驴列车"，悠然自得，潇洒风趣。

姬书藤猛然领悟："啊，今天是星期天呀！难怪这么热闹。"哈皮已经去了临近的克孜勒苏自治州的首府阿图什报到。阿图什离喀什很近，只有四十多公里，这个地方不但出来大名鼎鼎的赛福鼎·艾则孜,历代还出了不少的大商人和文化学者,所以阿图什也让人不可小看。现在,只剩下姬书藤一个人在喀什城里闲逛,他没有目的,也没有负担。在乌斯唐布依街这个热闹地方,制铜壶的匠人正叮叮当当敲打着他节奏鲜明并不断变幻的摇滚乐,旁边紧挨着卖热瓦普、艾捷克和手鼓的乐器店铺却毫无声响,静候买主。姬书藤暗自发笑,这也是维吾尔人的一种幽默吧,该响的不响,不该响的乱响,仿佛这条街上到处都有阿凡提的影子。

临街的饭铺前面,年轻的伙计是这么吆喝的:

哎,薄皮包子热抓饭,
我们跟前看一看。
哎——来嘛,朋友,
转一转,看一看,
坐一坐,吃一下,
薄皮包子热抓饭,
一吃一个不言喘。

正在这时,街对面有一对男女朝他走过来,这对男女非常特殊,鹤立鸡群,很容易被人注意到。他一眼就看出,那个身高近一米九的男子,是大学高他两级的王镰。王镰在学校时就非常引人注目,一是因为他高,又高又瘦,两条细长腿,给人感觉像踩着高跷,走起路来有几分长颈鹿的风度。还因为他显得很骄傲,很少主动跟人说话;他父亲好像是北京一所大学的教授,听说他私下里写了一些谁也看不懂的诗。这就让他显得有些神秘、另类、与众不同，姬书藤很早就注意到他，但彼此并没有说过话。这也算一种认识，虽然从无交往，互相却有一点在意和吸引。

现在王镰正朝他走来，边走边说："是姬书藤吧？你怎么到这儿来了？"姬书藤便迎上去，两人紧紧握手，一下就变成了熟人。他乡遇故人，环境一变，人和人的关系立即随之升降，现在他们两人都觉得对方对自己变得十分重要了。他们寒暄了几句，王镰介绍身边的那位女士："我结婚了，这是我爱人鱼姗姗。"

姬书藤点头、握手致意，一眼看过去，就知道这是个大美女。鱼姗姗也高，少说有一米七几，立在那里，就像一只白天鹅。高、白、洋气，一口北京话，显得孤高冷峭。"瞧你们俩多么般配，祝贺你们！总是'有情人终成眷属'吧？"姬书藤的祝贺里藏着一个意思，王镰当然一听会明白，但不接话，只是轻轻地笑了一下。

他们三个人站在路边聊天的时间不长，就互相留下地址，相约以后常联系，走了。姬书藤看着王镰和鱼姗姗的背影，心想这一对北京人真是绝配！在学校时，他听到过王镰的恋爱传闻，说王镰曾经因为失恋自杀过，吃了一盒火柴头，最后被抢救过来。看来应该是为鱼姗姗干的这件少年轻狂事。现在好了，痴情人终成眷属了，白天鹅终于接纳了黑顶鹤，翩翩起舞，却落在了喀什噶尔。

这样的一对儿，本来应该是在北京的景山、北海、颐和园一带出没的，或者上海的外滩、淮海路、外白渡桥也很合适，那才是这种飞禽生存的环境。可是命运不是喜欢开玩笑吗？偏偏让王镰这种书香门第的高公子、鱼姗姗这种音乐世家的大小姐来到比王昭君还遥远的地方安了家,而且王镰竟然已经学了一口流利的维吾尔语。

见了他俩,姬书藤心里开始变得好受了一些,如果比自己更不该来这地方的人都来了,那自己也不算太悲惨。这么一想,他宽慰了不少。可是又一想,自己的工作还没有着落,他去过地区的大学生分配办公室,人家说"你分配到英吉沙县了,去报到吧"。姬书藤一听,当时脑袋里轰的一声,像是挨了迎头一炮弹,腿都软了。他坐在办公走廊的台阶上,半晌缓不过神来,心中恨愤。"英吉沙是什么鬼地方?造小刀子的地方。我去那儿干什么?不去!不去!不去!"他这下明白了,就是这个看不上眼的喀什噶尔,也不是他容易待的地方。

洛阳纸贵。长安居大不易。

喀什噶尔凭什么也这么难留?

真是运去黄金褪色,时来黑铁生光。

掉了毛的凤凰不如鸡!姬书藤自认为自己是掉了毛的凤凰,还认为王镰、鱼姗姗是混得不如鸡的黑顶鹤、白天鹅,这是一个笨蛋开心、蠢驴活蹦乱跳的时代,同时也是一个杨志卖刀、林冲夜奔、鲁智深出家当和尚的时代……这个时代混账透顶!君不见,人家泼皮牛二已经摇身一变,成了中央领导啦。

你说这世界还怎么往下混?你觉得这时代混账透顶,是最坏的时代,可有的人认为这时代好极了,好得不得了,是人类历史上千载难逢的好时代!"无产阶级文化大革命就是好!就是好呀就是好就是好!"高音喇叭里也是这么不容分辩地喊叫着肯定,好比一个偷了别人东西正被怀疑着的贼,看到人家没拿到证据，反而理直气壮了："没有偷！就是没有偷！"

姬书藤小时候并不关心政治，只关心他那个1938年参加革命只做到处长的父亲的级别，十三级以上算高干，可他父亲偏偏只到十四级就不动了。十四级就十四级吧，现在什么级也没了，打成了"叛徒"，开除了党籍，下放到农村当农民去了……这时候他才体验到过去的日子有多么好。谁偷走了他的幸福？他明白，但不敢往下想。

政治就是在你根本没注意的时候，在你背后使个绊子，看你摔了个狗吃屎，你回过头看，他正对着你微笑的那个人……

四

大部分人有优点也有缺点，区别只在优点和缺点的比例。有的人缺点突出优点更突出，这种人往往是人才，说不定还可能是天才。有的人看起来全是优点，好像没有缺点，这种完美无缺、一路讨好的人，最终往往成长为庸才。还有一种人，缺点在他们身上已成为常态，仔细盘查竟发现他们竟然没有优点！这当然是蠢才。蠢才有好命，因为最难做到的不是没缺点，最难做到的是完全没有优点。

姬书藤属于缺点和优点都比较明显的那类，自由主义、个人主义在他身上都像烙印或者族徽似的成为标志，因而一定程度的自恋必定是难免的，他孤芳自赏有时也顾影自怜，对人挑剔苛求，对自己任性放纵，但他随和，并不强求一致。

他的优点基本是与生俱来的，也是造就个体优越感的要素：一外貌，二体格，三头脑。这三样东西同时赋予一个人，那种可能性很小，能够拥有其中一样已经很不错了，可是姬书藤一个人似乎占全了。这叫有命，但他没运。所谓"命运"就是这么回事，命者，生来就有，先天带来；运呢，社会环境，人生际遇。他对这三条也有这么个说辞，他说："样貌嘛，照镜子自觉不丑，但别人尤其是女性说是美男子，长相本来就是给别人看的，自己平常又看不着。体格嘛，当过一年专业运动员，协调性、灵活性总比一般人好些，但也不是强壮的样子，看起来还是瘦长书生。头脑嘛，从小到大，学习成绩一般，老师总夸聪明，聪明不见效，等于不聪明。"

现在，在分配工作这个让姬书藤头疼的问题上，当过省乒乓球专业运动员那段经历，帮上了忙。他完全没有料到几年前获得过的那个大学生男子单打冠军，在这个关键时候派上了用场！地区体委一个姓吴的干部找到他，"到我们地区体委来当教练吧，我们正缺这方面的人。"

"分办把我分到英吉沙了呀，我还没去报到。"

"不要去了。分办的事我去解决。"

"真的？那太好啦！"

"没有问题。"老吴肯定地说。

老吴是个江苏人，朴素得像勤杂工。体委隔着一条马路对面就是地委，地委旁边是军分区，军分区再过去一点是报社，这几个地方后来就构成了姬书藤的基本生态环境，当然当时他并不知道。当时怎么可能知道呢？明天将要发生的事，今天不能保证知道；下一刻发生的事，现在也没办法预知。人们看起来一个个都活得胸有成竹很有把握，实际上谁不是随波逐流瞎子摸象？瞎摸乱撞，人生乱象。混沌世界，一片汪洋。扁舟一叶，蓑衣无浆。任其漂浮，运在何方？

有一天，体育场的露天篮球赛刚刚结束，看完球赛的人们正纷纷往出走，老吴和姬书藤立在大门口说话。这时，人群中远远地快步走过来一个人，这人朝老吴半张着嘴呵呵地笑着，欠身、握手、问候。老吴转身向这人介绍认识姬书藤，那人也同样张着嘴呵呵地笑着，欠身、握手、问好。那人穿一身灰布中山装，中等个子，黄瘦面皮，一对眼珠转动灵活，不过，眼睛后面似乎还有一双眼睛。

那人走后，老吴介绍说："地委组织部成秘书，成志敏。"

姬书藤点点头。

老吴又问："你看这个人怎么样？"

姬书藤想都不想，脱口而出："一看就是个机关油子。"

老吴说："你可不要小看他。人家可是正牌的大学生，人民大学毕业的。"

"不过他看起来像农民。"姬书藤还是不以为然。

老吴笑起来，他看姬书藤的眼神忽然变得像一个老师在看小学的顽童。老吴看出来了，眼前这个身高一米八，风度翩翩的大学毕业生，其实什么也不懂，对他正在跨入的社会，一无所知。但他却那么自信、相当骄傲，以后他很可能免不了要吃些苦头的……这有什么办法，谁都是这么过来的，谁能提前告诉别人？酸甜苦辣，自己尝过才能知道。

姬书藤对在地区体委当一个业余体校的乒乓球教练，并不是真心满意。他认为体育只不过是类似动物幼小时期的游戏，算不得正经谋生的职业，更算不上值得投入毕生心力的事业。顽童小技，壮夫不屑与为。他的心里很早就有一个结，就是父亲的那个离高级干部只差一级的十四级，他的目标是在自己身上实现更上一层楼或是几层楼，这才能把这个遗憾解开。本来这也算不上是多么大的亏欠，可是偏偏很在意，一级之差，让他没当上高干子女。姬书藤自己也能模糊地感觉到，他骨子里有很强的贵族意识，非常强，好像与生俱来，怎么也扑不灭。他甚至有时会生发奇想："我是不是投错胎了？"这样的念头闪过之后，他会感到惭愧、羞耻，会觉得对不起父母，好像差点儿当了叛徒。

人在年轻的时候总是会希望从血源深处找到自我肯定的依据，用这种最直接的方式充实自信，去迎接面对社会的各种挑战。这种隐秘的念头谁也不会告诉别人，所以姬书藤以为这是自己独有的内心生活。这类的内心生活或者说是白日梦，是姬书藤大学时候的私密习惯，就像梦遗和手淫一样，是一种想象中的生活方式。自从一路上长达七天的风尘颠簸、屡遭挫折，这种习惯已经在坚硬的现实面前自动消退了。它可能自觉无趣，现实就戳在眼前，想象还有什么意思？"再见吧，我的朋友，现在用不着了！""我已经从对未来充满热望和想象的年龄走进了过分真实的生活，原来的未来已经来了！虽然眼前的一切都很不如意，自己的身份是一个分配边远土城的落魄书生，而且家道败落遭人冷眼，这个社会是如此的势利眼……"姬书藤暗地里不由自主地攥紧了拳头，他想起一句不知哪个外国名人的话："社会打不垮你，就会跪在你面前！"

他喜欢这句话。这是他的座右铭。

五

这是个星期天。

王镰早早地从床上爬起来,他回头看了一眼鱼姗姗,好像正处在似睡非睡之间,嘴角边还留着一丝笑意,有一种满足感。这时候你要叫她起床肯定叫不醒,但是你要是不小心碰出什么动静,她肯定会马上反应:"王镰!小点声儿,人家正睡得香呢……"所以王镰很小心,他轻手轻脚洗漱完毕,便去卧室外间的那个小半间房子里准备早餐。

王镰和鱼姗姗在喀什的这所民汉合校的中学任教已经两年多了,一切都还平静。如果一辈子就这么生活下去,虽非初愿,也不是痛苦到完全不能适应。喀什噶尔,离两个人的家毕竟太遥远了,父母亲人,已如天地之隔,真是"活人死分别"。想想,自己什么错也没大犯,只因为那个"家庭出身"和"小资产阶级情调",就被一脚踢出北京城,跑到更遥远的喀什噶尔。这两脚踢的,把傻瓜也能踢聪明,把醉汉也能踢醒,何况王镰这么绝顶聪明的人了。他原来的那点儿"小资产阶级情调",早被踢到太平洋里去了。当初他第一次见到鱼姗姗,眼前一亮,心头乱撞,简直不敢相信上天会给自己送来这么一个量身定做的大美人!

才子佳人,天作之合。身高、容貌、家庭、学历、气质、出身,全都完全合适匹配,就连俩人的那一口北京话,也是那么的琴瑟相谐。不光他俩自己觉得合适，就是素不相识的旁观者走在大街上，也会不由得心下赞叹："这真是一对儿！"热恋那阵子，王镰还庆幸自己亏是到了新疆这个人少的地儿，两个人才这么容易互相找见、一见钟情；要换了北京，人海茫茫，要不见不着，要不等见着了也早被别人抢先了。他不由得从心底感谢命运这么安排，"新疆真好！真的，新疆真的挺好！"他常这么说。

那时候，这一对，黑顶鹤和白天鹅形影不离，花前月下，柳荫湖畔；集体活动，宿舍无人；亚当夏娃，初尝禁果。两个人紧紧拥抱，恨不得钻进对方嘴里似的拼命接吻，鱼姗姗的长腿紧臀任王镰揉摸，她的接吻功夫少有人能比，有好几次让王镰控制不住射了自己一内裤……他很窘迫，又不想让鱼姗姗知道，但是鱼姗姗看出来了，因为他岔着两条长腿走路的样子更像长颈鹿了。

可是好景不长，后来鱼姗姗弄清了王镰家的底细，也不是什么名教授，而是转入学界的失意政客，加入过国民党，多少还有点儿历史问题。这下鱼姗姗不干了："我当你们家是高干呢，这可不行，我早就说过，七级以下的不嫁！"

这一翻脸，一点儿不含糊。嘴不让亲了，身子不让碰了，连面也见不上了。王镰想不通、舍不下、受不了。"没有鱼姗姗的人生不值得留恋"，他在日记里写下最后一句话，就把一盒火柴头抠下来，全吞下去了。这个殉情的事，当时弄大了，传得全校沸沸扬扬，都指责鱼姗姗，校方也出面做思想工作，极力撮合他俩。最后鱼姗姗是怎么回心转意的，这就只有她自己清楚了。有人说是校方的思想工作起了作用；也有人说鱼姗姗那个在中央乐团吹长笛的父亲,在"文革"中散布对江青同志的不满言论被群众组织关起来了;还有人说王镰为鱼姗姗写了满满一笔记本的十四行诗,鱼姗姗看完后大哭一场,于是力挽芳心……不管怎么说,王镰和鱼姗姗终于和好如初,并且喜结良缘。

这会儿,鱼姗姗起来梳洗毕,王镰的早餐也备好了。两个人吃罢饭,鱼姗姗去洗碗,王镰坐在饭桌前吸支烟。

"王镰!"鱼姗姗一边洗碗一边大声说,"你知不知道周围那些人是怎么议论咱们俩的?真气人!"

"不知道,怎么啦?"

"她们说咱们不是正常人,长那么高,肯定不会生孩子。结婚三年了,一点儿动静都没有,中看不中用。"

"让他们说去,别理它。"

"你倒是心宽,王镰你别忘了,去年冬天不知是哪个臭流氓,在咱家门上贴了纸条,上面写着'人高一丈,×短三寸'。这完全是人身侮辱!"鱼姗姗气得冲过来,杏眼圆睁:"这些人太没教养了!"

王镰笑道:"我的短么?"他上身前倾,脖子伸出去老长,做出一脸怪相。

"谁管你们那些臭男人的长短!"鱼姗姗脸红了,有些不好意思。

"据说,上帝有一天夜晚披着星光在天空巡视人间,见一双男女赤身裸体胶合难分。上帝问:'他们在干什么?'随行答:'造人。'上帝又问:'多久造一个?'答:'十个月。'上帝叹曰:'那何苦这么急不可耐?'"

王镰说:"是啊,何苦这么急呢?生孩子虽然是一场战争,但生殖繁衍也是人世间最大的奇迹。人间本无新事,交媾生殖是唯一让人类永不厌倦的,这不是奇迹吗?姗姗,面包会有的,孩子也会有的。"说完,他又点燃一支烟,吸着吸着,很享受的样子。忽然脑子一转,想起那个上星期在街头偶然碰上姬书藤的情景。他和姬书藤虽然没打过什么交道,但在校园里常见到,也听到了一些传闻,印象中是属于可交的一类。

"你觉得姬书藤这人怎么样?"

"什么意思啊,怎么忽然想那儿去了啊?"

"说说看,印象如何?"

"没太多印象,就是长得漂亮,一股英气。"鱼姗姗说道。

"那我呢?我是什么气?"王镰问。

"你嘛……有学者气。"

"学者气是什么气?"

"智气。"

"英气与智气可交乎?可也。"王镰仿佛自言自语,也像告诉鱼姗姗,"看来我们在喀什噶尔也应该有一个朋友。"

六

哈皮本来也不叫哈皮,人家的正经名字叫柳司理,据称是柳宗元的后代——很后很后的一代。刚进大学的时候,因为他长得又黑又壮,走路摇摇晃晃,狗熊站立起来走路的样子,就像是那种农村回娘家的胖娘们儿,再加上来自阿勒泰山区(他的父亲是那里的一个公社书记),阿勒泰山林里常有哈熊出没嘛,姬书藤就给人家起了个外号"哈熊"。随后大家发现柳司理胖乎乎的很是憨厚可爱,"哈熊"就演化成了"哈逼";"哈逼"太露骨,再发展下去,就成了"哈皮"。最后这个外号跟定了他,像他的影子一样,他的正经名字柳司理反而被人们淡忘了。

大约过了不到半年的时光,哈皮出现在喀什噶尔街头,他专程从阿图什坐班车过来看姬书藤。两人一见面,高兴坏了,又是拥抱,又是拍拍打打,恨不得拳打脚踢。就像孤军奋战两地的两支部队终于会师,互相都急于了解对方的战绩和伤亡情况。

"怎么样吗?快说说。"哈皮两只小眼睛闪着喜悦的光芒,像两滴阳光下的露珠,略显肥厚的嘴唇在话音中颤抖。

姬书藤简要讲了一下近况,分到英吉沙了,幸亏会打个乒乓球,暂时在体委帮忙当教练,能不能留下还八字没一撇。"你呢?你怎么样?"

哈皮一听姬书藤这个状况,便收起眼睛里那两滴露珠的光芒,声调变得平静了一些,说道:"我入党了。"

"啊?!……"姬书藤大吃一惊,"可是你连团也没入啊?"

"就是,就是,"哈皮说,"阿图什不像喀什,克孜勒苏是个小州,去的大学生少。我一报到就留在州委机关了,还说我是个人才,培养我入党,还当上了州委机关的团委书记,副科级。"

"没看出来呀哈皮,你小子也真特么太走运啦吧!不到半年,刚参加工作,又是入党又是提拔,你还让不让我们活了?

快说说，你小子到底是怎么整的？"

哈皮垂下眼皮，他说，我知道我没有你姬书藤有才，你才华横溢，在学校时，我可以说有些崇拜你。但是你个性太张扬了是不是？性子直，又口无遮拦，想什么就说什么，到了社会上恐怕还是要注意点儿。我呢，这半年来有一些体会，像咱们这种刚参加工作的小干部，做人做事吧，听话不说话，跑腿不挡路，清楚装糊涂。我总结了一个"三要"：一要眼里看得出高低，二要手里掂得出轻重，三要脚下知道进退。

姬书藤一听，真是士别三日当刮目相看呀！怎么一转眼的工夫，哈皮竟然像是变了一个人，原来班里最不关心政治的人，总结出如此老练的官场哲学，姬书藤一连说了几次"哈皮你太可怕了！"从前我们都可能小瞧你了，以为你政治上幼稚，是咱们全班最不可能当官的，现在一看，错啦，说不定你才是最适合当官的！

哈皮苦笑了一下，转移话题：

"你认不认识有个叫孙紫荆的？"

"孙紫荆？认识呀，你怎么知道？"

"她现在就在阿图什，和我在一个机关团委，她说起过你。"

"她怎么也跑到阿图什去了？小时候在北京我们两家住一个院子，她妈妈是个华侨，抗战初期到延安参加八路军，1955年授衔中校。孙紫荆生在香港，所以叫紫荆。后来两家一起调到新疆。她父亲叫孙辰，是阿勒泰地委秘书长，她母亲叫何启，是地委宣传部长。开始两家有来往，以后没音讯了。噢，对了，你们都在阿勒泰，原来不认识吗？"

哈皮摇摇头，说原来不认识。

两人这么聊了一通，哈皮提议：咱们上街转转去，喀什噶尔这个大城我还没有仔细看过呢，比阿图什繁华多了。姬书藤就带着他先去看艾提尕尔大清真寺，到了眼前一看，确实气象不凡，肃穆神秘，有一种特殊的气场氛围。这两个人又不懂宗教，只知道是座中亚闻名的大寺，看见几个头缠白布、面蓄长须的阿訇，心中也生出一些敬畏。

从艾提尕尔清真寺转过去，就是一条有名的商业街，叫乌斯唐布依街，热闹得很。叮叮当当是敲铜壶茶饮的，大声吆喝是卖烤包子的、卖烤肉的，卖凉皮子的旁边是卖新鲜水果的，水果上面飞舞着蜜蜂、蝴蝶，还有卖花帽的，卖英吉沙小刀的，卖艾德列斯绸料的……真是喧哗热烈，色彩缤纷！哈皮对姬书藤说："你看像不像《瓦尔特保卫萨拉热窝》里的街道？""像，不过咱们可不像德国兵。"哈皮又说："你看这条街道上的人，像不像咱们脑袋里想象中的古代人？"姬书藤说："像，我想的唐朝人可能就是这样儿。"

两人说着笑着，渐渐走出街尾，来到临近一大片旧城区的街道。正走着，迎面摇晃过来一个低头汉。刚要侧身避让，不料那大汉猛地上前，一把当胸拽住了姬书藤的领子。姬书藤也没慌，他闻见那人一身酒气，就说"你是不是喝多了？"语气平和，并无责怪。

大汉垂着头，嘟囔了一句"我喝酒了"。

"喝酒没关系，回家睡一觉就好了。"

那大汉松开了手，退在路边。

姬书藤和哈皮向前走出去十几米，那个大汉又追上来，又拽住了姬书藤的脖领子。姬书藤心想，这下可能要开打了，绕不过去了。他扫了一眼那大汉,有40岁上下,壮实,但没有自己高,如果打架自己吃不了亏。何况那厮喝醉了,醉汉脚软,不经打。但是自己决不先动手,那大汉是个维吾尔族人。

"揪!打哇挤旁子曲,哇民哈局!"那大汉抬起头来看着姬书藤,醉眼迷蒙中,却有一种诚意。

姬书藤听懂了,大汉说的是:"走!到我的房子去,我们喝酒!"哈皮当然也听懂了,他用眼神给姬书藤示意:"别去!"姬书藤这时明白了,肯定是自己头一次被拽住的时候,对醉汉态度友善,没有厌恶,也没有歧视,感动了人家,这才又追上来请你去家里。"去就去,别拂了人家的一番心意!"姬书藤对哈皮说,"也是难得的巧遇,咱们也去见识见识。"哈皮一看,说行,"咱们把他送回去算了"。

两个人跟着一个压根儿就不认识的醉汉,走进旧城区深处。

七

所谓旧城区,就是早在解放以前——以前的以前,一百年、一千年以前就存在的维吾尔族聚居区,屋似蜂房,路如蛛网,土木建筑,一片浑黄。看起来一家和一家挤挤挨挨,几乎是无缝对接;空中搭桥,房上有房,甚至房顶上有走廊、有花圃、有厕所。这些房屋连成一片,似乎没有尽头。岁月沧桑给它们蒙上了一层古旧的面纱,几分昏暗,几分神秘,对不熟悉的人还隐藏着几分恐惧。你明明走进了一个拥挤的居住区,却很少人影，听不到人声，临街的门都紧闭着，仿佛独自走进了一座空旷沉寂的山林。

那醉汉兀自在前面走，脚步有些踉跄。到了一扇木门前，拍了两下门，一推，门开了。

姬书藤和哈皮走到门口，刚想进去，眼前的场景就让他俩惊呆了。

这是个小院，庭院萧瑟落寞，院子里有一把椅子，椅子上坐着一个维吾尔族老太婆。看那老婆婆的样子，少说也有八九十岁，面皮苍白，皱纹纵横，消瘦枯槁，一看就是久不见阳光的人。奇的是她那双眼睛，似笑非笑，闪着绿光。更奇的是她的院子里活动着至少有五十只猫，有的蜷卧在她脚下、怀里、椅子上，有的散乱在院子里。人怪，猫也怪，人像传说中会施法术的女巫，猫像一群被她变成猫形的流浪儿。在这个光线阴暗的小院里，也许好久没有来过什么人，各种毛色品种的、胖瘦大小不齐的猫有种敌意，到处闪动着绿莹莹的猫眼。

那醉汉立在门口愣了一阵子，不知是自言自语还是和老婆婆说话，反正那老婆婆没答理他，好像他根本就不存在。醉汉转身出门，说："走错了，不是我的房子。"

姬书藤和哈皮没话，只好再跟着醉汉走。走了一阵，又到了一个门前，醉汉敲门，门开了，这次好像没错。

这个院子可是比那个老婆婆的院子宽敞了不少，迎面是一排带走廊的房间，走廊是雕花木栏，房子的外墙涂成令人舒畅的天蓝色，通向走廊有六七级木质台阶。当院摆了不少盆花，尤以四大盆高大茂盛的夹竹桃引人注目，大朵大朵粉红色的花竞相绽放。两个人都没有想到，从外边看相当简陋的土路柴门，里面竟然有如此宽敞洁净的一个世外桃源！特别是这座世外桃源的主人，不是陶渊明这样的高士，更不是王右军这样的雅人，是一个普普通通的维吾尔人，一个昏头昏脑、走路跌跌撞撞找不到自己家门的醉汉！

及至让进屋里，摆设倒也一般，正是寻常人家的样子。待穿过这间屋子进到一间内室，又不一般了——地下铺着地毯，墙上挂着壁毯。一个很精致的钢丝床，手工钩织的枕套、床套，整整齐齐地叠在床上，然后一个绿色的毛毯，盖住枕头以下。

"啊呀，这床也太漂亮啦！就是每天这么收拾有点麻烦吧？"姬书藤叹道。

"没有关系，这个床、这个房子是给人看的，从来不睡人，摆样子的。"醉汉到家里稍微清醒了一些。

哈皮说："这是个爱美的民族。"

"哇地名字嘛阿不都克里木，这个嘛，哇地耐人，那些嘛，哇地巴郎子。"

"又'哇地'了，我的！"哈皮纠正道。

"好，我的耐人，我的娃娃。"

"爱人，不是耐人。"

"爱人。"醉汉笑了，"去拿酒来！"

他的爱人垂了一下眼皮歪了一下头，摊开手掌说："对不起，我们家的酒已经被阿不都克里木同志喝光了。"

"她说什么？"姬书藤问。

哈皮把意思给姬书藤翻译了一下。哈皮懂哈萨克语，他从小在阿勒泰长大，和哈萨克小孩一起玩，学了不少的生活用语。哈萨克语和维吾尔语基本相通，类似汉语中两个省份的北方方言。

"没有酒怎么行?"阿不都克里木打发儿子去邻居家借酒,然后翻箱倒柜,先找到一包方块糖,撕开,往姬书藤和哈皮的嘴里各塞了一块儿。过一会又找来一罐蜂蜜,拿个小勺亲手给这两个家伙喂,一边喂一边对他的"耐人"叫道:"快去!美丽的阿碧丹,快去上街,还就斯买些子羊肉、黄萝卜,做些子抓饭嘛!"

这时,他儿子提了一瓶酒回来了,很不高兴地对他说:"你前几次借的酒还没有还呢,又借,我丢人得很……"

阿不都克里木哈哈大笑,拍拍儿子的脑袋:"没有问题!一定还!"

弄了一个凉菜,凉拌洋葱、西红柿、甜辣椒。还有几个小苹果也凑数,阿不都克里木用一个小刀,削一片递给一个人,下酒。姬书藤那时还不会喝酒,哈皮有点酒量但从来不喝,这下没办法了,硬着头皮喝一点。但是维吾尔人有个好习惯,你能喝就喝,不能喝主人替你喝,敬酒不劝酒。这么一来,大部分酒还是让阿不都克里木灌下去了,哈皮和姬书藤还是保持在清醒状态。

阿不都克里木后来又醉了,他热情洋溢,醉话连篇,一会儿和哈皮拥抱一番,一会儿跑过来亲吻一下姬书藤的额头。"你,"他指着哈皮,"好身体!身体屁壮(肥壮)得很!""还有你——"他指着姬书藤说,"你的鼻子吗直直的,不像汉族人的鼻子。汉族人的鼻子不好看,太矮得很……"姬、哈二人只好随声附和,点头称是。阿不都克里木论完了鼻子,忽然话锋一转,论起了民族关系。他舌头已经发硬,但是情绪达到高潮，他很可能并不认为自己是个酒鬼，而真正是一位高瞻远瞩的统帅。他站起来，挥动着手臂，脸上的表情相当丰富，随着他讲话的内容快速转换。车轱辘话，翻来覆去，大意就是这几句："维吾尔族人吗，汉族人吗，都是中国人。中国人吗，要相互帮助，相互爱护，对不对？我们现在全世界，敌人有呢，美帝、苏修，……敌人多得很！我们自己不团结，行呢吗？不行！"他用手掌从空中劈下去。

"一千个不答应，一万个不答应，我们一定要团结，敌人来了，把他——枪毙！"他端平两只伸出食指的手，"嘭、嘭！"开了两枪。

这时候姬书藤和哈皮看出来了，阿不都克里木并不是普通的酒鬼，是个有文化的人。他和他的"耐人"，那位"美丽的阿碧丹"，看样子都应该上过中专，但是他们没问。

就这样，从中午一直折腾到天黑了，阿不都克里木如同火山爆发一样源源不断的热情和精力令人惊叹。他不知疲倦，激情充沛，自我表现的欲望之强烈让姬书藤自愧弗如。他的演说看来没有能够完全表达他内心的柔情，他摘下挂在墙上的乐器，自弹自唱起来：

爱情是什么，
哎……我问你爱情是什么？

不是融化的冰山，
不是燃烧的烈火，

让我来告诉你,
让我来告诉你,

爱情是什么?
哎……是两个青年的春天

姬书藤还是头一次听到对爱情有这样一种说法,真是耳目一新,新鲜极了。这让他开始感觉到这个历史悠久的民族,拥有的那种非常深厚并且独特的文化。他想:"你可以小看某一个人,但是永远不可以小看一个民族。"这天晚上,喀什噶尔随便派出一个醉汉,就给他上了一堂大课,他从此不会忘记阿不都克里木的那支歌:"爱情是什么?是两个青年的春天。"他从没有听过比这更好的、更纯洁美妙的说法。

终于,吃了小半碗抓饭之后,阿不都克里木倚在木椅上睡着了。他确实也该累了。

姬书藤和哈皮起身告辞。他们走在乌斯唐布依的土路街面上,夜空显得很低,星光在雾样的尘埃和尘埃一样的云层中闪闪烁烁。

八

姬书藤的分配问题拖了这么久,这一天老吴对他说:"你的事分办终于同意了,去分办办个手续吧,对了,分办在专署的大院里办公。"

姬书藤便兴冲冲地跑到专署去了,一切都还顺利,他终于正式成为喀什地区体委的干部了,不用再去英吉沙县了。他走出专署大院的时候,从大门外正走进来一个人,这个人立即引起了他的注意。他一眼就看出来了,此人绝非等闲之辈,不是专员就是副专员,毫无疑问,是个大干部,专员公署的主人。

那人缓步走来,气宇不凡。他穿一袭灰黑色的呢子大衣,个子不高,但很敦实。留着一个刺猬一样的平头,头发像钢针,耸立直竖。一张国字脸,面部线条硬朗,一看就是那种经历过战争风云的老干部;尤其是他的那两道蓬勃超长的浓眉,活脱脱就是个个子稍矮了一些的鲁智深!

"真是奇人异相啊,"姬书藤心下不由暗暗赞叹,"这样的人不当领导谁当?"两个人擦肩走过十几米,姬书藤满怀敬意,忍不住立住,扭回头看。他完全没有料到,那人也停住,正转回身看着他。他有一种预感,将会有故事,将会对自己的命运产生影响。

他回去以后就把这个事给老吴说了,他想知道那个人是谁。老吴一听他的描述,就说了,啊,你说的那个人,我一听就知道是谁了。告诉你吧,那人肯定是屈铭。屈铭不是专员,也不是副专员,但他的资格比专员还老,原来的级别比专员还高。这个人现在挂着羊大曼公社的副社长,实际上什么事也不让他管,专署给他一间办公室住着。哎呀,他的故事说来话长。这个人,你还是少去接触为好。

"为什么呀?我看他像个老干部。"

"老干部不假,"老吴说,"三八式呢。"

"三八式怎么才当一个公社的副社长呢？这不是太不正常了吗？是不是犯什么错误了？"

"犯了什么错误我也不清楚，只知道从行政十二级降到十七级，下放到喀什来了，挂了个副社长的名分，整天看看书，写点东西。对了，他家里书多，堆得到处都是，听说屈铭还是个作家。"

听老吴这么一说，反而愈加勾引出姬书藤对屈铭的兴趣。如果真是专员或副专员，他可能也会心怀敬意，但决不会去主动接近，幸亏不是。何况对于落魄的人，在不危害自己利益的前提下，大部分人都多有同情。还有很重要的一条，就是老吴说到的"家里书多，还是作家"。在姬书藤心目中，作家和科学家才是值得尊敬的，那都是一些罕见的人物。喀什噶尔这样偏远的小城，哪里能配得上这类人物呢？这下可好，这个降了五级的大人物贬谪人间，和我们这些芸芸众生一样，呼吸着喀什噶尔土城里芬芳的尘埃，他就生活在我们中间，和我们一样。接连几天，屈铭的样子总是在他的脑海里回荡不去，这个人的身世和遭际对他很有吸引力，像一个活着的谜语。他有时会不由自主地念叨着"屈铭，屈铭，屈铭"，他感觉这个人和他有缘分，肯定会有。

姬书藤奇怪的是，为什么屈铭那天会转回身来看他呢？这让他有些不解。他知道自己走在大街上会经常让一些年轻女孩偷眼看他，但是男人，从来没有。男人对他的外貌熟视无睹，最丑的好朋友也不肯当面承认他的形象。那屈铭为什么会特别注目一个素不相识的普通年轻人呢？为此，只要是和专署有关的事，他就表现得积极，取个文件啦，送个材料呀，他都乐得跑一趟。这次，他果然在大院里碰到了屈铭，屈铭还是站住，盯着他看，笑眯眯的样子。这回他胆子大了些，主动走过去问好。

"您是屈铭先生吧？您好！"

屈铭笑着点点头，互相寒暄了一番，屈铭竟邀姬书藤到家里坐坐。这当然正中下怀，姬书藤高高兴兴跟着屈铭进了一间大办公室。

这间办公室被一个布帘隔开，小半间是卧室，大半间是工作室兼书房。一个大办公桌和座椅占据中心位置，一侧窗下有一对旧沙发和茶几，靠墙全是书柜和书架，叠满了书。地面上也堆着一摞一摞的书，书柜顶上还码着快到屋顶的旧报纸、旧刊物，纸页都已经发黄了。

姬书藤一看，"嗨，这才是有文化的人待的地方！"虽然只是一间办公室，不像个家，但仍然收拾得窗明几净、一尘不染，并无仓促寒酸之相，竟然有几分殿堂之感。姬书藤想，房子是人住的，房子的气象就是主人的气象。再好的房子里住着一个狭促庸俗的小人，那房子也会让人憋闷。相反，居茅屋，饮清流，若住着一位高人雅士，也让人难忘那一圃菊花。

屈铭泡了一杯茶，轻轻放在茶几上。

两人坐下，姬书藤先开口。

"听说您是作家？"

"嗬嗬，我当然是了，成天坐在家里，不是作家还能是什么。"

"还听说您很早就参加革命……"

"噢，那个，我是1938年到了延安，十五六岁，爱好文学，就想上鲁艺。小孩子啥也不懂，给毛主席写信要求上鲁艺学习，毛主席同意了，批给胡耀邦，胡耀邦那时是总政组织部副部长，我就进了鲁艺。"

"啊？毛主席批准的？太了不起了！"

"这没有什么，这没有什么……那个时候，毛主席也很普通，很容易见到。我们那个班，李季呀，老杜呀，贺敬之、郭小川，这些都是小同学。李季你应该知道吧？"

"李季当然知道，《王贵和李香香》嘛，以后还写了《剑歌》。老杜是谁？"

"豆鹏程哟，嚙嚙……"

他把"杜"念成"豆"。

聊了一会儿，屈铭问了些姬书藤的情况，突然说："你姓姬，还有一个姓姬的人，是不是和你有什么关系？"

"谁？"

"也是一个老同志，一野六军的姬承先。"

"姬承先是我父亲呀，您认识他？"

"那当然认识，我说你怎么很像他，我第一眼见到你就觉得像姬承先。你父亲现在还好吧？"

姬书藤叹了一口气，说不太好，敌我矛盾按人民内部矛盾处理，打成叛徒，开除党籍，下去当农民去了。

"他叛什么徒嘛，我给你说，打西府陇东战役，我们打了败仗，二军、六军满山遍野地溃败，骡子上驮的银圆撒在地上都来不及拣，彭德怀都差一点当了俘虏。

"我当时也在那里，看见姬承先挽着裤腿，左右手一手提着一支驳壳枪，从一条小河边上跑过来，看见我就喊：'屈铭！

你还在那儿愣什么愣？快跑！敌人马上过来啦！'

"你父亲那时是六军的一个营长。"

姬书藤说："这个还是头一次听说，他可没跟我们讲过。我们不是从来都是把敌人打得满山跑吗？难道我们也打过败仗？"

"打仗嘛，总有败的时候。"

"屈叔叔，"姬书藤改了称呼，"您当时是哪个军的？"

"我是新华社驻一野特派记者。"

姬书藤一点儿也没想到，屈铭先生竟然是父亲的老战友，这下好了，他觉得自己像一个秘密联络员找到地下党组织那样，在喀什噶尔这个地方有了据点。这是一个和他气味相投的地方，可以读书，可以聊天，还可以了解到很多正面宣传之外的真实情况。

看样子屈铭也欢迎他常来坐坐，别人都对他避而远之，这个年轻人倒很热情，何况又是姬承先的儿子。他们两个人，一个25岁，一个50岁，差了整整一半，完全是两代人。就像屈铭说的："嗬嗬，我们是忘年交嘛。"

实际上，屈铭先生还有一个忘年交，这个人比姬书藤还小一岁，名叫程墙。如果屈铭与姬书藤的交往是一种文学关系的话，那他与程墙的关系就更多了一层政治关系。程墙是个"盲流"，小学文化，在老家因为出身问题（他爷爷是地主），混不下去了，经常饿肚子，跑到新疆找饭吃来了。流落到了屈铭的羊大曼公社，给人家打土坯。一身汗，两腿泥，打土坯是很累的活儿啊。中午休息，别人躺在树荫下睡觉，程墙找副社长屈铭借书，立在门外，读完一本，再借一本，"如饥似渴啊，把我的书基本上读完了,"这是屈铭说的。

之后,爆发了"文化大革命",程墙这种人肯定"造反"了。一场"革命"下来,程墙摇身一变,成了喀什地区有名的造反派头目。他经常披一件棉军大衣,出现在战火纷飞的两派武斗现场,那个劲头看起来就很像是解放战争中的一位纵队司令。

在"造反"这件事上,1938年参加革命的老干部、降了五级的屈铭,和地主的孙子、盲流分子程墙完全达成默契,互相心领神会。程墙在台前冲锋陷阵、叱咤风云,屈铭在幕后不露声色,出谋划策。这两个忘年交也是"为了一个共同的革命目标,走到一起来了"。

他们的"共同目标"是什么呢?

穷则思变,贱则谋贵。

饥则掠食,富则夺色。

姬书藤也不满现状,实际上是不满现实。但他隐隐感觉到,他的不满与程墙完全不一样。程墙看样子是要砸烂这个"旧世界",而他怀念和依恋的,恰恰是程墙正在拼命砸烂的那个"旧世界"。所谓政治,就是对社会中各类人群的利益分配,一遇到这方面的变化,就连最不懂政治的人,都会敏锐地觉察到自己的利弊。

在后来的几个月里,姬书藤多次在屈铭的那间屋子里见到了程墙。程墙是个中等个儿,圆盘脸,皮肤白,还有一点儿说不清楚的女气,有一点儿像《毛主席去安源》那幅画上的青年毛润之。他看起来完全不像个吃苦挨饿的人,但是一看就是从农村出来的,身上有土气,细看有贵气。程墙话不多,观察别人胜于自己。性格沉静内向,像一座尚未喷发的火山,但你可以感到他内部的熔岩已经滚烫沸腾。

姬书藤第一次见到程墙的时候,程墙很客气,姿态摆得很低,明显是小学生见了大学生的样子。第二次见到的时候,程墙带了一本自己写的油印小册子,双手呈上"请指教"。姬书藤接过来一看,封面上赫然四个字:"铁血日记",副标题是"一个战地指挥员的真实记录"。姬书藤对武斗不以为然,更对程墙这种"打江山"的姿态反感,便流落出一些不屑的言语。程墙倒也没说什么,但那表情里已是拉开了距离。之后的接触使这种距离日趋明确,彼此表面上敷衍,实际上两个人都明白对方是什么人,心底都有了敌意。

有一次,姬书藤想挑拨屈铭和程墙的关系,说了些程墙的坏话。屈铭听着,面部表情冷淡,并未反驳。等姬书藤说完了,屈铭停顿了片刻,呷了一口茶,说道:"你们两个人,互相都看不起。你看不起他是个小学程度,乡村出来的,造反起家的。他对你这个大学生也不以为然,他看你也是个公子哥儿小聪明……嗬嗬,年轻人互相不服气。"

这么一说,姬书藤也就明白了。他知道了,在屈铭那里,程墙的分量显然要比自己重,而且重得多。因此,他原来那种对屈铭的崇拜心理,也有了些许降温、减弱。谁会无条件地崇拜谁呢?只有你代表着我的利益、象征着我的未来、圆满着我的想象,我才会崇拜你,而且只是暂时的。崇拜别人的核心还是自己。与其说我崇拜你,不如说我崇拜的是一个有待在时间中逐步显影的自己。

九

"公子哥儿小聪明……?"姬书藤回味着这句从屈铭嘴里听来的程墙对自己的评语,他承认这个评语可能是大部分人的看法。比如他的好朋友哈皮——柳司理同志就说过他"哥儿郎两眼贼灼灼",哈皮当时在迷着欧阳山的《三家巷》,借着书中描写主人公周炳的话,拍着姬书藤的脖子说:"哈哈,也长了一副'雄马般的脖颈'!"还有一次在河边洗衣服,一位别的系的女生竟然惊奇地说,"啊?没想到你还会洗衣服!"这说明什么呢?说明在别人眼里,你确实是个公子哥儿。程墙的看法并不错。

过去,别人有时候叫他"姬公子",他并不忌讳,他觉得如果真正能够当一个公子,挺好,只是自己还不够那个标准。不当公子难道当衙内、当恶少吗?可是现在,他已经一点儿公子的感觉也没有了,只觉得自己是一个落魄秀才、无用书生。他的生活因为这个"史无前例"的"文化大革命"而发生了始料不及的变化,这个变化实质上是颠覆。城门失火,殃及池鱼啊,你说我们这些"池鱼"招谁惹谁了?游得好好的,天蓝蓝,水清清,鱼戏荷叶北,鱼戏荷叶东。突然,毫无征兆地大火熊熊,不用借东风,火就是东风点燃的。一场灾难,凭空降临。火势太大了,你躲到哪儿也躲不过去,水要干,鱼要死,乌龟王八上了岸……程墙是不是乌龟王八呢?应该是吧。多少

"五陵年少"死于非命,光是姬书藤亲眼见到的,就有几十个,教学楼的前厅里,整年哀乐不断……相比之下,自己还算是幸运的,不曾蒙难,即是幸运。但是命运如果是一条河流的话,因此而明显改道了,仿佛从原来气候湿润、森林密布的草原河谷,一下流进了一望无边的沙漠荒原。他当然不甘心就这么无声无息地消失在沙漠里,他不是一个容易认输的人,更不会轻易放弃自己的人生。在这座混沌的喀什噶尔古城,一切都只是刚刚开始,虽然他的奋斗看起来像是挣扎。

他知道官是当不成了,父亲的开除党籍已经是不可逾越的障碍。当一辈子业余体校的乒乓球教练,也只是权宜之计,不是他的心愿。一个从高中时就养成的爱好这时突兀地站出来了,他是可以写东西的呀,他的写作能力一直是受到语文老师、政治老师的欣赏和表扬,他准备靠这一手突出绝境。

一次偶然的机会,地区体委搞了一个对喀什地区十二个县市青少年身体素质状况的调研,姬书藤发现了问题。他发现青少年中赌博的情况相当严重,于是写了一个调查报告。不料地区体委转发后,引起地委重视,还惊动了团中央。过后不久,时任地区团委书记的玉素音·艾麦提就找到了姬书藤,征求他的意见,想调他到团委当秘书。姬书藤一点儿没有犹豫,年轻人到团委应该是正路啊,哈皮都当了机关团委书记了,我当然也该到地委大院里去见识见识。这下,姬书藤变成了地区团委的干部。

地委大院虽然和体委只隔着一条马路,里面的气象可就大不一样了。体委院子不小可是人少,平常不训练的时候,空空荡荡,就那么几个干部、教练晃来晃去。地委院子也大,人也多，进进出出，忙而不乱，人皆正色，官多七品，一看那水池子就深得多。这个院子据说以前是一个大巴依（大地主）的庄园，林木萧森，曲径蜿蜒。前面是好几栋回廊相连的高大平房，后面有个很大的果园，种着杏树、蟠桃、苹果树、无花果树、核桃树，一到春季那花开得色彩缤纷、荡人心魄！不管怎么说，这也是喀什噶尔的最高首脑机关，是喀什噶尔的中南海嘛。姬书藤开始还是兴奋了几天，像一条鱼，从一个小玻璃鱼缸里换到了一个水池里，新鲜活泼了一阵。随后发现里面各种鱼表情、举止深奥，和体委的鱼大不相同，他这个秘书，就是一条最小的鱼，哪年哪月才能长成地委书记那么伟大的鱼啊！有一次他在院子里偶然遇到地委书记缓步行来，高大魁梧，面貌庄严，光是那两个肩膀都比常人宽出去几寸。抗日战争的老干部，进军新疆的团政委，威名赫赫，相貌堂堂。人家走路的姿势就像京戏里的宰相，虽然穿着中山装，但给人的感觉完全是身着蟒袍玉带。姬书藤让在路边，本想借此机会表达一下敬意，结果人家连眼珠子也没转一下，看也没看他一眼，就走过去了。好像他根本就不存在。

　　在地委院子里，他还碰见了一个人，就是老吴在体委大门口曾经给他介绍过的成志敏，地委组织部秘书。成志敏正拿着一沓材料匆匆走过，看见姬书藤，冷冷地朝他点了一下头，算是打招呼。姬书藤想起自己说的成志敏是"机关油子"的话，"老吴会不会告诉成志敏呢？"他本以为老吴不会这么无聊吧，但是掂量刚才那个冷冷的点头，似乎含有深意。他估计老吴是把这话传给成志敏了，说出去的话，泼出去的水，收不回来了。他有些懊恼，干嘛说那种话呢？又不认识人家，真是自找没趣。

现在好了，全地委只有这么一个见过一面的人，还让自己无缘无故地得罪了。

姬书藤当然明白，虽然都是"秘书"，成志敏那个组织部的秘书比自己这个团委的秘书强得多了。人家是要害部门，你是群众团体。不过，到了地委机关，姬书藤的婚姻问题便提到了日程，他已经25岁了，老大不小了，再不结婚自己也难以忍受这种青春期的煎熬。从15岁开始，这种煎熬就伴随着他，折磨着他，遗精手淫性幻想，甚至有过偷窥女厕所的冲动。这些让他感到羞愧的行为，像毒瘾一样难以摆脱、欲罢不能。他难以入眠的时候，用手摆弄着自己裆下那个不声不响、布满皱纹的铃铛，你可真是个害死人的铃铛啊，你吊在人的两腿中间究竟是什么意思？不声不响，含义无穷，害人不浅。人间的多少坏事、恶事、荒唐事，哪一件不是因你而起？万恶淫为首，一点儿都不错。你看看你的样子，那么丑陋、阴暗、原始，无论我们人类怎样进化、多么时尚，你还是那副一百万年前的鬼样子。姬书藤真是想不清楚是自己操纵、左右着它呢，还是它一直都在操纵、左右着自己。

嗨，这个鬼铃铛才是人的命根子。

原来，人的一生所有的行为，都是受它摆布、指挥的。不管你是谁，无一例外。

现在，姬书藤下决心从根本上解决它，解决的唯一办法就是结婚，一劳永逸，永绝内患。你想想，如果不结婚，哪个女士会脱下裤子白让你舒服呢？没有，一个都没有。那时候的人们信奉的是爱情，可是他想，世界哪里会有那么多的爱情呢？自从有过罗密欧与朱丽叶、梁山伯与祝英台这样罕见的两对情种之后，爱情的火种就已经灭绝了，成了神话和传说。他甚至设想过两对情种的另外一种结局——罗密欧和朱丽叶的故事感动了双方家族，两家幡然醒悟、弃仇修好并举办了盛大的婚礼。三年后他们有了两个孩子，五年后他们开始吵架，并且动手打了对方耳光，七年后的罗密欧和一个年轻的罗粉私奔，携款而去不知所终……梁山伯和祝英台也差不了多少，最后他们两人把戏演成了陈世美和秦香莲。

这样的设想把姬书藤自己也逗笑了，他并不信奉所谓的"爱情"，他相信鲁迅说的"婚礼是性交广告"，还相信马克思说的"婚姻是一种政治、经济意义上的结盟"。虽然恩格斯说过"没有爱情的婚姻是可耻的"，但他认为这不完全是恩格斯这位二号伟人的真心话。

即使真有爱情，那也太罕见了，就像某种濒临灭绝的珍稀动物。但是为了解决性欲的婚姻却是普遍的，难道都是可耻的吗？

恩格斯自己一生未婚，那么他和那位普通女工的关系里会有爱情吗？他是名字里带"冯"的德国贵族姓氏，更是一位理解、支持了马克思一生的伟大思想家，他能和一个普通女工有多少共同点呢？

姬书藤是非常崇拜这三位伟人的，也可以说，是这几位伟人用自己思想的一点边角料塑造了他。正是对他们的一知半解，使姬书藤如临大海、如仰高山，心中矗立起理想信念，而且很难被任何力量摧毁、替代。一代人就是这样塑造成型的，他们是被严格筛选过的食品喂大的，除了该让他们知道的，他们一概不知道。哪怕明天早晨全世界爆发核战争，今天他们仍然会畅想未来、充满希望。

正是这样,我们这一代人正是这样满怀信心地像一块石头一样地长大了,水泼不进,针扎不透,任何别的事物都很难再渗入我们的头脑。有一本影响很大的书叫《钢铁是怎样炼成的》,那不是讲炼钢的专业书籍。姬书藤翻了翻,心想,那算什么,我要是写一本书,书名就叫《石头是怎样长大的》,比他的更惨痛、更有人性。

从那时起,姬书藤青春期的薄雾渐渐散开,朦胧中呈现出两个目标:一个是近切的,寻找合适的配偶;一个是长远的,写出一部有关石头长大的长篇小说。这两个目标都是涉及延续自己这个生命的,一个为了繁殖后代,另一个为了……让自己更长久地活着。

十

在喀什噶尔的日子一晃已经三年多了,姬书藤深陷在平庸却也平静、无欲却也无望的生活中,享受了肉体的初欢,饱尝了精神的闲散。他不知道这是不是自己想要的生活。

他结了婚,住在一个地区公安处前政治处主任住过的房子里(前主任就是在房前的那棵槐树上上吊自杀的)。这一切来得似乎都顺理成章、命中注定,让他想不出还能有什么别的可能。他的新婚一年多的妻子叫庄延,西北政法学院毕业的工农兵学员,现为公安处政治处主任,比他小两岁。因为生在延安,所以叫庄延。庄延的父亲是个老红军，江西老俵，现任喀什军分区司令员，还是喀什地区革命委员会主任，1955年授衔大校。庄延生在这样一个喀什地区最有权势的家庭，按说应该有不少的骄娇二气，但她完全没有。原因是她父亲庄元兴建国以后和她的母亲离了婚，又娶了一个文工团的女演员，她成了"后娘养的"。庄延很倔，死活不改口，二十多年没有叫过一声"妈"，只叫"姨"。庄元兴为此小时候也打过她，打也不改口，庄元兴没办法，只好由她。

有一次地区机关在露天影院开大会，庄延一转头，恰好看见姬书藤走进会场，呀！庄延后来说："以前只知道'风流倜傥'这个词，见了他才知道什么是活生生的'风流倜傥'！喀什噶尔什么时候冒出个这种人物呀？"从那以后，庄延便存心打听了姬书藤的情况，还没见面，一切都已经被她了如指掌。等到两人的关系后来发展到谈婚论嫁，她才征询庄元兴的意见，庄元兴一听姬承先被开除了党籍，坚决不同意。庄延撂下一句话："爸，你要是坚决不同意，我听你的，但是我这一辈子绝对不会结婚了。"知女莫如父，庄元兴知道庄延这么说肯定这么做，她可不是吓唬你，只好默认了。

庄延的样子很像父亲，她虽然生在延安长在新疆，面型还是南方人的样子。大眼睛，小鼻子，嘴唇很性感，唯一的不足是个子不到一米六。姬书藤曾经开玩笑说："我喜欢骑大洋马，没想到找了一匹你这样的滇马，个子矮，身体棒，性子爆！"庄延一听，不高兴了："滇马怎么啦？不好吗？能吃苦，能负重，能走山路，还能生好养。你娶个大洋马试试，吃精料，每天还要十几个鸡蛋，你一个月七十五块的工资，能养得起吗？"

"不是跟你开玩笑吗,我还是喜欢小巧玲珑的,那些高个子女人的大长腿,一晚上还摸不到头儿,还是庄延好,庄延最好!"姬书藤赶快认输,以后连"矮"也不敢随便说。他住在庄延安排的这个家里,终于有了一个自己的窝。这是一个套间平房,一间大一间小,地面铺着青色的砖。小的那间狭长,只够摆一张单人床。后面有一个自家的小院,可以堆放一些杂物。再后面是铁网高墙,一墙之隔就是公安处的监狱。"咱们已经是和犯人离得最近的人啦。"姬书藤看着近在眼前的高墙,心里想象着犯人的生活和心理,但想象不出来。他实实在在地感受到,自由和囚禁并不是相距万里,原来只是一墙之隔、一念之差。

公安处这个大院的外观,具有一个专政机关应该有的全部因素。历史上它就是屯兵之地、杀戮之场,阴风怪响常在月黑之夜游窜生非,人们已经见怪不惊、习以为常。它的大门两边是高大颓废的土城墙,还有箭楼和瞭望塔,昔日攻城守城之战中厮杀搏命的混乱场景,不用想象就仿佛历历在目。演员们退场,布景还在。

大门之外几十米,就是喀什噶尔那个有名的"大涝坝"。所谓"大涝坝",就是一个足球场那么大的水坑。它不是湖,也不是池塘,是个深十几米的大水坑。夏天的雨,冬天的雪,都储存在里面,供应着过去半城居民的饮水。

水是喀什噶尔的软肋,你看见这个大水池,就知道这里的人有多可怜。半池浑水养活着半城人。阿不都克里木和养了一院子猫的老婆婆那片居住区的人,全是靠这个大涝坝活着的。你无法想象他们是怎么活下来的,而且还养了那么多花,还活得那么乐观，还有歌声和爱情……

每天都是这样，姬书藤从这儿骑个自行车去地委上班，出了城墙下的大门，从大涝坝一侧狭窄的土路上骑过去，穿过阿不都克里木街巷旁的道路，再穿过乌斯唐布依永远叮当作响的街道，来到大街水泥铺就的宽敞路面，轻车直下，就到了他上班的地委大院。每天如此，日子并无什么两样，他试着写了几个短篇小说，寄给北京和上海的刊物，结果均遭退稿。他觉得自己好像挨了一记响亮的耳光，脸颊上火辣辣的，"经研究，不拟刊用。"他把退稿藏进办公桌抽屉里层，不想让庄延知道自己的失败。

但是这一天他一进办公室，发现这个变化太大了，他始料未及，完全没有想到。玉素音·艾麦提升任师范学院院长，接任团委书记的竟然是成志敏！姬书藤脸上又挨了一记更响亮的耳光，他掩饰不住自己尴尬的表情，和成志敏握了握手。成志敏也似笑非笑，装出彼此很熟悉的样子："啊啊，姬书藤嘛，几年前就认识，大才子嘛。"

过了不到两小时，成志敏就把姬书藤叫到自己办公室单独谈话，新书记一点没绕弯子，单刀直入——

成志敏：我来当这个团委书记是组织安排的，说老实话，我并不合适，其实你当更合适一些。

姬书藤：啊？您这是说的哪儿的话？我也说老实话，团委书记我连想也没想过。我连党都没入呢，怎么可能当团委书记？

成志敏：我看了看，团委的这几个干部里，你是最有能耐的，我也知道我领导不了你。这么着你看怎么样？宣传部、党办这几个部门，你愿意上哪儿？我推荐，保证没问题。

姬书藤一听,这是下逐客令了。显然,老吴把"机关油子"的话传给他了。姬书藤没想到,顺口一句闲话三年后会产生这么严重的后果。但是,成志敏的这番话,这么露骨,这么直截了当、刺刀见红,他上任才不到两个小时啊,就按捺不住地向姬书藤发出最后通牒,他也过于高估了姬书藤的政治水平了。

姬书藤怔了片刻,马上意识到这种挑战式的单独谈话,背后藏的是成志敏对自己的不放心,"我领导不了你"才是要害。他是把自己看成了对手,看成潜存的威胁了。他想了想,对成志敏表态了:"我离开团委可以,没什么了不起,也不劳你的大驾推荐。但是,有句话要说清楚,'你领导不了我',这话是你说的,我可是从来没说过,也没这么想过。

"你怎么就领导不了我了?你是组织正式任命的团委书记,又不是自己跑来当的。何况,论年龄你长我几岁,论学历你是人大政治经济系毕业,我是新大只学了一年,论条件你是中共党员,我还没入党。论哪条你都比我强,你怎么领导不了我?

"说句不好听的话,组织就是让一个昨天还在赶大车的文盲来当这个团委书记,我也得听他的,也是他领导我,不是我领导他!"

成志敏听姬书藤这么说,笑了,他笑的时候嘴有点歪。他摆了摆手说:"你这么一说,反倒是我显得小心眼儿了,咱们也是担心用不起你这个大才子不是吗?好啦,还是留下来一起干吧。但是有一条,咱们说在明处,以后不许捣乱!"

"我又当不了官,我捣什么乱……"姬书藤嘟囔了一句。

"当官不当官先不说,你总得入党吧,好好工作着,争取先把组织问题解决了。"

姬书藤听成志敏提到组织问题,心里紧了一下,好似一堆灰烬里面有一颗火星爆了一声。他当然想入党了,他的家庭从小就让他理所当然地觉得共产党是自己的党,只有共产党才能救中国嘛。父母都是老党员,他母亲常说"你三个月的时候就参加支部会了",他怎么可以不入党呢?可是自从姬承先被开除了党籍,他原来的那份理所当然的信心凉了,没指望了,他知道自己入党,难度很大。但是,不入党是没有出路的,不入党是没法在地委机关往下混的。庄延是党员,姬书藤怎么可以当一个"党外人士李鼎铭"呢?他要努力争取入党,哪怕明知道这是成志敏穿在牛鼻子上的一根绳子呢。

"你写了入党申请书没有?"成志敏问道。

"没有。"

"那就赶紧写呀,你是不是还等着八抬大轿来请你呀?"

十一

自从成志敏来当了这个团委书记,团委的这四五个人有事干了。开团代会,准备材料,下乡配合中心工作,健全基层团组织,团委变得好像一只散养的小毛驴忽然套进了车里,目标明确,干劲十足,四个小蹄子嘚嘚嘚嘚地跑得挺欢势。这当然都是成志敏一手促成的,难怪他在组织部当秘书的时候,地委书记在大会上就公开表扬说:"咱们地委出了人才啦,我看组织部的小成就是,他的发言很有水平!"地委书记当时一脸"革命事业后继有人"的欣慰样子。老书记历来以水平高、要求严著称,这么表扬一个人还是头一回。

不久,成志敏就从组织部的大秘书成了共青团的小书记。

经过这几个月的工作磨合、逐步了解,姬书藤也不得不承认,成志敏绝不仅仅是一个"机关油子",人家确实是个能人、干才。他是河北农村赵庄的第一个大学生,按他的话说是"背着铺盖窝着伞到北京上大学,跟难民似的,铺张报纸,就能在马路边上睡一觉",能吃苦,肯学习。这种农村长大的、几十年一出的人精,又经过了北京高等学府的四年修炼,眼界已开,雄心初立。既能审时度势,又能委曲求全,既有农村的生活经验,又懂城市的规矩和弱点,在社会这个浑浊不清的泥潭里,他们像泥鳅一样灵活,善于保护自己,也善于猎取食物。他们适应泥潭也喜欢浑浊的水域。不管怎么说,姬书藤看出来了,像成志敏这么完美的政治泥鳅,日后必定是人生的赢家。

姬书藤比较熟悉的,大部分是些干部子弟。这些人小时候不是虎头虎脑的就是清俊秀朗的,都很聪明可爱,望之皆如人中龙凤。有个小家伙才小学三年级,就可以历数十大元帅、十个大将、六十几位上将的姓名、职务、军衔。人奇之,问道:"那你长大能当什么将?"答曰:"至少上将。"这些小孩聪明、健壮、自信,有优越感,都是些共和国的宝贝呢。及至长到十六七岁,愈加高俊不凡,体育文艺,多有天赋,似乎父辈的革命生涯真有什么血脉遗传。但是之后到了社会上,大部分不能适应。他们赢在起跑线上,百米冲刺遥遥领先、神气十足;但人生却是一场比马拉松还要长的长跑,许多人30岁以后渐趋平庸，锐气消磨，不复有任何竞争力……姬书藤自己就是这类人中的一员，但他老本不够多，现在又都输光了，如果不能自救，结局肯定惨败。他是绝对不能接受任何败局的，这是他和大多数同类人不同的地方。现在，他要向成志敏学习，放弃偏见，谁赢向谁学。

成志敏第一次给他的任务，是团代会上的工作报告，三天交稿。第四天，马上要开会了，姬书藤的报告稿还剩几节没写完，成志敏接过稿子脸色大变："这……这干的是什么活?!"姬书藤不好意思，赶忙说："没关系，你在台上讲，我在下面写，一页一页往上递，误不了事。"

成志敏一看，也没别的办法了，说了句："他妈的屎到了腚眼子上了才找厕所，就这么整吧。"说完，扑腾扑腾上台去了。姬书藤果然坐在下面，写一页递一页，把这件事对付过去了。

会后，成志敏对姬书藤说："以后可不敢再这么整了，这叫什么事儿啊，这叫鸡巴上挂镰刀——太悬!"

过了一段时间，姬书藤跟着成志敏下乡，搞农村团组织建设，两个人是坐班车去的，班车上乱哄哄的，都是些维吾尔族农民，有的带着鸡，有的牵着羊，味道不好闻。姬书藤皱了皱眉头，对成志敏说："你现在可是县级干部了啊，相当于县委书记了啊，完全可以让地委派小车了。"

成志敏看了他一眼，说："还真把自个儿当回事儿啊？你以为咱们这共青团是什么？就是战争年代扛了个红缨枪在村口站岗放哨的。坐个班车啊，不委屈，挺好，不是说要密切联系群众吗？这车上全是群众。"

成志敏这么一说，让姬书藤觉得他不简单。此人志在千里，绝非燕雀之辈，必有鸿鹄志向。一般燕雀人物，有小获即洋洋自得、难以把持；成志敏 30 岁出头已经到了正县级，却全不在意，处事低调，说明此人胸中早有更大目标。如果放在自己身上，姬书藤设身处地一想，他估计自己做不到，他可能早就喜形于色恨不得让天下人都知道。这么一比，姬书藤觉悟到，自己比成志敏差得远了，不服气人家，行吗？

班车到了县上，姬书藤完全没有想到，县委办公室跑出来接待他们的人，竟然是司马义。

"啊哈，继续疼！你怎么跑到这儿来了？太好得很！"他把姬书藤叫成"继续疼"。司马义非常热情，他对成志敏说："成书记，继续疼是老同学了嘛，还是一个群众组织'天山公社'的人嘛，我还为他挨了一耳光。哈哈，太高兴得很，让我今天好好地陪一陪你们，县委给我的任务嘛。"

成志敏笑眯眯地看着司马义说："挨了一耳光又是怎么回事？"看样子成志敏一见面就对司马义产生了好感，他不隔人又真诚，特别容易让人产生信赖感。司马义就把姬书藤踢人自己挨了一耳光的事说了一下，说完，三个人哈哈大笑。成志敏对司马义开玩笑说："你为啥不说不是我踢的，是他踢的？"成志敏指着姬书藤。司马义说，那当然不能说了，他是我们自己人嘛。

成志敏说，你这个人够义气，有水平。维吾尔族学生能替汉族同学挨耳光，说明心里把政治观点看得比民族立场重要。你现在在县委办公室搞什么工作？

"我当翻译。"司马义说，"咱们马上去一个叫伯什克拉木的乡,那是我的老家。"成志敏说,你父亲是干什么的?"农民,真正的农民。"司马义看起来非常自豪地说。司马义就找了一个维吾尔族农民赶了一辆毛驴车送他们,他自己骑了个自行车跟着。姬书藤还是头一回坐毛驴车,哈哈,比坐小汽车还舒服!小毛驴拉着三个人,在乡间土路上跑得很轻快。路两边是高大的白杨林,林带后面是水渠、小木板桥,桥后面是一户户的柴门农家小院,还有果园……他没有想到,这个紧挨着塔克拉玛干大沙漠的南疆农村,会有这么幽雅别致。"真不愧是社会主义新农村呀!"他赞叹起来,然后拍了拍赶毛驴车的那个农民,问道:"解放前能有这么好吗?"农民笑嘻嘻地转回头来:"比这还好!"姬书藤一听,傻眼了。他以为自己听错了,再看那个农民,一脸的爽朗和自豪。他想象不出这里解放前的样子,他接触到的宣传都把过去说得暗无天日。成志敏倒是一点也没有大惊小怪,仿佛这些早在意料之中,他坐在毛驴车上微笑着,对这些不置可否。

大队的这个会议室兼礼堂,其实是一个大地窝子,挖下去两米,上面搭了个顶棚。里面还挺宽敞,坐满了几十个人。司马义陪着他们从斜坡走下去,地窝子里乱哄哄的,浓烈的莫合烟味弥漫,人声嘈杂。成志敏开始给这些青年农民上团课,他讲十几句话,停下,司马义翻一阵,底下仍然是乱哄哄的,烟味弥漫。成志敏很有耐心,他不管人们听了没有,听懂了没有,就这么一段一段地讲,讲完了翻。

姬书藤坐在下面,透过弥漫的烟雾,观察这些有的戴着羊皮筒高帽子的、有的留着浓密络腮胡子的听众,其中大部分人看不出年龄。那些人没有几个认真听讲的,大部分都在就近交流些什么别的事情。也难怪，姬书藤也听不出什么意思，无非是证明了，今天我讲了，你们来听了。

散会时已近中午，大队安排他俩来到一个尚未结果的果园里，树荫下铺了块地毯；不远处有个灶台，一个农妇正在给他们准备午饭。坐在地毯上，人一下子就放松了，姬书藤说："我觉得政治，好像没什么意思，你在上面讲得口干舌燥，人家一句都没听进去。"

成志敏想了一下忽然说："你是爱吃包子皮还是爱吃包子馅？"

"当然爱吃馅。"

"那不结了，包子皮也没意思。没有皮那就不叫包子了，只能叫丸子。丸子好吃不是主食，是一道菜。唱歌跳舞演戏还有你们那个啊啊的朗诵诗倒是有意思，但是那个能当饭吃吗？"

成志敏这么一说，让姬书藤一时想不出合适的话反驳了。成志敏继续发挥他的包子理论："这个社会当中千行百业，不管哪一行哪一业，都是馅，没有政治这个皮包起来，就形不成包子，也成不了饺子。中国人为啥最爱吃包子、饺子？为啥过年过节一定要吃包子、饺子？就是这么个理儿。"

"这个包子理论是你发明的吧？我以前从没有听说过。"姬书藤摇着头说。

"我也是瞎琢磨的。"成志敏谦虚起来。司马义在一旁听着，他很少插话。

说话间，午饭备好了，农妇端上来一人一盘面、一盘拌面的菜，三个人吃得挺香。这维吾尔人的农家饭，看起来简单吃起来非常过瘾，成志敏一边吃一边说了一句："嗨，不错啊，鸡腿粗的拉面有筋道!"吃完了拉面再喝半碗面汤,然后在树荫下的地毯上睡个午觉,感觉也是神仙过的日子。下午,司马义陪着走访了几家农户。这一家是只有老婆婆和儿媳妇在家,家景尚好,儿媳妇衣襟上挂着些装饰。姬书藤凑近一看,有一块是银圆,上面印着袁世凯的像,是块少见的袁大头。

他一时好奇,就指着上面的人像问那儿媳妇知不知道这是谁?儿媳妇摇头说不知道。他又问老婆婆,老婆婆有点不好意思,点点头说她知道。姬书藤心想,这老太婆神啦,今天算是遇到农民里的历史学家啦,太了不起了。

十二

1975年冬天的一场罕见的大雪似乎在预示着什么,有一种神秘的、不祥的意味。积雪从乌斯唐布依纵横交错的土耳其式小巷庭院中被清除到街道上时,已经堆至电线杆顶端了。这一场大雪使温暖干燥的南疆古城颇感振奋,也隐隐有一些惊恐不适。街道上堆满了雪,步行都已经很难通过,两个对面行来的陌生人,都要互相扶着对方,才能侧身互换位置。所有的积雪都要运进那个大涝坝。据说这个大涝坝每年都淹死几个人,主要是儿童,也有妇女,偶尔会有失足落水的醉汉。还听说有一年水干见底,整个涝坝里一共只有四条鱼,每条都有成人那么大,小鱼一条也没有。这不是很古怪么?为什么是四条不是五条或者更多?为什么一条小鱼也没有?四条大鱼吃什么?它们是怎么凭空长那么大的？

　　这些传闻使这个本来平平常常的大深坑显得有了神秘、怪诞的意味儿，它像一个仰天张开的大嘴，总像是在耐心地等着什么掉进来。

　　现在这个马车夫就正在这个久已干涸的大涝坝的边缘上倒他的马车。他驾驶的是一驾四套马的大车，一匹辕马，三匹稍子马。马匹个个精壮。他的大车上装满了从街巷里拉出来的雪，正在大涝坝的沿上，他打算让马车倒得更完美一点，这样他就可以直接把积雪卸入大涝坝里，坑边上不留一点残迹。看得出，他是那种认真的人，喜欢把活干得比别人漂亮。

　　姬书藤当时第一眼看过去就觉得那个人可能要犯一个可怕的错误。那个维吾尔马车夫，他戴了一顶羔皮直筒帽，上唇留了一些短髭，两腮长着一层带卷儿的络腮胡子。他像个性直、性急的人，但实际上应该属于那种做任何事情都十分投入、丝毫也不肯马虎将就的人。

　　他在倒车。他总想倒得近一点。

　　他的那匹经验丰富的辕马看起来比较谨慎，车倒到离坑边不到一米时，辕马就坚持不退了。但是马车夫是一个固执己见的人，他喜欢完美，他不停地吆喝那几匹马，并且扯着辕马的辔头，坚持让车倒得离涝坝沿更近一些。他倒来倒去，不肯将就。

　　姬书藤预感到将会有不同寻常的后果发生，他站在近处不走了，等着看那后果。无非是两种情况，一种是马车倒得恰到好处，一大车雪顺顺当当卸进坑里；另一种是连车带马全掉下去。当时姬书藤甚至有些希望马车夫倒不好把车掉下去，那可是一般平凡生活中难得遇到的刺激场面。他本来仅仅是路过这里，但是被这个马车夫行为中所含的悬念吸引住了，他立在那儿，非常专注。

唉，这个马车夫，这个戴着羔皮直筒帽子的人，终于在很短的时间里把事情弄得不可收拾了，他没让姬书藤久等。

正如姬书藤想见的那样，他的意志和马的领会之间发生了关键处的一点误差。马车后倒得过了头，车轮移动到边沿，马车夫想使马儿向前，结果马儿们却猛地一倒，车倾斜了。四匹马的力量想再把这辆悬空的重车拉上来已不可能。

眼看着那辆载满积雪的重车拽着四匹马坠落下去，四匹马的姿势令人哀怜，它们朝天仰面，伸直脖颈，像一些不会飞的大鸟，任凭自己向深渊栽翻下去。

马车夫张大惊慌失措的眼睛，他使尽全力，发出惊叫，也没法扭转这一瞬间的颠覆。他，犯下了终生难忘的错误。

马车和马在两秒间通过自由落体运动直达坝底，马车撞碎了但马车不知疼痛，四匹马却像柔弱无助的、覆巢之下的小雏鸟那样，挣扎，抽搐，等待死亡。这时，马车夫用双手抱住脑袋，蹲在涝坝沿上，他方寸已乱，感到大祸临头。

事情的发展果然如姬书藤料想的那样，但他凭什么理由去事先制止呢？他走过去好远了，还在不断地停下，回头望着那里，他一路上都在想着这件事，但是想不出事先制止的可能性。

当他走到阿不都克里木住的街巷时，远远地，他一眼就认出有个穿黑袷袢的人，正是阿不都克里木。他正在往一个毛驴车上铲雪，低着头，故意不朝这边看。姬书藤知道他早就看见自己了，但他还是假装没看见。姬书藤也装作没认出来的样子，从旁边走过去了。他一边走一边想着那天和醉汉阿不都克里木在一起的情景，那么亲热，那么开心，那么心底透亮毫无隔阂，比多年的朋友还信赖。可是时过境迁，一转脸便成路人，就像根本不认识，从来没有那回事了。只是在特定的场合和心境下，彼此配合着演了一出戏吗？好像是，又好像不是。那是什么呢？"民族"这个讳莫如深的词忽然从脑海里蹦出来，就像一只巨鲸的鳍和尾在海面上闪现了一下，翻起水浪，但巨鲸的面目还藏在深处。

他想着这个问题，生活在这座古城里的人没有人能回避。数千年乃至更为漫长的时间里，不同民族、不同种群在完全不同的文明进程中生存，虽然有着人类共同的一些基本的价值判断，但在生活习惯、思维方式的很多细节上，差别很大。包括手势，包括对敲门声的话语表达，都完全不同。汉族人说敲门是"当当当"，同样是敲门，维吾尔族人说就成了"托克托克"。这说明什么呢？这说明不同民族哪怕有百分之九十九的共同点，哪怕只有零点几的差异，在特定的形势下，就会演变成百分之百的矛盾冲突。这大概是当今人类面临的一个古老得不能再古老了的新课题，哪个圣贤能够为这个世界开出根治的药方呢？姬书藤想了一遍那些伟人和政治家，好像没有谁行。

人类就是人类，人就是人，从最原始的动物进化而来的体内，永远携带着不易根除的原欲——占有、掠夺、征服、贪婪……最终解决的办法还是野兽一样的简单的暴力。人类文明吗？不，一点都不文明。所谓的文明只不过是一种包装，就像人穿的衣服，各式各样的衣服。剥去这些衣饰，露出来的全是赤裸裸的肉体。与野生动物明显的区别是，人褪去了毛——只有最原始的部位还残留着一些,"文明就是人类的毛"。

想到这儿,姬书藤不由得笑出声来,弄得身旁的路人惊诧地望着他,还有人小声地说了一句"萨朗"(傻子)。是啊,谁会一个人在街上突然独自发笑呢?

雪后一直阴郁的天空使人心情压抑,走在厚厚的雪地上脚下发出吱吱的像是踩住老鼠的声音也显得滑稽,这一切都有些不够真实,一座干燥的土城在雪的包围下回到洪荒年代,像一处陌生的星座、一段混沌的梦境。

那辆马车撞得四分五裂,那些马匹来不及挣脱羁绊,也来不及长出翅膀凌空飞腾而去,那个双手抱住自己脑袋的马车夫从此摆脱不了一个终生的噩梦。这一切,都是因为这场罕见的暴雪。

街边的电线杆从厚的雪堆里露出一点儿尖,仿佛沉船最后的桅杆。喀什噶尔正在沉没。

让我们在雪中起舞吧
只要雪还没化
就在踏上去吱嘎作响的皑皑白雪中
留下足迹
足迹会保留着,保留着
直到冰雪消融,他预测
到那时,东方和西方
又将赤裸面对,冰火不容

一个长得毫无风采、看起来就像屠宰场老搬运工的雅利安人写下的句子，从遥远的黑森林里发射出来，穿透了时空和语言的障碍，剑一般直中靶心，射在了东方吐曼河畔的这位无名小卒心上。姬书藤认为这就是专门为他写的，比情书还专门。此时此刻，此情此景，别无替代，一点不错。在这个混沌的尘埃世界里，只有雨和雪可以稍微洗涤一下，偶尔也可能一颗心和另一颗心相撞，碰撞出暖人的一线阳光，让生活继续运行下去。人和人可以离得很远、非常远，心却可以很近，近得就像一起搏动；人和人可以离得很近，心却相距万里，难以相通。

但是不管怎样，生活还在继续。

哈皮从阿图什寄来了信，他和孙紫荆准备结婚了，春节时打算一起到喀什噶尔来看看老朋友老同学。另外，他到了州党委办公室当政法秘书，一切尚好勿念云云。

姬书藤也想念他俩了，真想和老同学聚一聚。还有王镰、鱼姗姗，乘着过春节，大家在一起欢乐欢乐多好。他一路想着这事，准备回去和庄延商量商量，然后赶快给哈皮回信。

十三

喀什军分区司令员庄元兴家的大年初一热闹起来了，这几年他们家很少这么热闹过。庄元兴的两个孩子都是前妻生的，女儿庄延留在身边，在喀什公安处工作，儿子庄明在野战五师当兵。平时家里只有庄元兴和他的夫人洪雁，还有个公务员苏子艾出出进进。他们家少有闲杂人来往，来的基本上都是分区的干部，汇报工作，交代事项，然后敬礼，向后转，走了。他们家像个办公室。

洪雁40岁多一点，比庄元兴小10岁。身体已经发胖，皮肤仍然很白，走路慢而无声，轻得就像水在地板上溢过来。她一直没有生育，对姬书藤和庄延还是挺好。这个建国前参军的六军文工团的演员，被彭德怀一声令下，退役回家当了家属。

庄元兴今年喜事临门，军管时期结束，他的地区革命委员会主任已经不当了。但是内部已有消息，命令很快宣布，他马上要升任军区副参谋长了。所以庄延说起想请几个同学一起到家里过节热闹热闹，他马上就答应了。

庄延说："我们家地方太小了，几个人就满了。"

庄元兴说："都是什么人呐？"

庄延说："两对，都是姬书藤大学的同学。一对在阿图什，男的叫柳司理，是州党办的政法秘书；女的叫孙紫荆，是州医院的医生。还有一对，男的叫王镰，女的叫鱼姗姗，都是喀什二中的老师。"

庄元兴说："那好嘛，欢迎！"

柳司理和孙紫荆离得远反而来得早，带了一条西噶尔水库的大草鱼，足有十斤重。

过了半个多小时，王镰和鱼姗姗也到了，说路过街上巴扎，顺手买了两只活的小公鸡，可以炒个辣子鸡。

话没落音，有人喊"报告"，开门一看，原来是隔壁王政委家的公务员，双手捧着个陶罐，说政委让送过来的红烧狗肉，政委亲手做的，请庄司令品尝品尝。庄元兴夹起一块尝了尝："味道不错么，这下有的吃了，手艺不错哩！"

庄元兴和王政委两家住着一幢平房，各占一半，左右为邻。庄元兴家是四间房，一间客厅，三间住人的房间，都是地板，另有一间厨房，一个小餐厅，一间有浴室的卫生间，那就已经显得很宽敞了。

庄延和孙紫荆去弄鱼，公务员小苏去杀鸡，鱼姗姗和洪雁在饭桌上挑大米——那米里混着稗子和小碎石子，洪雁每次吃米饭都要仔细一粒一粒挑一遍才行。

剩下王镰和柳司理坐在客厅里陪庄元兴聊天，姬书藤坐一阵出去看看又回来。

王镰说："庄叔叔，我有个问题不知道合不合适问？"

庄元兴说："说，有什么不合适的。"

王镰就壮了壮胆，说："您是老红军了，打了二十年的仗，战场上打死的敌人肯定不少，那不算，有没有亲手杀过人？"

庄元兴沉吟片刻，眉眼低垂下来："有。"他说，抗战的时候，我是个保卫科长，有一个人是叛徒，给我的任务是把他处决掉。我们把他骗到一个山上，用绳子勒死了。他走到半山腰有感觉，死活不肯再走，我们就把他勒死了。

"后来又说是搞错了，不是叛徒。白白把人家搞死了。

"我也差一点被搞死哟！"

柳司理一听赶紧问道："那是怎么回事？给我们讲讲吧。"

庄元兴说："长征的时候，杀AB团，AB团知道吧？"

柳司理说："知道。"

那个时候，搞AB团搞得很凶，不知怎么回事就成了AB团。执法队一下就把人捆走了，把我和另外一个莲花入伍的红军战士捆在一起，拉到河滩上。为了节省子弹，就用河滩里的鹅卵石砸头,吭哧吭哧砸脑袋。先砸那个莲花的,砸他一下,震我一下。我俩绑在一起嘛,啊呀血,脑浆子,溅我一脖子。

他砸死了,该砸我了。也是巧了,正好贺老总骑着马过来,一眼就认出我,他喊说"那不是小庄庄元兴吗?"我连忙叫喊"是我是我啊,贺老总救我啊!"我以前给贺老总当过警卫员嘛,他过来一问,说:"庄元兴我了解,不是 AB 团,放了。"这样我才没死,贺老总救了我嘛。他要是晚过来十分钟,我就死在那个河滩里了。

三个人在一旁听得目瞪口呆,惊心动魄。姬书藤说:"和电影上演的根本不一样呀,战争年代真是太残酷了。"

庄元兴挥了挥手:"电影那是哄小孩子的,真的比那个还要残酷得多。"

三个年轻人这才算上了一堂革命传统教育,以前听过的那些全是化过妆上过彩的,从没有听过这么真实,这么残酷的。

"真是太可怕了!"三个人异口同声。

"革命革命,就是一些人要另一些人的命嘛,毛主席早就说了嘛,'不是绘画绣花'么,"庄元兴笑着说,"是一个该吉(阶级)推翻一个该吉(阶级)的暴烈的行动。"庄元兴个子不高,也不粗壮,眼睛大眼泡也大。他的精神头儿全在那双眼睛里,警觉、灵活、专注。瞳孔像黑的车轮子,一转一转的,眼白像北极冰川。可以看出来,他心性活泼但经得起大事。死人堆里爬过来的人,什么没经历过?人不是读书读出来的,人是经历历练出来的。姬书藤想到成志敏,虽然和庄元兴不是一代人,两人差别很大,但是有一种相似的东西贯穿在他们身上。这个东西,王镰以前完全没有,现在似乎有了一点。哈皮以前是冬眠状态，现在正在苏醒。他自己呢，以前完全背道而行，现在似乎略有所悟。

这个东西是什么呢？假如一个人他对别人的心思琢磨、理解、领会的能力，远远超过对自己内心世界的了解，这大概就是政治素质。相反，在自己的想象中沉浸于虚拟空间做白日梦，应该是艺术家们的通病。

这时，姬书藤脑子一转，忽然想起件事。他前几天在报社一个编辑家看到一座半个手臂那么高的铜佛，一下就被吸引住了。那铜佛一看就有些年代了，造型古朴优雅，佛相俊美精致，望之绝非凡品。

"从哪儿弄的这么好的铜佛？"他问人家。

人家说："军分区从阿里的古格王国遗址拉了几卡车下来，你这个司令员的女婿还不知道啊？分区宣传科的焦干事送给我一座。你想要还不是随便挑呀。"

姬书藤想起这个事，觉得正是时候。哈皮正准备结婚，这是个吉祥的礼物。王镰这种学者型的人，肯定会喜欢。乘着春节的喜气，一家送一尊，岂不是皆大欢喜？想好了，他就问庄元兴："听说分区从阿里拉下来几车铜佛，能不能给我们几个？"

"啊，那个，"庄元兴说有这么回事，"那个没有什么问题，让小苏去问一下。"

过了一会儿，公务员小苏回来了，抱回来三个铜佛，两个大的，一个小的。小苏说："首长，亏是咱们去得巧，就剩下不知道谁放在一边的三个佛了，全让我拿来了，其他的全拉去熔化了造子弹壳了。"

哈皮一听:"那不是太可惜了吗?这么好的铜佛。"

王镰接过一尊,放在桌面上,仔细端详了一番,爆出一声:"太可惜了!"他说,这可是有价值的文物呢,你想,古格王国是三百年前被拉达克人灭国的,这些铜佛至少也是三百年前的。而且制作如此精美,这是我见过最美的铜佛。

"这座铜佛送给你了。"

"谢谢。"

姬书藤把另一座铜佛给了哈皮,说:"保佑你和孙紫荆早得贵子!"

哈皮高兴得咧嘴直笑。

还剩下一尊小的,姬书藤自己留下。

庄延这时跑过来客厅,叫大家开饭。挨着厨房有一个小餐厅,摆着方桌,八个人正好。"酒!"庄延忽然想起来,正要去找,只见庄元兴笑呵呵地掂着一瓶古城老窖走来:"年轻人也可以喝一点,无酒不成席哟。"

席间,宾主欢洽,气氛热烈。

酒过三巡,柳司理举杯站起来说:"我是远道来的,这杯酒敬庄叔叔和阿姨。我想说的是,庄司令员您是我们心目中的英雄!"说完一饮而尽。

王镰一看也坐不住了,也起来敬道:"今天我特别高兴,喜获金佛,永远珍藏。祝我们在佛光之下幸福安康!"

姬书藤看大家都高兴,饭桌上的气氛这么热烈,心里乐滋滋的,便对哈皮说:"你是不是该给大家露上一手了?"

"行啊,"哈皮很痛快,他站起来,"我给大家唱支歌吧。唱个《走上这高高的兴安岭》,作者是吕远。"说完,他清清嗓子，就唱起来：

  走上这呀，啊……啊……啊
  高高的兴安岭呀，啊啊啊……啊
  我遥望南方啊，啊啊啊……哎
  哎哎——哎
  脚下是茫茫的草原哎
  我闻见江南的花啊香哎……

  清啊清的昆都仑河昆都仑河哟
  我在那里饮过马哟
  连绵的大青山大青山哟
  我在那里放过牛羊哟
  亲爱的汉族兄弟汉族兄弟哟
  和我们一起建设哟
  在那些野草滩上野草滩上啊
  盖起了多少厂房哟
  啊哈嗬伊，啊哈嘿……哟

  哈皮的歌声雄浑高亢，如同鹰在云中高翔。它滑翔、盘旋、翻转、升高，一点不费力气。大家静静地听着，各自在自己的想象中沉醉，连庄元兴也惊奇地睁大眼睛。

  "看不出来呢，人家还有这本事！"他说。

  最后，酒饱饭足，各自散了。姬书藤送完了客，跑到厨房想去洗碗，结果洪雁已经在洗了。他便立在旁边陪她说说话。

"今天怎么样，高兴吧？"

"挺好。"

"你看我这两个同学怎么样？"

"都不错，以后都能有出息。"

"现在就剩下我了，连党也入不了。"

"你将来，也会有出息。"

她说得非常肯定，似乎毫无疑问。

姬书藤心想，"以后"是个什么样子她怎么能看出来呢？"将来"是怎么回事，难道她能预知吗？洪雁不过比自己大十几岁，却好像一个过来人，见人见事就成了两代人的眼光。她是爱读些文艺书的，虽然只有初中文化，修养还是不同于一般家属。她如果不是发福变胖，可以想见年轻时还是相当有风采的。

姬书藤有一次曾经很冒昧地对洪雁说："我觉得怎么看也觉得你有什么地方不像中国人。"

"不像中国人像哪国人？"她反问。

"有点儿像韩国人？"姬书藤因为知道她是丹东人。

"我爷爷是日本人。不要出去乱讲，你知道就行了……"洪雁这么说的时候，表情很平静，"你是头一个看出来的，过去从没有人这么问过。"她对姬书藤的眼光暗自称奇，这人有时候能一眼看到根上，无论如何也不是凡俗之辈。现在是有些坎坷，日后不会久居人下，说不定会是庄家最出息的呢。洪雁这么想过，所以对姬书藤另眼看待。

"啊？日本人……"姬书藤大吃一惊，"这我可没想到！"

"我爷爷是日本人，我是中国人。"洪雁说。

那总还是有一股日本人的血脉在她的身体里潜藏着,从她走路时的轻如水流,到她脸和颈部的白若冰雪,还有她精细到有洁癖似的生活习惯以及表情手势,都隐隐约约顽强地表现着。姬书藤知道洪雁的这个来历之后,虽然没有想到,却也没有什么难以接受的,甚至还有很强的新鲜感和传奇意味儿。

十四

庄延是个营造温馨家庭生活的高手。一切家里日常生活的所需,全部都是由她承担。柴米油盐,生火做饭,养鸡种花,买菜买粮,全是她的事。有几次公安处的人看见她手里提着菜、肩上扛着一袋面往回走,忍不住会说:"庄主任啊,这些活儿让姬书藤去干嘛,他那么大的个子啥活儿不干,让你扛面袋子,我们都不愿意。"

她笑一下:"没事儿,我扛得动呢。"

有人当面说她:"你是个小姐身子丫环命。"

"我算什么小姐,别胡说。"

"你父亲都是军一级干部了,你不是小姐谁是?"

"我可不愿意当什么小姐,你们最好也不要把我当小姐看。好不好?"

庄延这方面的表现确实让周围的同事们佩服,挑不出毛病。一个九级高干的女儿,肩上扛的常常是米袋子、面袋子,从来不扛"我爸是庄元兴"这种招牌。她这么做好像也不是装的,而是自然而然,出于天性,她似乎从不觉得因为家庭出身就高人一等。更为奇怪的是,她出身这样的家庭却对当官看得很淡,一点儿往上爬的心思都没有。入党入得容易,水到渠成。当个科级政治处主任,也不是她想当,倒像是别人送给她的礼物。

庄延不是没有工作能力的女人,她会办事,能察人,思虑缜密,决事果断。在这点上绝对是狠狠地遗传了庄元兴,姬书藤的评价是"将军的脑子女儿身"。他完全无条件地承认庄延这方面远比自己强,她太适合当官了,按她的人品、才干包括相貌——顺眼不扎眼容易被人接受,当一个省的纪检书记应该是毫无问题的。但是,庄延缺乏进取心,没有原动力,她一点儿都不想改变命运,也丝毫不羡慕任何高官的生活。这样挺好,现在正好,她脸上写着的就是这种表情。

庄延的全部生活就是围绕着姬书藤,似乎嫁了(可能在她的感觉里是娶了)姬书藤已经是她生命中最大的成就。庄延甚至有一种"骗"来了姬书藤的感觉,她总觉得如果不是姬承先被打成叛徒、开除党籍,姬书藤未必能看得上她。乘人之危,看黄萝卜跌价,这难道还不算骗吗?所以庄延特别珍惜这个骗来的成果,对姬书藤白天照顾得像母亲对儿子,好吃好喝。晚上体贴得像妓女对嫖客,百依百顺。庄延以前不会做饭,结婚以后才学着做。有一次王镰和鱼姗姗来,她做的抓饭怎么看都觉得不对劲儿,颜色、味道都不对,结果是忘了放黄萝卜!

以后人家用了些心思,很快厨艺大进。抓饭有时候做得比维吾尔族人做的还香,拌面、炒面、薄皮包子、粉汤、手抓肉、辣子鸡这些新疆饭,样样都行。可惜的是那时候缺油少肉,什么都定量,凭票供应,学会了厨艺也很少有机会发挥。

日子就这样慢悠悠地流淌推进着，不咸不淡，不喜不怒。既无滋味，也无灾难。日子呀，慢慢流，流得快了早到头。春来桃杏过高墙，桃红杏白开得稠。墙外公安墙内囚，可叹有人不自由。日子呀，慢慢流，流到何时是尽头？鸟有翅欲飞，鱼入水要游，人在世间逞风流，不肯埋没在荒丘，谁愿白首泪空流？大人寰，小宇宙。

姬书藤喜欢这么独坐冥想，脑子里暗自吟哦着这样一类不着边际的诗句，他经常这么干，从来也不打算写下来。这样也算是一种抒发、一种休息，渐渐养成习惯，成了一种精神上的娱乐。他不需要别人参与，他在内心自成一个世界，为此，他经常瞧不起现实。在他眼里，现实是苍白的、僵化的，没有活力，缺乏生机。在通向完美时，毫无创造力，一个个呆若木鸡，完全像行尸走肉；但是在通往邪恶时，同样是这些人变得活蹦乱跳，花样百出，欣喜若狂。

往往在这时候，庄延不会去打扰他，她干着自己的事，偶尔注视他一下。看他像老僧入定，眼神空茫，仿佛深陷于现实之外的另一空间里；过一阵子，脸上的表情活泛了点，像是大白天的梦游人，口中念念有词，但含混不清；有时会独自大笑，跌回现在当下。庄延心里有数，知道他生活在两个世界里，一方面他完全清醒地活在现实中，另一方面他持续地活在一个别人无从窥视的虚拟环境中，那是他用想象构建而成的，有人物，有情节，有随时变幻的惊悚、恐怖、血腥、打斗和正义、真理、爱情、英雄故事……这些东西往往有时会一瞬间坍塌，全面崩溃，他又会另起炉灶，重新开始。庄延理解他这套，她会给鱼姗姗说："他就是这种人，别人是活一辈子，他偏想同时活几辈子。他一直在寻找另一个想象中的他。"

鱼姗姗笑道:"我也是这种人,整天不务正业,活在自己营造的幻象里。"

庄延道:"你们两个都自恋。"

"你不自恋么?我的庄大小姐!"

"人家说我是丫环命,丫环哪有工夫自恋?姬书藤说我是他的殖民地,还是他的根据地,还说'结婚真好,想搞就搞;不用花钱,日夜缠绵'。你看看,我是不是丫环命?不过,我乐意这样,他只要一直爱我,白头偕老,我就心甘情愿。"庄延说的是心里话,她有些动情,眼睛湿润起来。

"你不能这么宠着他,男人都是孩子,宠不出忠臣,惯不出孝子。"鱼姗姗对庄延的为妻之道不以为然,"你这个司令员的女儿倒是有一肚子的村姑情怀!"

说完,两个人哈哈大笑了一阵。

"哎,对了,庄延我给你说,前些天我看见一件特别恶心的事,"鱼姗姗说,前几天我到地区医院找一个医生,正好他在病房,看见一个附近农村的女孩躺在病床上。医生告诉我说,这女孩躺在这张床上,已经半年多了。她搭梯子上房翻晒苞谷,不小心摔下来,腰椎骨折。躺的时间长了,两个屁股上得了褥疮,医生把她翻过来,让我看,哎哟哟,可真是吓死人啦!那两个屁股上生生是两个碗大的坑呀,蛆在里面蠕动……我只看了一眼,再不敢往下看了。

这孩子太可怜了。过一会儿我再看她,她躺着,望着我吧,还轻轻地笑着,笑得又纯真又羞涩,像个婴儿……我看着她那么笑,差点儿哭出来!

"这女孩儿多大了?"我问医生,医生说她23岁了。"不像呵,看着顶多16岁",医生说人家已经是三个孩子的母亲了。而且,医生悄悄告诉我,就在这个病床上,腰椎骨折以后,生着褥疮,她丈夫又让她怀了一个。

"哎哟,庄延你说这是什么事儿呵?是不是让人特恶心!"

庄延听着,皱着眉头,好像鱼姗姗让她吃了一个苍蝇,一脸的难受。"作孽呵,"她长叹一口气,"做女人真的好可怜……"过了一会儿,她好像想起什么,问鱼姗姗道,"你找医生干什么去了?你没生病吧?"

"我好着呐,没病。"

鱼姗姗俯下身在庄延的耳朵边上悄声告诉她:"我怀孕了。"

"真的啊?那太好了!"

"当然真的,我还会骗你不成?哼!那些人还说我不会生孩子!"鱼姗姗气哼哼地说。

"你怎么可能不会生孩子,"庄延笑道,"你们两个像一对种马,肯定生个漂亮孩子!"

"去你的,你和姬书藤才是种马呢!"

其实鱼姗姗心里乐滋滋的,说是种马,也就是种人,血统高贵,品质优良。这样的恭维太合鱼姗姗的心理了,她有很强的血统意识,这种意识就如同她的个子那么高。她喜欢卓尔不群、高高在上,有一种天生的貌众感。在喀什噶尔这个"小破城"(鱼姗姗的惯用语)里,也只有庄延这种"土酋长的女儿"(也是她的代用语)配得上和她当朋友,余皆难入美人眼。

有的人得的是小儿麻痹症,鱼姗姗得的是天生贵族病,她是白天鹅,天鹅哪有不高傲的?但实际上,虚荣的人往往简单,高傲的人未必强大。鱼姗姗是一个蛋壳里的生物,外壳固然光洁严密,一旦碎了,也是一地汤汁,不好收拾。她虽然不久就要生孩子了,但自己尚未完成孵化期,什么时候她到了自己能啄破这个蛋壳,她才算一只独立飞翔的天鹅。

也许快了,也许永远不能,一辈子生活在壳里……人嘛,总要生活在一个东西里,有的人生活在蛋壳里,有的人生活在巢窠里,有的人生活在窝洞里;有的人生活在树上,跳来跳去;还有人生活在水里,离开水一分钟都不能活;有人生活在油彩里,只有化了妆她才能更像自己;有人生活在毛发里,只有长发和大胡子才能遮掩他的满脸窘态;有人生活在赤裸裸一丝不挂里,光屁股打狼,不是你死就是我死;有人生活在梦里,谁也别想把他唤醒,对他来说,醒就是死。

不管怎么说,人都生活在衣服里。

衣饰是人最后的包装和防线,去了包装,才见真货。人是害怕以真货示人的,敢于示人的,大概货真价实吧。

十五

快下班的时候,王镰很罕见地跑到姬书藤办公室来了,他看出姬书藤有些惊讶,便解释说:"正好路过,也没有什么事儿,过来看看你。"

反正快下班了,两个人对面坐着,总觉得聊的话题对不上茬儿。你说《三国》吧,他老往西边引;你刚要说西游,他又扯到《红楼梦》了。姬书藤心里有些纳闷,弄不清今天到底怎么回事。王镰呢,看姬书藤怎么也引不到正道上,闷了一会儿,只好叹了一口气直说了:"我入党了。"

"啊?你入党啦?"姬书藤这才恍然大悟,原来王镰是专门给自己报喜来了,自己竟然完全没有想到,真是太愚了。听到这个消息,他本能的反应不是替他高兴,而是极大的震撼,就像一颗炮弹意外地落在自己的房顶上,弹坑里首先冒出的是一股嫉妒的酸水。他怎么能不嫉妒呢?在他的印象里,王镰是离共产党员这个称号最远的人。他们家就没有和共产党沾边儿的人,他爸爸是国民党,他妈妈是无党无派的资产阶级小姐,他自己也是个一贯自由散漫、清高孤傲、鄙视各种政治活动的人,一句话,他长得就不像共产党。现在,连王镰这样的"原极右青年"都成了光荣的共产党员了,让姬书藤情何以堪啊!

姬书藤一直以为自己起码比王镰离党要近得多,在党的一级领导机关工作怎么也比一个在中学里教书的入党容易吧?结果倒好,人家王镰进步快,倒先入了,自己还不知哪年哪月才能入。哈皮入党并没有引起他太多的嫉妒心理,因为哈皮家庭没有根本性的变化,在姬书藤心目中属于该入的;王镰就不同了,王镰从一个全校有名的、破罐子破摔的、执意不准备听党的话跟党走的右翼分子,竟然在喀什噶尔洗心革面、摇身一变,通过几年埋头苦干、顺从听话,成了中共吸收的新鲜血液……这确实是太不可思议了!从王镰脸上,姬书藤实实在在地看到了一个人"觉悟"之后的神态。

想到这里,他的嫉妒心渐渐沉落,已成事实了,还嫉妒什么。他对王镰说了些祝贺的话,但他自己也感觉到脸上有难以掩饰的尴尬。

打破这尴尬的,是成志敏。他正好推门进来,姬书藤一介绍,成志敏马上笑着说:"啊,知道,姬书藤经常说起你。"

姬书藤又说:"成书记,王镰入党啦。"

"那好哇。"成志敏又专门和王镰握了握手,坐下来。他对王镰的情况知道得不少,都是从姬书藤嘴里听来的,这是头一次见面,他看到的王镰不像姬书藤说的那样,是个非常懂规矩的样子。一个入了党的人,肯定会少了那些桀骜不驯的东西。有那些东西,入不了党。党是干什么的?就是驯化人的嘛。你是个野狗,准能把你驯成个看门狗;你是个爱咬架的狗,那正好把你训练成一条军犬、警犬;你是个狮子老虎都能驯得乖乖儿地在马戏团里表演,甭说那些小猴子、小狗熊什么的了。

聪明点儿的,自我改造,积极靠拢;不聪明的,硬抗死倔。问题是你抗得过么?一个小屁人儿,你跟党、跟国家机器抗,那还不是愣拿着鸡蛋朝生铁疙瘩上碰么?人一生下来,谁没点儿性子?长大一点儿了,谁不调皮捣蛋?所以要驯化嘛,在家父母驯,上学学校老师驯,最后还是靠党来驯。驯好了的,入党,当干部,再去驯别人;驯不成的,恶狼、疯狗,关起来,一枪崩了,省得祸害社会。

"说到根儿上,不就是这么回事儿吗?"成志敏说到这儿,咧着嘴笑起来,他一笑的时候,嘴就有点歪。他原来也没想过这些道道儿,今天忽然冒出来这套驯化哲学,其实是和刘少奇的"驯服工具论"如出一辙,但他自己没觉得,以为是自己发明的。

王镰说:"成书记对社会认识得透。"

姬书藤笑着补充道:"老成还有个'包子皮论'呢,就是说政治是包子皮,其他的全都是馅。"

成志敏谦虚道:"我那都是胡扯乱弹,算不上什么理论,顶多算是你们说的那个什么'灵感'吧?"说完,他看了一眼王镰,然后对姬书藤说:"你姬书藤也该加把劲儿了,成天上班的时候省脑子,啥都不往心里去,你问他啥他都是行啊行啊的。不上心,省脑子呢。每天晚上回家下真功夫,写那个呵呵的破诗、烂小说,拿着公家的工资干私活。

"你说说,要是讨论你入党,咱们这个支部工、青、妇二十几号人,能有多少人举手通过?"

姬书藤想了想,肯定地说:"绝对超过半数。"

"那不行。"

"超过半数不是就通过了吗?"

"你这种标准太低,让我说,必须全票通过,一个不举手的都不能有。"

"那……谁能做到啊?"

"怎么不能?下点功夫,做做工作呀。少写点你那些破诗、烂小说,抽出点时间来,谁对你有看法,登门拜访,虚心求教,坚决改正。一个一个地拜,直到大伙儿全都满意!"

"啊?这么麻烦?……"

"嫌麻烦那就别入了呗。"

王镰插话说:"成书记说的是真经。"

姬书藤问道:"王镰你是这么干的吗?"

王镰说:"当然。可我没有成书记这样的指路人,走了不少弯路。"

姬书藤一听，说道："操！那老子也豁出去了，把自尊心别在裤腰带上，就照你们说的办！操他娘的这有什么了不起，就像林副统帅说的'上战场，枪一响，活着干，死了算，老子今天就死在战场上！'我就不信入不了党！别的什么都可以不要，党不能不入！我不能没有政治生命啊。"

"但是，操他娘的这种话不能乱讲，你操谁的娘？严肃的问题上不能乱操。姬书藤这小子就是管不住自个儿的嘴！我告诉你，你可别说我没提醒过你，你以后迟早要栽在这张嘴上！信不信由你。"成志敏听着姬书藤那一番赌咒发誓的入党决心，有些哭笑不得，气不打一处来，"好好的话让他一说总觉得不对味儿，跟土匪打劫前的动员似的。成天价不分场合胡说八道，你以为是在你们家里啊？"

"上管不住嘴，下管不住尿，迟早惹事是两头。"姬书藤干脆更进一步，把自己说得更惨一些。成志敏说："下面的事不归我们管，那是人家庄延的职权范围。"

说完，三个人一块儿都笑起来了。

这时，王镰的情绪被调动出来了，他也不甘寂寞了，咳嗽了一声，振振有词地说出一番话来。他朗声诵道："操曰：'使君知龙之变化否？'玄德曰：'未知其详。'操曰：'龙能大能小，能升能隐。大则兴云吐雾，小则隐介藏形；升则飞腾于宇宙之间，隐则潜伏于波涛之内。方今春深，龙乘时变化，犹人得志而纵横四海。龙之为物，可比世之英雄。'"

"妙哉！青梅煮酒论英雄。"成志敏喝彩道，"随口就来啊，已是烂熟于心。"

王镰继续论道:"这一段论多么精彩,精彩在论英雄而不仅限于英雄,对于所有的人都是人生观、世界观的益智之言!龙之为物,可谓大矣,然而它懂得'乘时变化',它能大能小,能伸能屈,它知道鱼龙和大海的关系。这和一个人同整个社会的关系是一样的,任何人,包括那些能够'兴云吐雾'的人,都不可能违背规律,一手扭转乾坤。谁要是把自己看成比大海还大的龙,谁要是把自己看成超人,把别人看成傻子,那就是思想方法出了问题。群众是真正的英雄,是大海,最终的气候和形势由他们来选择、决定。

"天底下有这么多人,这么多愿望和要求,这么多利益和矛盾,哪能由一点书生意气来解决呢?任何一个个人的、集团的、地域的、种族的、宗教的立场,都不能代表中华民族的大目标、大立场,而中华民族的当务之急是安定中图发展,发展中求生存。"

"这才是高论啊,"成志敏鼓起掌来,"讲得好,讲得对,这真是听君一席话,胜读十年书呢!"之后过了好几天,成志敏跟姬书藤说起王镰来还是赞不绝口,他说:"你那个同学王镰是个人才,有学问可又不是书呆子,这种人还不太多见。大学里的那些有些学问的人,咱们也见过一些,缺乏实际经验的多,生活面窄,那些学问也用不到实处。王镰不一样,所以说知识分子还是要投入到实际生活中去历练,我看他今后会有出息。"

姬书藤心里又泛上来一股酸水,悻悻地说:"你要说谁有出息那还能错得了吗,你是组织部出来的,当然知人善任了。不过,他在中学那么一个小池子里,还能出息到哪儿去呢?顶到头当个校长兼党支部书记。"

"水是死的，人是活的。不要忘了，一切都在变化之中，以后是怎么回事儿，谁也说不准。"成志敏如是说。

十六

1976年就这么来了。

谁也没有想到这个看起来平平常常的年份，竟会如此的不同寻常。对于那个年代的中国人来说，这一年是灾难日。所有的灾难，仿佛事先商量好了似的，全都排着队来了。山呼海啸，天崩地裂，共工怒触不周山，后羿连射三日，百万精卫填海，夸父弃杖成林，女娲补天割喉，愚公移山被捕……神州动荡，就像一艘大船眼看着就要在大地上沉没。

经历了十年之久的表面狂热业已降温，那个暗藏的、巨大的悲剧性的东西开始逐渐显露出来。政治舞台上混乱滑稽，像一个魔方被一只强有力的手扭来扭去，不断出现新的组合。"文革"后遗留的残余政治势力，有的自生自灭，有的被无情抛弃，有的反而获得了新的活力，像在野党一样让政界人物不能忽视。就连远离北京万里之遥的小小边城喀什噶尔，都不甘寂寞，异常活跃，其中一个兴风作浪的人物就是程墙。被视为接班人的党中央副主席王洪文路过喀什，短期停留中，竟点名召见了程墙。

程墙可不是一般的庸常等闲之辈，这个手眼通天的人物正在惊涛骇浪的政治风雨中独驾小舟。他心劲沉稳，决心孤注一掷，不是在冒险中沉没灭顶，就是际会风云直上巅峰。

对于这个在现实中备遭困厄凄凉的年轻人来说，他的书没有白读。所有有用的知识都被这个饥饿的人吞吃下去，而且消化得一滴不剩，全部运用到现实斗争中。

屈铭这时候像一个冷静的场外指导，他一声不响地在场外观看。他的脸上没有更多表情，他的短发支棱着的平头像是被横空削去了一些那样，平而硬，显得面部更紧凑、更紧张。

专区的那张对开小报《喀什日报》上，开始发表批判屈铭的整版文章，标题很长，耸人听闻，好像屈铭是一个率领百万徒众来进攻喀什的恶魔。屈铭已经不再是"披着老干部的外衣"了，而是赤裸裸地上阵较量了。

看样子当时中国的两种政治力量，已经发展到白热化、明朗化的程度，所谓"造反派"和"保守派"，从中央到地方各有一脉相承。最后的决战渐渐逼近，在喀什的这些风波无不与此关联。

平素并不关注政治的姬书藤此时也嗅到了风暴将临的气味儿，黑云压城城欲摧，青海长云暗雪山，政治气候自会告诉每一只蝴蝶的翅膀。他并不清楚这场风暴对他是好事还是坏事，但他兴奋、期待，渴望改变。在内心深处，他对"文化大革命"的这十年，怀着深刻的仇恨和敌意。明明是一次史无前例的摧残文明的浩劫，却要头戴"文化大革命"的桂冠。所谓防修，正是骗局。你骗了一个人，是骗子；骗了所有的人呢，是政治家；骗了政治家的，是政客。现在谁是骗了政治家的人呢？大家心里都清楚，都有数，三男一女四个人，谁也不敢说出来。

就这样，姬书藤独自在台灯下坐着，深夜之灯，如火如虫，窗帘之外，云浓雾重，一腔心事，诉与谁听？正无法排遣，忽然"欧阳子方夜读书，闻有声自西南来者"冒出来，中学时背诵过的，此时轻诵有如古人神谕："悚然而听之，曰，异哉，初淅沥以萧飒，忽崩腾而澎湃。如波涛夜惊，风雨骤至，其触于物也，鏦鏦，铮铮，金铁皆鸣。又如赴敌之兵，衔枚疾走。不闻号令，但闻人马之行声。予谓童子，此何声也，汝出视之。童子曰，星月皎洁，明河在天。四无人声，声在树间。余曰，噫嘻，悲哉，此秋声也，胡为乎来哉。盖夫秋之为状也，其色惨淡，烟霏云敛。其容清明，天高日晶。其色慄冽，砭人肌骨。其意萧条，山川寂寥。故其为声也，凄凄切切，呼号奋发。……草拂之而色变，木遭之而叶脱。其所以摧败零落者，乃一气之余烈。夫秋，刑官也。"

背诵到这里，姬书藤心里轻松了许多。瞧瞧，古人该有多么大的智慧才能写出这样的文字！人家一眼就望出去几千年，早已领悟、洞察了世间的规律。今天发生的和明天将要发生的事物，不是都讲透了吗？我们狂犬吠日一样叫喊了十年的"破四旧"就是要破人家吗？人家不比你那个红卫兵小报高明一万倍吗？别以为"数风流人物还看今朝"是说你，风流人物早已被古人占尽了，今人哪有古时圣贤那样的智慧通脱？可悲呀，我们这一代如此愚昧无知却自以为聪明绝顶，如此野蛮粗俗却想去解放全人类，如此辱没中华文明却认为是空前绝后的一代……荒唐不荒唐？愚蠢不愚蠢？谁把我们塑造成这个鬼样子的？谁让我们把凶残当成勇敢、把虚妄当成理想、把文明当成敌人……把人性当成软弱？

想到这里,他不敢再往下想了,即使四下无人,他也感到有一双眼睛在头顶上盯着他,不仅能看见他的表情,还能看见他的思想。在这双无处不在的眼睛监视之下,所有人的行为和思想无处遁形。你不仅一辈子无处藏身,同时还注定了一辈子永远无法了解真相,你的一生是赤裸裸的什么也看不见的一生。你被一只无形的手牵着走,哪怕前面是万丈悬崖,你也只能毫不犹豫地走下去。就这样,我们在浓雾中得意扬扬,在没有星月的暗夜疯狂奔跑,在无数同龄人的葬礼上放声歌唱……这就是我们的青春岁月,这就是我们遭遇的那个"史无前例"的时代。

现在,1976年来了。

它是个终结者,手里提着长柄的镰刀,从地平线的尽头开始,一路收割,鏦鏦,铮铮,金铁皆鸣。草拂之而色变,木遭之而叶脱,凄凄切切,呼号奋发。它来收割这个时代。它割得飞快,远远超出人们的想象,它一边割一边说:"这一切早该结束了。"

它是个猎鹿人,身后背着长弓,腰间系着箭囊,它收割一阵,会停下来,注目四野林间,有五色神鹿跃起,则引弓发箭,箭出必中。其囊中有三支箭,它知道将有三只神鹿完成使命,由它箭的引导告别人间。它说:"他们是该走了。"

当这一切尚未显示出来的时候,那天一上班,姬书藤意外地遇到了一桩让他难以回避的事。那天上午,地委机关工会、共青团、妇联党支部开会研究,要推选一个发言人,在机关将要召开的批判屈铭的大会上发言。在座的人一致公认姬书藤去发言最合适啦,他们说:"你不是懂诗吗,能批到要害上,这样显得咱们支部发言质量高。"

姬书藤一听,急了:我怎么能去批判屈先生呢?那不是丧尽天良了吗?本来屈铭也不是地委的人,怎么偏偏就在地委批他呢?自己正在争取入党,谁料恰好迎头碰上这么一个没办法接受的立功机会,真他妈的哪壶不开提哪壶!

他推托说:"我不是党员,发言不合适。"

大家说:"不是党员没关系,现在就是给你创造条件呢。"

机关党委书记张森拿出一沓装订好的材料,对姬书藤说,你拿回去准备准备,这是屈铭的反动言论。姬书藤一看,正是那部屈先生的诗稿。脑子里响起"七月的洋槐花好香啊,延安桥儿沟的洋槐"来了,诗句是那么明亮,他对革命表达的感情是那么真实柔韧,我怎么能去装腔作势地批他呢?一个1938年投身革命的老战士,现在正要被一些根本不知道革命为何物的庸官俗吏所批斗,而且是以革命的名义,还必须让我当帮凶……这件事太过分了。

大概是因为这件事与姬书藤内心的感情立场相差实在太远的缘故吧,他愤然拒绝了。他当时的表现有些突然,过于激动,使周围愕然。他们不理解他何以如此反常,竟敢公然拒绝组织交派的任务。

机关党委书记张森冷冷地看着姬书藤,随即指定了另外一个人发言。张森是个非常世故老辣的人,年近五旬,脸色永远像青蛙皮那样青黄暗绿,好像刚从终年不见阳光的苔藓深处爬出来的冷血动物,没有一丝一毫的温情。

屈铭的批判会是在地委大会议室里召开的。姬书藤很尴尬,忐忑不安地坐在那里,想象着即将面临的场面。周围嘈乱地浮荡扩散着人们的议论声、谈话声，人们一般都很轻松地对待这类事情，与己无关，习以为常，走走过场。

张森说:"让屈铭上来，现在开会了。"

屈铭就上来了。

他站在会场中间为他留好的一块空地上，一言不发。这时他的确像一个被众人围射的靶子。

张森喊了声:"把头低下来!"

屈铭那颗精彩的头颅毫不犹豫地低了一下，两道长眉遮住了他的眼睛。屈铭在这方面很有经验。

代替姬书藤发言的是一个工会干部，他的嗓音尖细嘶哑，听起来像晚上没有休息好的中年妓女的声音，显得荒谬怪异。会场呈现出一种人为的严肃和义愤，不时有一些丧失了本意的字眼从发言者的口腔里被吐出来，像一些空罐头盒儿，叮叮当当，乒乒乓乓，掷地有声。

姬书藤低着头，不敢看屈铭。好像受审的不是屈铭而是自己，好像自己参加这个会本身就代表支持这件事。他不知道屈铭是否看见自己，但直觉告诉他，屈铭在走上来的时候第一眼就发现了他。他觉得自己像犹大一样不敢面对受难的耶稣。

他可能过于幼稚、过于多情了，把这件事看得太严重，当作奇耻大辱来看待。屈铭却是早已见惯不惊，例行过场，他从头至尾没有发出一点声音，不卑不亢，毫无表情。他可能有意把自己变成一根木桩，戳在这儿，让你们去空费唾沫口舌，而他的心灵早已脱壳而去，在千里万里之外，作逍遥游。

待到张森说"你可以下去了"，他昂首挺胸扭身大步而去，头也不回，如无旁物。

会后，回到团委的办公室，成志敏冷冷地朝姬书藤撂下一句话："你今天这么干，可是离党组织越来越远了。"

姬书藤心情沮丧，心绪杂乱，有明显的挫折感和失败感。他虽然任性，也还是清楚地意识到自己这次触犯了一个不能触犯的事物，也许会有严重后果，也许会放他一马，他怀着一点侥幸心理。但是他并没有后悔，他只能这么做，别无选择。如果让他放弃感知、判断、选择立场和决定各种事物的权利，那他还算一个人吗？

十七

那个高踞于时空之上的终结者和猎鹿人，开始加快了脚步。一年的时间对它来说实在太短暂了，就像几秒钟；它还有那么多的事要去"勉其终"，必须"弃其旧而开其新"。它是远远超越了人间所谓真假、善恶、是非的，是"其言忧而不伤，威而不怒，慈爱而能断，恻然有哀怜无辜之心"的。它取下身后背着的长弓，取出腰间箭囊中的第一支箭，它引弓搭箭，凝视着田野林间。

在它眼里，偌大的中国只是一个沙盘大小的模具，黄河、长江就像掉在上面的两茎头发，长城非常可笑，幼稚得如同婴儿的抓痕，五千年的文明只是初生儿的一声啼哭……这时，那只最忙碌的也是最漂亮的五色神鹿从丛林中一跃而出，它手指一松，弓如霹雳弦惊，箭似暗夜流星，正中鹿身。那五色神鹿，扭头留下一幅悲悯坚毅的侧影,便化作人形静静地躺在三〇一医院的病床上。啊,那浓眉,那只有他才能长得出来的浓眉,覆盖住了那双永远不再睁开的、洞察天下的炯炯有神的眼睛。还有那面容,那削瘦如铁塑的,亿万人熟悉并铭刻在心底的完美脸庞,都定格在时空里。啊,山崩海立,沙起雷行,可惊可愕,狂歌痛泣。

什么是"百万精卫填海"?那些日子在天安门广场群众自行发起的悼念活动就是精卫填海。成千上万只,不止,是几十万只、几百万只精卫鸟,从北京城的各个胡同里飞出来,口里衔的不是石子,而是花圈、悼诗和泣血的演讲。他们被当政者的倒行逆施激怒了,他们要痛陈哀思、抗议不公,争取能哭能笑的权利。他们把天安门广场当作大海、英雄纪念碑当作灯塔……

他们要填平这不公。

有诗云:"欲悲闻鬼叫,我哭豺狼笑。洒泪祭雄杰,扬眉剑出鞘。"

这一天,远在喀什噶尔的人们知道了北京城闹事的消息,那天正是清明节。人们的反应截然不同,有人希望"让暴风雨来得更猛烈些吧",有人却认为"应该狠狠地镇压"。姬书藤那天心潮难抑,愤愤不平,他恨不得自己也能变成一只精卫鸟,从喀什噶尔直飞天安门广场,一落地,跳到英雄纪念碑的座阶上,振臂一呼,痛陈时弊,历数怪状,直逼丑类。

他沉浸在自己的幻想中走着,忽然在街上迎面碰上程墙。他本来不打算搭理他,打个招呼就过去了。可是程墙好像能窥到姬书藤的内心,一反常态,单刀直入,问道:"对这件事你有什吗看法?"

姬书藤没有回答。

"我知道你有看法,"程墙说,"可以交换不同的观点嘛,这有什么关系,难道你还怕我去告发你吗?"说完,他朝身后的一座院子努了努嘴,"愿不愿意到寒舍里坐一会?"

姬书藤问他:"你住的这是哪儿?"

"土产公司。"他说道。

程墙的家要比姬书藤预先估计的样子强很多,相当宽敞,打理得也整齐干净,明显比姬书藤家要好。姬书藤暗想,这个地主的孙子、在老家饿肚子混不下去的盲流,几年工夫竟然在共产党的天下混得比自己还好!你能说人家没本事么?你凭什么小瞧人家?你倒是出身共产党家庭,你的老丈人倒是司令、老红军,可你混得连他都不如,而且看样子这只是刚开头,更大的不如还在后头呢。这个迹象,他从程墙那种胸有成竹、踌躇满志的样子上可以感觉到。

程墙又问:"对这件事你有什么看法?"

"我的看法肯定和你不一样了,那几个人算老几?绑在一块儿也比不了总理一片脚趾甲!凭什么不让人悼念?"

程墙对姬书藤的愤慨轻轻一笑,说:"你说的'那几个人'。我明白你是指谁。但是'那几个人'没有毛主席授意敢这么做吗?你应该注意到,毛主席没有参加追悼会……这还不说明问题?"

"天安门广场的群众悼念是人心所向,总理在人们心目中有着崇高威望,不准悼念,天下哪有这种道理?批林批孔批周公,矛头早就指向总理了。"姬书藤终于忍不住了,他积郁太久，义愤甚深，既然阵线已经挑明了，他当然不甘示弱。对那几个人，尤其是那个在上海滩混过的、现在号称旗手的婊子恨之入骨，他破口大骂，还说了许多惊心动魄的话。

程墙倒是一直平稳的，他说："你骂的这几个人可都是毛主席信任、倚重的。"

"毛主席也是人，是人都可能犯错误。"姬书藤终于被逼得说出了这句话。

程墙听姬书藤竟然这么说了，似乎一块石头落地，谈话的目的达到了。他也是想探探对方的底，他叹了一口气，说我们是不同营垒的人，别看现在坐在这儿，将来不知道是哪一天，说不定是你死我活，战场上相见。他说："你猜如果我俘虏了你会不会杀你？"

姬书藤不回答。他不认为会有那一天。

程墙看他不说，就自己笑了，然后说："放心，我不会杀你。"那表情就像他就是曹孟德一样，对陈琳一介书生宽宏大量、杀之无益，留之无妨，挥挥手一句"奇才却是难得"，就使建安七子得以成全。

"但是我要是被你抓住呢？"他反问道，"你如何待我？"

姬书藤毫不犹豫："未免后患，立即杀掉。"

程墙听了哈哈大笑，说："你好看得起我啊！"

姬书藤说："你是有野心的人嘛，有政治野心，只要你活着就不肯安分。假如你有野心同时又有伟大的信仰，那野心就不是野心了，而是雄心。有雄心又有'爱民之深、忧民之切'的大德，那就是领袖之材。可惜你没有，你的野心只是为了改变个人命运，而且你会不择手段，故尔可杀也！"说完，姬书藤也笑了。

程墙一听，脸上笑容收住，叹道："君子之言，你知我甚深矣。"

姬书藤接着又说道："我这个人吧，既没有你的野心，也没你的能量和胆量，你可能瞧不起这种难成大事的人。不不，你别说'没有瞧不起'，但是我要告诉你一句心里话，我很早就开始瞧不起身处的这个世界了！

"这是个和禽兽本质上没有多大差别的世界，弱肉强食、尔虞我诈、贪婪愚昧，国和国是战争，人和人是欺骗……我他妈瞧不起这样的世界，我不屑去争夺什么，但我将迟早给它留下一部《批判书》。如果说野心，这就是我的野心。

"不比你程墙的野心小吧？"姬书藤一吐胸中郁积之气，挑衅似的看着程墙说。

程墙开始垂下眼皮，静默片刻，他抬起头，眼神里有了一点暖意，叹道："我和你，我们两个，本来是应该能够成为朋友的呢。"

"敌中有友，友中有敌；是敌是友，那也是因时因势转化的是吧？没有永远的敌人，也没有不变的朋友。这道理你比我更清楚。"说完，姬书藤起身告辞。

程墙一直把姬书藤送出土产公司，送到大街上，目送他远去。程墙在路边站立良久，他心里想，误解和偏见就是这样把人和人分隔开的，就像墙。你要盖一幢房子，就会产生墙，即使是一幢，每间之间也有墙。看来墙是不可避免的，人和人的隔阂也是不可避免的，他忽然悟到自己名字的含义。他原来的名字是程强，后来他读了些书，觉得这名字太普通了，普通就是俗。他盲流到新疆以后自己把"强"改成了"墙",叫墙的人很少,程墙,这名字改得让他满意。

但是这时候他才忽然意识到自己名字的更深一层含义,"这是哲学呵",他不由得点了点头,有几分自我陶醉:"强不如墙,墙比强强,锵个隆冬锵咚强……"

十八

别人是度蜜月,姬书藤和庄延是度蜜年。结婚已经这么久了,姬书藤仍然乐此不疲,好像永远没个够。就连庄延每月例假那几天,姬书藤都等不过去,不断发出可耻的悲鸣,"怎么还不完啊?"庄延看着他那副期期艾艾的鬼样子,忍不住就想笑。姬书藤说:"我现在明白古人为什么要纳妾了。"庄延问:"为什么?""就是为了夫人例假期和孕期有个替代品呀,不然火烧火燎干烤着,谁受得了哇?所以嘛,古代士大夫一生有三愿,叫临一次朝,刻一部稿,讨一房小。"

庄延说:"幸亏你不是什么士大夫,只是一个小干事,不然还不定要几房妾呢。"

姬书藤笑道:"你说,假若咱们在万恶的旧社会——就算是宋朝吧,咱们相当于一个什么角色?"

"什么也算不上,你连个宋押司也比不上,宋江参加革命前不就是个小小的押司吗?押司是多大个官?估计也就是个干事吧。"

"差矣，"姬书藤道，"我估计比现在强得多！你想嘛，你爹是个守备或是都统，你庄延好赖也是个小姐，家有良田千顷，僮仆成群，府第华屋，还有后花园，你根本不用上班；我呢，我爹也是几十万禁军教头，宋朝不会开除党籍，最不济也是林冲。"

"可是林冲没有儿子呀。"庄延说。

"嗨，你就喜欢认死理，书上没说不等于没有，假如嘛。这么一来我也算一个衙内，架鹰走马，五陵年少，怎么说也比开药铺的西门庆牛逼得多吧？何况我那一年武举场上枪挑小梁王，名震京师；之后御前殿试又以一篇《书藤阁序》轰动朝野、高中状元……"

"你想得美！这下该当驸马了吧？"

"皇上是有这个意思。但是我殿前谢恩，我说：'臣有糟糠之妻，不忍弃之。臣妻庄延，喀什噶尔都统庄元兴之女，性娴淑，通文墨，臣曾誓与偕老。'"

"干吗把我扯进去？我才不是糟糠呢！"

"别急嘛，还没完呢。皇上听了，挥挥手说，罢了，难得此心如明月，并非人皆陈世美。反正朕的女儿不愁嫁，那就给你个京官试试？秘书省正字先干着吧。

"我一听，吓坏了。秘书省哪是人干的活？赶快谢恩、谢罪。我说啊，臣生性懒慢疏狂，不耐坐班，还是把我像李太白那样'赐金还山'算了。皇上气得眼睛一瞪：'金就不赐了，滚！'我赶紧连滚带爬地回来了。"

"哈哈哈哈，太好了，皇上圣明！"庄延听得高兴，拍起手来。

"滚回来的路上,我填了一首词,想不想听?"
"嗯,想听。"

> 我是清都山水郎,
> 天教懒慢且疏狂。
> 曾批给露支风敕,
> 累奏留云借月章。
> 诗万首,酒千觞,
> 几曾着眼看侯王。
> 金楼玉阙慵归去,
> 且插梅花醉洛阳。

"这是谁的词啊?反正不是你的。"
"朱敦儒的。"
"朱敦儒是谁啊?我怎么没听说过?"

姬书藤笑道:"此人也是咱们宋朝的,在嘉禾放鹤洲上经营一座别墅,'闻笛声自烟波间起,顷之乘小舟可至。室中悬琴、筑、阮咸之类。檐间有珍禽,皆目所未者见。室中蓝缸贮果实、脯馔,客至,挑取以奉客'。瞧瞧人家这日子过的,真是神仙风致。"

庄延撇了撇嘴,大不以为然:"我看不出有什么神仙风致,我倒是觉得你那些'讨一房小'哇什么的乡绅理想,处处散发着封建地主阶级的腐朽气味,让人恶心。还有你说的那个朱敦儒,假眉三道,酸得很,他肯定也是不劳而获的,不闻人民大众的苦难,安于世外桃源的生活。难道不是这样吗?"

"谁让宋朝的时候没有共产党呢？什么是时代的局限性？这就是。不过你庄延的时代局限性比他们更严重，你已经完全被你的时代蒙住了眼睛。超越不了自己时代的人是可悲的——虽然这种人是绝大多数。"姬书藤这时意识到庄延的缺陷了，她缺失独立思考和自由意志，轻易地接受现实价值和思想体系，从不对所处的世界产生怀疑。她上过大学但没有真正意义上的文化，她聪明干练但止于应对身边的事物。有什么办法呢？她是自己的老婆，老婆就是老婆，生活的内助，没有必要非得同时成为思想深海潜游的伴侣。想到这里，姬书藤心里反而轻松了许多。"不说这些了，没意思，'理论是灰色的，而生命之树常绿'，"他说，"咱们俩结婚也有一年多了，干那个事儿也有几百次了吧？你感觉哪些印象最深？"

"哪儿有那么多？说这些干什么，不说。"

"说一下嘛，总结经验，以利再战嘛。"

庄延不好意思，不愿意说。

"都是老夫老妻了，有什么不好意思？这是在家里，又不是机关年终总结。夫妻夜话么，说一下怕什么，又没有人舍得给咱们安窃听器。"

庄延犹豫了一会儿，终于说："要说印象最深，那还是结婚那天……"

"我是个童男子么，渴望淬火，百炼成钢。"

"整整一夜就没消停，第二天把我困坏了，老想睡觉。"

"最有趣的就是那次时间长，你低声问：'是不是别人也都这长时间呀？'我当时怎么回答的？"姬书藤问道。

庄延笑了："你说'那些笨蛋要是干这么长时间，大街上早就没人了'。"

姬书藤道:"咱们俩这叫绿壮红肥,天生一对。"

"就爱说下流话,你那张嘴呀,叫我怎么说你呢!"

"那你知不知道我为什么爱说下流话?"

"下流胚子么……"

"我告诉你吧,就因为我这个人太高尚,所以才需要一点下流的东西来中和中和。真正下流的人才不说下流话呢,他们只干下流事,然后装得道貌岸然。"

"墨索里尼总是有理。对了,我给你说,有一次你不在家,鱼姗姗来了,看见咱家床上两床被子,大吃一惊,'啊?怎么你们两个不在一个被窝里睡呀'。你说咱们是不是有点特殊?"庄延问道。

姬书藤说:"可能和别人不一样吧。性欲强的人干完事必须分开睡,不然肌肤相亲,一刺激又想要,睡不成觉。一般的人,一炮就完了,我这门炮能连发,所以不一样的。我还要告诉你,庄延啊,有关人类本质的生殖行为,并不下流,而是一个生命天然拥有的权利,是最自然、最美好的事情,是幸福的根源。相反,剥夺别人的这一权利并丑化它的那些人,才是真正的下流。最下流的人不是强奸犯,最下流的人是皇帝。强奸犯只是被性欲摧毁了理智的可怜虫,皇帝呢,不仅独霸了三宫六院七十二妃还有众多宫女,更可恶的是,用太监这种灭绝人性的办法阉割其他男性,太监制度可以说是人世间最丑恶、最下流的现象。"

"要是这么说,那阉割人的思想、让一切新事物的胚胎流产,是不是更卑鄙、更下流?"庄延问道,表情像个中学生。

"咦？我媳妇水平见长哇！你是真的一点儿都不笨呀。我还没看出来，你心里这么明白。好！不愧是受了我的影响。"

庄延说："你别以为别人都是庸夫愚妇，谁都清楚，只是谁都不说，只有你姬书藤自以为发现了新大陆，到处乱讲。不信你想想你们的书记成志敏，这种话题他绝对深藏不露。"

"啊？闹了半天原来成了我最傻了？"

"你以为不是吗？"

> 两只小山羊，吃草的呢；
> 一个姑娘哎，洗澡的呢；
> 我想过去呢，狗咬的呢；
> 我不过去呢，心痒的呢，
> 哎，心痒的呢……

姬书藤唱起来，像是自我解嘲似的。这是个典型的城镇民间小调，永远登不了人家那些大雅之堂，只能在酒肆瓦舍间传唱逗乐。但是它真实可爱，远比那些豪言壮语的颂歌贴心。

十九

姬书藤刚刚从外县回来，累得要命。

他被借调到地区普及大寨县办公室，作为工作人员，这次跟着地委书记一口气跑了六个县，喀什噶尔所辖一共十二个县市，这下让他一次扫荡了六个。真是威风凛凛，风尘仆仆，疲于奔命，却谁也弄不清和人家大寨有什么关系。

先是郭凤莲来了，开了大会。郭凤莲是陈永贵的接班人，大寨党支部书记，中央委员。别看人家年纪不大，见的世面大，什么样的场面没见过，什么样的领导没打过交道，往台上一站，那个从容大方、谦虚得体，一下就比主持大会的地委副书记高出去一大截子。地委副书记可是红军时期的老干部，结结巴巴、不知所措的紧张样子，硬是让郭凤莲一个农村丫头给比下去了。真是革命几十年，不如见过大世面。毛主席号召"农业学大寨"，大寨就成了一面旗帜，一个典型，全中国都轰轰隆隆地学，各地赴大寨参观学习的团队络绎不绝，连大寨人吃饭都是旁边站满了人围着看。姬书藤记得当时有一首歌颂大寨的诗，里面有一句让他印象深刻："中国农业的瞭望台呵，就在虎头山上！"那时候的诗就是比谁的话大，谁敢吹谁就是诗人。上有所好，下必甚焉，大话空话，弥漫全国。神州大地就是一座疯人院，一个无药可救的文化沙漠，任何一种新生的草芽都不可能冒出地面。

这会儿，姬书藤躺在自己家的床上，脑子里像过电影似的闪过这一路上的见闻。九天时间，跑了六个县，也算是一次走马观花的高速旅行。他总算看到了一点在喀什市内看不到的东西，一个轮廓渐次呈现出来。

驶出地委大院的时候，是两台车，一台苏式嘎斯69，一台北京越野吉普，沿途走下来，车就越来越多，所到各县的县委书记都跟上来，一路黄尘滚滚，十里不绝。最先到达的英吉沙县，就是以制造刀子闻名的地方，也是最初分配姬书藤去的县。

这个县除了会造刀子，别的乏善可陈；所谓县城，就像一个孤悬路边的小镇，和它一比，喀什俨然成了一个大城市。这个不到十万人的小县，拥有一个老资格的三八式县委书记，他的主要功绩就是动员全县人民在离县城不远的地方修了个大水库。但是那个水库，在一半季节里根本看不到波光粼粼的景象。

再走远些，就是人口四十余万的大县莎车。这个县就像它名字里的"莎"字一样，黄沙已经掩埋到公路旁的白杨林带下。它的县城门口，黄沙堆积得比民房还高，如同包围在四周的黄色城墙。这些暂时凝固在这里的黄色波涛，正随时听候沙漠风暴的召唤，抬眼望过去，惊心动魄！沙漠已经很近，你已经可以看见它伸进来的骆驼脑袋，听见它喘息的声音……它知道占领这个地方只是个时间问题，所以它并不急于进城。

地委书记率领的检查团车队驶进莎车县城的时候，就像刚刚爆炸了一颗原子弹，沙尘腾空，笼罩全城，黄色的蘑菇云历久不散。车上就有人说了："莎车人民也辛苦，一天要吃二斤土，白天不够晚上补。"但是进了县委大院，沙漠围城的危机感就不那么明显了，反倒觉得格外清幽宁静。这个过去是莎车行署的大院，更早是一个大巴依（地主）的庄园，林木馥郁，屋宇精致。

人类和沙漠在这里共处着，看样子谁也消灭不了谁。亿万年前，人和巨型食草恐龙可能也是这么相处的，它们不吃人，人也吃不了它们。莎车县委的干部对地委这些"上面来的人"，有一种恭顺但并不服气的特殊态度，这大概与它曾经是行署有关。当然，莎车是不能小看的，它的县城虽然并无特色，广阔的农村却显得深厚丰裕。这个有四十万人口的地方至少还有二十万头小毛驴。

姬书藤忽然发现,驴和天山南麓广阔农村的特殊生存关系。正是毛驴这种个头不大的动物,支撑、驮载着当地维吾尔农民的绿洲生涯,至少有上千年或者更长的历史。这种现象在全中国,大概是南疆独有的景观。这里,每一个县都有数万头甚至更多的驴,而人只有几万、十几万,最大的县几十万人。

南疆的毛驴矮小,坚韧,大耳朵,大眼睛,灰色的背上有一道黑色纵纹线,四条细长灵活的腿轻快有力,著名的智者纳斯尔丁·阿凡提骑的就是这种毛驴。这种小毛驴看起来要比高大整齐的关中驴更像驴,更具灵性,也更显得幽默,因而也就更有文化色彩。画家黄胄独具慧眼,一下就看中了这种可爱的小毛驴,捕捉住了它的形象,维吾尔红衣少女与黑色幽默的活泼小毛驴,构成了国画中的新笔墨。所谓艺术,就是这样一直在生活中默默无闻,风尘仆仆地存在着,它一直在等待着一双能够发现自己的眼睛。

但是更多的时候,小毛驴驮的不是轻盈美丽的少女,而是体重八九十公斤的大汉,大汉两腿几乎垂地,毛驴四蹄颤抖,它驮着比自己重得多的人,照样奋力前行。没有人问过它能不能驮得动,是不是超载啦?没有人问,它是驴,应该无怨无悔地负重。一头小毛驴拉着一辆架子车,车上铺着毯子,毯子上坐着一家人,去赶巴扎。一个村,一个乡的人家都去赶巴扎,几十个毛驴车互相连起来,只须最前面的一家赶车,于是形成了南疆特有的"毛驴车火车"。

驴就是这样,像蚂蚁一样超负荷地、勤勤恳恳地为人类工作,干着重活,吃着干草,没有大牛高马的地位,也不如羊那样受人关心,一代一代的就这么生存着、繁衍着,驮载起整个儿天山和昆仑山之间的广阔农村,最终成为伟大的智者阿凡提形影不离的伙伴。应该感谢黄胄,在宣纸上把驴画活了;可是他自己呢,却被打成了"驴贩子"。

昆仑山下的最后一块绿洲是叶城,它更远了,但没有因为更远而变得更穷、更荒凉。它直接饮用了昆仑山融化的雪水,那水清澈甘甜,还没有变成浑浊的红水。这里的铁提公社有一位刚刚升起的政治新星,这个人就是司马义·艾合买提江,他从伯什克拉木调来,当了这里的公社书记。姬书藤专门去看他,车到了公社大院门口,一个小伙子跑过来,为他们打开那两扇大柴门;进了办公室,那个小伙子端茶倒水,很是殷勤。他注意那小伙子,白白净净,圆圆的脸,看样子大约十六七岁的样子。他当时用一种领导的口吻关心人家:"小伙子,你多大了?"

"27啦。"

"27?不像呀,你上过学吗?"

"报告领导,上过。"

"在哪儿上的呀?几年级?"

"北大地球物理系。"

操,自己把自己给骗了!姬书藤想起这件事就想笑,什么时候学会小看人了?因为你身处上级机关所以看人就小几号吗?北大地球物理系,你跑这来开大门干什么?这他妈是你该干的事儿吗?这是叶城县铁提公社,谁把你这个江浙神童弄到这儿来的?荒唐,罪过,哭笑不得!我们国家能有多少这样的宝贝,竟然舍得放到这里给一个公社书记当跑堂的?

"这还算好的，铁提公社毕竟还在地球上，"司马义在一旁笑道，"青岛海洋大学的一位分配到喀什，分办的人一看，海洋大学？我们这儿没海啊，怎么办？想了一下，这样吧，分到岳普湖去吧。那人一想，没海，有湖也行。去了一看，沙漠、戈壁滩，哪有湖呵？就是县名叫岳普湖！"

一见司马义，姬书藤顺口冒出一连串的问候语："提勒克木？奥不旦吐鲁木？亚克西吐通孜木？"弄得司马义大吃一惊："咳，继续疼，你的维吾尔族话现在厉害得很嘛！"姬书藤说："我就会这么几句，还不行。"司马义说："你可不要这么说，因为我到处宣传你的维吾尔语学得快，半年就精通了，太聪明得很。尤其是喝醉了酒以后，什么话都会说，没有不会的。"姬书藤笑道："那倒是，就是喝醉以后把汉族话忘了。哈哈！"

两人大笑，一通拥抱，亲热得不行。姬书藤表示了一番祝贺，说维吾尔族干部当社长的多，当书记的可是很少见呢。司马义说："组织信任嘛。"那时候姬书藤还看不出司马义有多大的气象，只是觉得他人好不隔心，特别容易被人接受。而且他很会看人，对文化的尊重远远胜过一般的汉族干部。比如对姬书藤，就因为知道他诗写得好，所以格外看重。直至二十多年以后，司马义当上了自治区政府主席，在一个茶话会上见到了姬书藤，远远地跑过来，又是握手又是拥抱，竟然说："老人家，我到处打听你、找你呀！"

姬书藤说："我怎么变成'老人家'了，你好像应该比我大一岁呀？"

司马义说："尊重嘛，表示尊重嘛。"

叶尔羌河畔的麦盖提县是个离塔克拉玛干沙漠更近的地方，但是因为它守着这条浊流滚滚的大河，反而使它在沙漠和水流之间找到了生机。这个地方的一切都被高大的沙丘映衬得金黄，就像埃及的金字塔下活动着的人们。本来空旷的天地间，因为众多的沙丘而显得拥挤；这些世代生活在沙漠深处的人古风犹存，在叶尔羌河畔的胡杨林下，烤鱼之宴使检查团瞬间回到千年以前的远古洪荒年代。

你看着那浊流滚滚的大河从沙漠的腹地夺路而去，你觉得这条河肯定比沙漠更荒凉，它肯定寸草不生，来不及长出任何东西。可是这些古老的麦盖提人变戏法似的，从河里捕捞出活蹦乱跳的大鱼！鱼有多大？有人的小腿那般粗细。从中劈开，用红柳枝穿上，撒上盐、孜然、辣子面，木炭炙烤，托盘呈上，那种滋味，真是香透脑片骨！

检查团的领导们盘腿坐在胡杨林间的空地上，地上铺着华丽的和田地毯。村民捧着托盘，俯首躬身，膝语蛇行，如侍帝王。这些伟大的礼仪是谁教给他们的？这种令人噙泪的文明是什么时候养成的？姬书藤忽然心生愧疚，觉得自己配不上这样的盛宴和虔诚的礼节，对不起这些在篝火边跳刀郎舞、在果园里画农民画的沙漠人。我们为人家做了什么值得人家这样隆重接待？

去伽师和巴楚的路上，离城十里就有村民排成排用水泼洒路面，珍贵的沙漠之水，就这样一盆一盆毫不吝啬地泼洒在公路上以免车尘。伽师县的水是远近闻名的，这里的水质恶劣，据说长期饮用可致不孕。这里的汉族干部都不安心，他们说，这辈子如果东行百里能调到阿克苏，那就算心满意足、到了天堂啦。

在伽师这个地方，姬书藤忽然想起一个人，这个人的名字和伽师联系在一起。这人名叫玛里柯，伽师县里走出来的全国摔跤冠军，运动健将。当年姬书藤在乒乓球队当运动员的时候，对玛里柯崇拜得要命，老想凑过去和人家套近乎，可是人家根本就不把这个十三四岁的小屁孩放在眼里，根本不搭理他。就这样，姬书藤也觉得理所当然，人家是运动健将啊，全国冠军啊，全中国没人能打过他啊。要是我有这么厉害就好了，看哪个家伙不顺眼，我就揍他！

特别是后来发生了一件稀奇事，玛里柯处于巅峰状态的时候，犯了当时的大忌"作风问题"，据说是把女排一个有俄罗斯血统的姑娘肚子搞大了。这还了得，组织找他谈话了，准备把他打发回伽师县。玛里柯二话没说，只提了一个要求，临走前在南门体育馆摆三天擂台。

那时摔跤是相当盛行的，摔跤队那些孔武有力的壮汉，棕熊一样的赛力克，超人一样的成鸿雁，李逵一样的哈孜，说不清是像林冲还是武松一样的玛里柯，个个都是人们眼里的明星。阿勒泰草原来的哈萨克人赛力克，从小抱起小牛犊子练力气，小牛长大，他也长大，一头大牛也让他照样抱起来！那个俄罗斯和山东混血的成鸿雁，国际式摔跤冠军，健美如豹，体育无所不能，冬天滑冰亦如离弦之箭……有一年见他和一个黑衣艳女并行街头，听说结婚了。没多久，听说去世了，吃什么噎住窒息死了，还很年轻。英雄有英雄的死法，与众不同，只是……十几个小伙子一齐上也不是他对手啊，怎么会死了呢？

哈孜这家伙黑而幽默，在摔跤场上装傻充愣，经常出洋相，他就像个维吾尔族的李逵。

玛里柯的脸铁青，刮胡子刮的。他平常不苟言笑，像个中东政治家，很有尊严感。中等个子，看起来并不很壮，比普通人壮一些，结实，铁铸的一样，身体里蓄满了爆发力。有时在拽扯之间露出一节臂膀，他的皮肤苍白发青，就像戈壁滩上的白石头。

那天大约有一两百个观众，玛里柯的告别擂台就这样开场了。有五六个人报了名，有侦察兵，有六道湾煤矿的矿工，还有几个市井狂徒。那个矿工有两下子，不畏强手，敢拼敢干，虽以二比五落败，毕竟让全国冠军输了两分。玛里柯最后和他拥抱了一下，拍拍肩膀，表示赞赏。侦察兵输了六跤，胜了一跤，也不能敌。其余的均不是对手，全败而终。

好一阵冷场，无人敢上了。

忽然听得一声高叫："我来了!"

在场的人都欢呼起来，沉闷的冷场被打破，好戏即将上演。这个人果然不负众望，一身短打扮，有些像京剧《三岔口》里的角色，他干脆从场外一个空心跟头凌空飞进场内，"好!"爆起一片喝彩!

他进场后，主持擂台的人介绍了，好像是个练武术的高手，什么门派的传人。然后活动活动，热身，他又是一连串的空心跟头，他像车轮一样在空中翻滚，矫健极了。相比之下，同样在活动的玛里柯就显得笨拙、僵硬，没多少花样。

那个高手——就叫他"三岔口"吧，看起来信心满满，很有一点"不破楼兰终不还"的英雄气概，不时向场外挥手致意，必胜是有一些把握的。

比赛开始——双方都相当谨慎，试探，佯攻，躲闪，寻找破绽，窥测时机。还是玛里柯先出手了，可能用力过猛，两人都倒了。

再摔。

这次玛里柯一出手先用右手勾住了对方的脖子，他挣了几次，挣不脱。玛里柯的手臂像熊掌扳住了羊脖子，乘势向前一使劲，对方跌跌撞撞冲出去七八步，收不住，一个狗吃屎。

爬起来再上，现在知道防脖子了，尽量把脖子靠后些，却没小心脚底下，让玛里柯一脚踢翻！

玛里柯几个回合看穿了这位虚张声势、花拳绣腿的武林高手，干脆双臂抱在胸前，亮出后腰，任凭对方从后身抱住，以其为轴，顺势转动。对方费尽吃奶的力气左摇右晃，这棵大树就是不动分毫，脚下一磕，"三岔口"又飞出去了。

最后是玛里柯以十六比零获胜。那个人临走对主持擂台的人说了这么一段话，他说："老子在四川，想打哪个打哪个！老子到了新疆，哪个想打老子打老子！"

1963年的玛里柯就这样离开了他的角斗场，用这个擂台谢幕了。从此回到他的故乡伽师，尘土飞扬，默默无闻。这次姬书藤打听到了玛里柯工作的县体委，他专门跑去，想再看看玛里柯。县体委的主任、副主任一听是地委来的，非常殷勤。他看见玛里柯穿着普通的干部服，被主任、副主任两个指划得跑来跑去，一会儿搬凳子，一会儿倒茶水，像个饭馆里跑堂的，脸上堆着笑意，毫不在意领导居高临下的生硬口气。姬书藤看出来了，这个昔日的"中东政治家"，正在失去尊严感。

他的心里有些隐隐作痛，他看着那两个领导，心里想的是：

"你们算什么呀，不过是苍头小吏，人家玛里柯才是大英雄呢，千万人里不一定能出一个的大英雄！善待人家吧……"

临别的时候，他想拥抱一下，玛里柯愣了一下，没想到，随即紧紧拥抱在一起。姬书藤恍惚觉得是和一只猛虎拥抱在一起，感动得直想哭。

巴楚是一片盐碱滩，种地难。先要挖一条条排碱沟，把地里的盐碱冲掉，等于先给土地洗澡。这不把人麻烦死了？好在有一弊必有一利，盐碱滩适合放羊。巴楚的羊肉也是远近闻名，羊吃了盐碱地里的草，羊膻味全无，肉味甘甜。那肉变成一团一团，拳头大小，吃起来和别处的羊完全不一样。这个县的位置恰好在通往喀什噶尔交通要道的一侧，巴楚是个门户。这个要道在它这里有一个显著的地标：三岔口。三岔口在大路一侧留下一个几百米高的断崖，崖后缓坡可上，崖壁陡峭凶险，令人望而生畏。这个断崖就像巴楚县的一张难看的脸，日日夜夜，戳在路边，冷漠呆板，寸草不生。每一次看到它都会觉得有可怕的事将要发生。

半个喀什地区就这样被姬书藤以大寨的名义给转过来了，这已经比内地的一些省份都大了。但他并没有觉得有多大，也没有觉得大而无当，无非是少了些古诗里的青山绿水、池塘竹林，实际上一切都还在，只不过是绿变成了黄——青山变成了沙丘，绿水变成了浑黄的河流，竹林变成了金色的胡杨林，春江水暖鸭先知变成了碱滩草绿羊儿肥。沙漠似乎也变得不像从前想象的那么可怕了，你亲近了它，就会发现它的可爱。沙漠更像是太阳的嫡子，被它父亲的基因染成一片金黄，它不用晒太阳就是黄的，一晒太阳就成了金的，闪闪发光。它从来不知道什么是谦虚和自卑，它一直重复的一句话是"瞧，我才是金子!"他根本不明白自己在人类的心目中意味着荒凉、恐怖、毫无价值，恰恰相反，它始终为自己蕴藏的巨大财富而骄傲，耐心地等着有一天被人们理解和发现。

沙漠就是这样，表现为母性的，所有的沙丘都呈现为乳房状，期待着哺育和喂养。但它的性格却是雄性的，暴躁、干燥、躁动，具有进攻性和扩张性，丝毫也不肯安分。它是大地上唯一不停移动的山脉，它是固态的海——沙漠之海！

"人类真正认识它还需要一些时间呢。"姬书藤想到这儿，从床上爬起来，点燃了一支香烟。他最感到奇怪和不解的是，这种风沙弥漫地方的人，眼睛应该很小才对，可是相反，他观察过了，这里的人眼睛很大，就像是在鼻梁这座山脉两边躺着的两个湖，清澈而又明亮。就像与风沙为伴的骆驼，偏偏长了一双大眼睛。

啊，喀什噶尔，姬书藤自言自语地感叹道："我也许一眼就能看透乌鲁木齐的五脏六腑，却永远也读不懂喀什噶尔那双迷濛的眼睛……那是从沙漠里变出来的活蹦乱跳的大鱼，是冬天光着脚穿着一双塑料凉鞋的农村小姑娘转眼变成身姿窈窕的美丽公主……是荒诞？是魔幻？是不可思议的嘲讽和幽默还是什么别的？"

这里有最荒凉的，这里有最奇妙的，这里有最险恶的，这里有最善意的；这里是死亡之海，这里是生命之源。为什么我的眼睛里常含泪水？因为这鬼地方风吹沙子飞。

二十

　　这世界上有这么一种人，似乎他们不管生活在任何一个时代和国度，他们都会把自己的人生搞得一团糟。他们总是颠沛流离，屡遭打击，但是他们永不屈服、天性顽强；他们在绝境中往往能得到友情和无私的帮助，看起来柳暗花明获得转机，但是不久，这一切很快又被搞得乱七八糟，使之陷入更难摆脱的困窘。

　　谁也弄不清这究竟是什么意思、什么原因，别人说不清，他们自己也不是完全明白。总之他们是搞糟了。他们本来拥有向好的方向努力的跳板和能量，结果像一只昆虫被蜘蛛网缠住了，越是挣扎就越是难以摆脱困境。人的社会里也有蜘蛛网，谁撞在上面谁倒霉就是了，问题是为什么老是被你撞上？

　　是不是因为他们比别人笨呢？不是，完全不是，他们的智能往往高于常人。不仅智能，他们还拥有一些其他的优点，譬如坚韧顽强、目标明确、酷爱学习新的知识、永不气馁等等。这些品质中的任何一个放在别人身上都会大放异彩，唯独给了他们，导致人生的彻底失败。

　　屈铭就是这样的一个人。

　　一个人不管有多少好的品质和优点，只要他有一个致命的弱点，就足以让他前功尽弃，败得一塌糊涂、不可收拾。

　　这个致命的弱点是什么呢？

——至死不渝地爱上了他不该爱上的东西。

一个人，自他从娘肚子里爬出来的那一刻起，属于他的那一条人生之路就已经等在那里，他的成长过程就是寻找那条路，不断地去领悟、理解那条路；那条路当然不会是直的，有拐弯儿，有岔路，有山挡着，有河拦着，还有悬崖陡壁。但是不管怎样，你必须找到自己的那条路，走自己的路才是人生。很多人被自己年轻时的热情误导到别的路上，但他们及时醒悟，迷途知返，三十而立，事业有成。屈铭不是，屈铭一生都在走不是自己的路，从一开始就错了，至死也不知道自己原来的路在哪儿。他的全部错误的根源就是爱上了文学——一个他不该爱上的东西。

难道不是吗？因为爱文学，屈铭小小年纪胆大包天，竟敢给毛主席写信要求上鲁艺，而且被弄成了。这次成功让他欣喜若狂，野心倍增，以为从此走上了坦途——殊不知这正是他的陷阱，文学是蜘蛛网，但屈铭不是蜘蛛。

还是因为文学，屈铭和他的农村媳妇离了婚——不能算什么离婚，只能算他抛弃了人家。他抛弃的不仅仅是一个农村姑娘，还有和她紧密联系在一起的故乡、家园、土地、河流、乡亲和全部血肉相连的记忆……这种罪过，虽然是因为革命的骤然成功所造成的——一个穷小子忽然变成了十二级高干、省文联的军管会副主任，但文学也在其中起了不小的潜作用。他读过的那些外国文学影响了他。

离婚，对于不管是男人还是女人，都是一次脱臼。只要有过一次脱臼，以后就容易了。但是这种脱臼，对于任何人来说都是永难愈合的痛苦——别看他表面上装得很轻松。

对于屈铭的私生活，姬书藤是一点一点逐步了解的。屈铭很少谈到他的私生活，他和姬书藤聊的除了文学就是革命战争年代的各类人物，他从不议论现实。有一次说到胡风，屈铭说："那时候批判胡风喽，我们又不知道深浅，我们几个，我，杜鹏程，绿原，还有魏巍，我们几个买了白锡包烟、酒和烧鸡，还跑去看他。""结果怎么样？"姬书藤问他。"结果就是让总政治部的副主任萧华在大会上点名批评了。萧华你知道嘛。"

"知道，上将。"姬书藤说。

"那个时候还不是，那时候还没有上将这个说法。1955年才授衔嘛。萧华在总政干部大会上说：'我们这里，还有人跑去给胡风送烧鸡！搞什么名堂？乱弹琴！'我们几个当时都是很崇拜胡风的，都受过他的影响，结果被萧华骂了一通，嘀嘀，那都是过去的事了，嘀嘀。"

"屈叔叔，你是不是1957年被打成右派的？你是因为什么言论被打成右派还降了好几级？"姬书藤这么问过他。

"我不是右派。"屈铭非常肯定地说。但是究竟是什么原因让他连降五级，他就不说了，讳莫如深。于是他转移话题，说："那个时候，几个青年诗人到了北京，公刘啊，白桦啊，很受宠，成天小卧车接来接去，风光得很喽。我们这些老延安鲁艺的，扔在旁边没人理，所谓文学界也是很势利的。"但是姬书藤心里可不是这么想的，他认为这正是文坛的可爱处，不讲资历，不管地位，不论出处，谁有本事谁风光。文坛不是熬出来的，而是闯出来的，正是凭着这一条，吸引着无数的青年人凭一支笔改变命运，妄图一举成名，一觉醒来名满天下……

屈铭有一本厚厚的诗稿，曾经给姬书藤看过，姬书藤嗅到其诗里有一股胡风的味道,有血光杀气,有装腔作势,很不自然。这就比不了魏巍早期以"红杨树"的笔名出版的那些战地诗篇《黎明风景》,更比不了蔡其矫那种超越时代的短诗。从屈铭的诗稿里,姬书藤读出了他的致命的弱点——完全缺乏诗的天赋。但是,屈铭对文学的那份死不回头的痴爱之心,却是那些拥有天赋的人所望尘莫及的。如果你告诉他"你更适合当官",他会认为你在侮辱他,恨不得马上跳起来和你决斗。可是实际上恰恰正是这样,他更适合当官,他不怒自威,沉稳干练,敏于分析判断,经得起各种挫折打击;如果有什么不适合的地方,那就是他太爱文学。

有一次姬书藤和他开玩笑,问他:"假如一边放着诗人,一边放着地委书记,你选哪个?"

"当然是诗人啰,嗬嗬……要是你哩?"

"我选地委书记。"姬书藤毫不犹豫。

"哈哈,姬承先的儿子想当官,那也正常,那也正常。"

姬书藤并未感到揶揄,他解释道:"写诗不能当饭吃,即使像曹雪芹以举家食粥、冻无寒衣留下一部传世大作《红楼梦》,我也不干。太苦了,谁受得了哇?你死了,后世把你说得再伟大,你也不知道了。我还是在乎活着的时候好一点。可惜的是我没有当地委书记的条件,只好去写成志敏说的'破诗烂小说'。"

屈铭说:"也许给你一些条件和时间,经过一些历练,你可以成为一个地委书记;但是我怀疑你能不能成为一个真正的诗人。"

"我不怀疑。"姬书藤道。

"为什么那么自信?"屈铭伸了伸脖子。

"因为对我来说,现在什么都缺,天时、地利、人和,三样儿都缺。我唯一不缺的就是天赋,而完成一个诗人最需要的就是这一条。我对自己的天赋有着绝对的、可怕的、不可思议的自信,虽然现在还不能证明,但我是天才,对此我清楚极了,丝毫也不怀疑。"

"任何人也休想说服我,让我承认我不是天才。"说到这里,姬书藤格外激动,他面红耳赤,两眼放光,咄咄逼人,仿佛和一个看不见的人吵架。

屈铭听了他的激奋之词,沉默片刻。他从没有见过一个人如此疯狂地肯定自己,他阅人多矣,结识过不少当世著名的人物,但还没有见过这样自我膨胀的。如果没有喝醉酒,说出这样一番话来,那就不是头脑在说,而是血液在呐喊。屈铭一时语塞,仿佛被一股气浪顶住,不知说什么好,下意识地冒出来一句:"你今年多大了?"

姬书藤答道:"我29了。"

"三十而立呀,你是不是个天才,咱们可以拭目以待。"

屈铭好像把一个荡过来的大沙袋又打了回去,难题一下又撞回到姬书藤那边。姬书藤苦笑,他知道30岁立不起来,只好自我解嘲,用伟大的失败者项羽的诗来遮挡那撞过来的沙袋。他低声念道:

> 因为力拔山兮所以气盖世,
> 可惜时不利兮竟然骓不逝。
> 尽管骓不逝兮依旧可奈何,

我的虞兮虞兮咱们奈若何。

念完,姬书藤叹道:"非不能也,时不利兮。说到底,这不是我们的时代。你看看那几个小丑一样的文人,就像鲁迅在故事新编《补天》里写的'女娲两腿中间的小丈夫'。一个被红都女皇骂了几句吓出了精神分裂症,还有一个厚颜无耻地献媚说'儿学走路娘来扶',这样的'诗人',不当也罢。比奴才还下作,比宦官还可怜,哪里还有古人风气?还有一个狂徒,竟然说'喝令李白改诗句,黄河之水斗中来',真是蚍蜉撼大树,可笑不自量,你改得了吗?这是一个小丑、疯子、野心家群魔乱舞的时代,这不是人的时代。

"取悦人们的耳朵可以用歌声和音乐,但是对聋者除外;取悦人们的眼睛可以用电影戏剧之类的表演,但是对盲人除外;取悦人心用什么方式呢?

"用文学作品吗?不行,因为大多数人都没有心灵,只有心脏。那么用谎言和虚荣怎么样?——可以,这个办法往往奏效,人们吃这一套。"

屈铭听着,这个沙袋又朝他撞回来了,这次可是分量不轻,也出乎他的意料。他没有想到姬书藤对当下的时局有这样的认识。他只好说:"对于这些,我当然不好说什么话了。"

谈话谈到这个时候,姬书藤才壮起胆来对屈铭说:"我这里有一篇最近写的东西,不长,先生愿不愿意看一下?"

"好啊,拿来看看。"

屈铭接过姬书藤递上的几页稿纸,展开一看,标题是两个字:西行。

向西的路才是遥远的路、至难的路，同时也是唯一向上的路、升高的路。

遥远啊，因此你将背离故土，背离你所熟悉的语言，背离红枣和蟋蟀、荷花和蝉、水牛隆起的黑背与横笛，还有四合院和四合院里跳猴皮筋的小姑娘。向西，一直向西。

而西方是日落的地方，是雪的囤积地，向西去的路是暮云低垂如挽幛的路。

至难啊，离去者没有部卒与扈从，没有节旌，也没有回归的承诺，只有一群小狗似的儿子，最小的只有1岁，头上缠着绷带，好像一生下来就是伤兵。

于是向西行。

天空中一直有黑翅的恶鸟在叫，不祥的、骚乱的阴影便一直追随在头顶上。人的心始终蜷缩在胸膛里，谁也不知道下一步踏在一个什么虚空上。或许，一不小心就会从地球的边缘掉下去。

真正的迁徙只有一次，就是心中默念着祖先的白骨，越行越远，且永无回归之望。

野兽似的被神的力量驱赶，像一窝入秋时令远迁的狐狸，大狐小狐，团团在秋风之下，颤颤在旷野之中。至痛的绝离往往表现为平静的认命，但创痛的杀伤力是持久的，缓慢滋生的，伴随着生命的成长而日渐显示其创伤的持久与不可挽救。

这正是命运对人生无可改变的蛮横。

然而这正是升高的路，是受伤害者亲近神的出路，是绝境之下求生的门槛。在新的土地上成为后人的始祖,留下名姓和种族,直至千年之后,下一轮的命运重新改变,一切又成为新的创痛。

在苦笑中笑。

屈铭反复看了两遍,他抬起头来,一句一顿地说道:"以前光听你说,这才见到你写。你已经和这个时代的文风,拉开了距离。我想要说的意思是,谁的距离拉得越大,谁就有可能接近历史。懂我的意思吧?"

"懂。"姬书藤点着头说。

"另外,就是永远不要有小文人心态。什么是小文人心态?不要崇拜什么人,可以敬佩,可以学习,不要崇拜,五体投地。崇拜使人变小。也不要看不见自己,作品是自己的孩子,老鼠就看不出自己的孩子丑。狗屁文章,洋洋得意,永远没出息。这两条,也许对你将来有用处。

"还有什么呢?那就是,好的写作状态不会无条件地一直伴随着你,灵感如电光石火,稍纵即逝,林彪那个武人说过这个意思,他懂。所以你要知道珍惜呢,谁都有江郎才尽的时候,有才华的人,往往不懂得珍惜……"

姬书藤看着屈铭,心里冒上来四个字,"苦口婆心"。他把自己半辈子的思考都毫无保留地告诉你了,无非是认为你值得。就像一个老郎中传了他的秘方,一个老匠人传了他的手艺,世上的不少技艺就是这么传递下来的,也可能是这么失传的。

他尊敬他,同时也可怜他。怎么搞的?这么明白的一个人,竟然蹉跎一生。官丢了也就罢了,作品也没有留下什么。奇人奇貌，望之不是凡品，却把一生虚抛虚掷在荒野边城，上帝忘了他，自己却不能也忘了自己啊。

后来有一天在庄延家里，姬书藤跟庄元兴说起地委批判屈铭的情况，他完全没有料到，庄元兴竟然也认识屈铭。庄元兴说："屈铭谁不认识，二、六军的干部好多都晓得他哩。他原来是省文联的军委会副主任嘛，1952年'三反'时因为经济问题被撤职降级，后被开除党籍。他就跑到和田，黄诚在那里当地委书记，他们是河南老乡嘛，黄管他，给他介绍了第二个老婆。屈铭带着这个老婆又回来乌鲁木齐，住在军区的招待所里。

"那个时候，正好牛林从内地调回来，到军区当副参谋长，也暂时住在招待所里。他们就成了邻居，经常在一起打麻将，他们战争年代就认识，这一来混得更熟了，结果牛林和屈铭老婆勾搭上了，两个人正在搞，被屈铭抓住。牛林逃走了，屈铭老婆跳楼自杀了，轰动一时的事啊。这件事，搞得军区副政委、独臂将军左齐知道后，左齐让他去西安投靠杜鹏程，杜鹏程又给他介绍了一个在天津工作的张女士为妻。"

姬书藤说："可是他现在的夫人不姓张呀？现在这位叫叶秋，是卫校的会计，这个我见过，认识。"

庄元兴说："这个不是那个了，姓张的那个一直在天津，也怀了屈铭的孩子。这个叶秋是云南人，也因为怀了屈铭的孩子，两人才双双到了喀什羊大曼求生。"

"真够复杂的！"姬书藤说，"这叫什么活法，听着都让人头痛。"

庄元兴说："屈铭这个人，就是乱弹琴！表面上看，他是参加了革命，实质上思想意识没有改造好，他还是那一套。这种人肯定是要栽跟头的。"

姬书藤说:"他长得像个武将……"

庄元兴说:"武个屁,他一天兵也没带过,让他打仗没有不败的,他是个文人嘛。"

"那文人有没有可能成为武将?"姬书藤问道。

"当然有喽,"庄元兴说,"打上几十仗,不死,就成武将了嘛。毛主席不就是大文人吗,蒋介石不是学军事的吗,结果打来打去,武人硬是让文人打败了嘛。文人有喽实践经验,那可不得了。那些人有文化,脑袋灵活,善于总结;不像我们打了一辈子仗,靠的是经验、服从命令听指挥,主要是有决心,小打小闹的。"

姬书藤想,屈铭如果一开始就不去上鲁艺,而是年轻气盛去上战场,一仗一仗打下来,从抗日战争一直打到全国解放,没准儿也是一员虎将,说不定比庄元兴的地位还高。可惜他选错了路,弄了个文不成,武不就,落魄江湖载酒行。

不过又一想,打仗总是要死人的,也许没等到胜利,一颗流弹找上他那颗精彩的头颅呢?不管怎么说,现在他活着。

二十一

假如按照上帝原本的安排,人类作为大自然生物链中的一环,它的死亡方式应该和别的生物差不多——除了生老病死的,就是死于地震、洪水、海啸、风暴,火山喷发等灾害,还应该有相当大的数量被野兽吞噬。人本来也是处于生物链低端的一种食物，但是上帝完全没有想到，人类的繁殖速度如此之快，竟然迅速地蔓延充斥到了地球的各个角落。人这个物种本来是最无能的，既没有尖牙利爪，又没有迅猛的力量，跑也跑不快，跳也跳不高，不能像禽鸟那样振翅高飞，也不能像猴子那样在高树间穿越，人其实是最弱的啦，结果它反而变成最强的。

上帝没想到，打了一会瞌睡，一睁眼，人类这种本来预备给猛兽的食物，现在忽然变成了万物的主宰。他们围猎猛虎，射杀狮子和棕熊，奴役大象和野牛，捕杀鲸鱼、大白鲨，无恶不作。

   拔孔雀毛，锯大象鼻；
   扳犀牛角，剁骆驼蹄；
   敲老虎牙，剥雪豹皮；
   掐八哥舌，煮天鹅肉；
   砍狗熊掌，割鲨鱼鳍。

现在还有什么能够阻止、惩罚人类呢？这个骄狂的物种现在已经傲得没边了，他们连上帝也不放在眼里，除了自己的那些小聪明，他们什么也不信。那些小聪明，他们一个是谓之为"科学技术"，一个谓之为"文化艺术"。科学和技术用来征服、改造万物，文化艺术用来填补、满足自己，一个对外，一个对内。

有了这两条，人类就什么也不怕了。先是当上了地球的主人，进而还要做宇宙的王者呢。哎哟喂，人这个物种野心可是够大啦。为什么就不能满足呢？这个物种实在是聪明得有些过火了，但是他们依旧摆脱不了动物性，他们以邻为壑、以国为界，互相征伐，战争不断，更多的人是被人类自己杀死的。这一点人类和所有的生物没有什么两样儿，都有地盘，都要每天巡查自己那块可怜的领地，都把地盘看得比命还重要。地球那么大，它们的心胸却是那么狭促，在领地问题上，谁和谁也没得商量——除了战争，寸步不让。一块在大海中露出来的比礁石大一点儿的岛，一座荒无人烟终年覆盖着冰雪的山脊，一个海拔六千米的缺氧的哨所，都可能成为拼死争夺的流血之地⋯⋯有什么办法？这就是人类。几千年甚至更早些就这么过来了，根深蒂固，谁也改变不了。政治家巧妙地利用了它，根本不想改变；思想家心里明白，却束手无策无力改变；宗教呢⋯⋯这些用来改善人心的神圣古老传统，似乎自身也摆脱不了这更原始的力量。它们本身就是一种隔阂，一种意识上的领地，这种领地比土地上的领地更顽强、更难相互理解。它不仅促进不了改变，反而加深了人们之间的敌视和仇恨。你只要听到"异教徒"这个词，就能嗅到浓重的血腥味儿。

有人说过："上帝死了。"

上帝怎么会死呢？它并不存在，它只是存在于人的心里，它就是公理、正义、真理和良知。如果说它死了，实际上就是说人心死了。但是人心是不会死的，除了被蒙蔽的，总有活着的。姬书藤不知道自己的这颗心算死算活，他觉得应该算是半死不活吧。就像一只冬眠的熊，钻进一个树洞里昏沉大睡，偶尔睁一睁眼，看见的外面一片白茫茫的世界，除了白，什么也没有。冬天主宰着这个时代，看样子漫长而且没有尽头，唯一的变化就是一场接一场的雪。下雪了，雪停了，又下了；就像一场接着一场的运动。

我们的冬天据称是世界上最纯粹的，最标准的冬天，幅员极其辽阔，时空漫无边际，天空中有源源不断的、汹涌澎湃的大雪倾泻飞舞，它的强大旺盛使人忘记了或者干脆不再相信还有别的季节。春天？那只是一种传说。夏天？怎么可能？秋天？完全是梦想！

我们一生下来就是冬天，快要变老了还是冬天，命苦哇，我们的冬天太长了，几乎已经不敢相信它能结束。昨天晚上，姬书藤做了一个梦，这个梦不像梦，完全像真的一样。什么梦呢？他梦见天塌了。在梦中，先是轰隆隆的巨雷从远处响起，天空就像湖面上的薄冰，在巨雷沉重的车轮碾压下裂出细纹。天空的薄冰看起来很薄，却像一层玻璃钢那么坚固，但终于经不住巨雷的重车碾压，天空塌陷了。

从天上坠落下来的并不是冰块和碎玻璃，而是砖头瓦片，还有一些木料，扬起火山灰一样的烟尘。滚滚的浓烟和厚厚的灰尘，从天空一直接连到地面，就像原子弹爆炸后升起的蘑菇云，也像艾斯特腊山的火山喷发。奇怪的是，谁也没有被砸死。人们呆呆地站在那里看着天空塌陷，没有人慌乱，没有人逃跑，女人和孩子也没有惊恐尖叫，人们太平静了，面对灭亡表现得如此麻木，似乎像是没有生命的兵马俑。

这他妈是什么意思呢？姬书藤醒来以后想。他呆呆地半倚在床上，心里很纳闷，他使劲猜，还是猜不出来。他对梦有一些盲目的迷信，这些看起来荒诞、混乱、毫无原由的梦境，有些时候竟然比天气预报还准，有时候真是隐秘的预言、骇人的谶语。他确实曾经有过两三次非常奇怪地梦到了一些大事的发生，大约几天后果然是与梦到的完全一样。他甚至怀疑自己是不是有一点什么特异功能？不过也仅仅只是怀疑，谁知道别人是不是也有同样的经历？只是别人没说罢了。他知道有些梦需要时间去验证，十年，二十年，甚至更长，也许有的梦临死之前才会破解，原来如此，早有预示，梦是真的，现实生存才是一片混沌。这种梦是忘不掉的，它会一直存在你脑袋里，等着验证。梦是人的生存中的谜语，不到时候你永远猜不出来，一到时候你才恍然大悟。问题是这谜语是谁设的？谁有这么大的魔力早早地预知了你的一切因果和结局？这么一想，非常恐怖。你无法预知明天会发生什么，甚至连下一刻将会发生什么也不知道，可是那个设梦的神秘之物却早已洞悉了你的一生，你的全部命运和结局，并且还通过你的梦预示给你。这不是太可怕了吗？你以为你的一生是驾驶着一辆汽车自由自主，想怎么走就怎么走；你想错了，你的一生其实是坐在火车上，沿着预设的轨道往前行驶，该在哪个站下你永远不知道。你沿途看见的风景就是整个世界，你能接触的也只是车厢里的那些来来往往的乘客。这大概就是，宿命。你就是这样挣扎在这趟没有回程的、宿命的列车上，走完自己的一生。"夫天地者，万物之逆旅。光阴者，百代之过客。而浮生若梦，为欢几何。"嗨嗨，又是李白，谁也跳不出他千年以前撒出的这个网，真是服了他了。为什么一个唐朝人悟透的东西能让千载以后的我们还是佩服得五体投地？姬书藤想不通。是他太智慧了还是我们太愚昧了？也许两者都是，也许社会压根儿就没有多少进步，说不定在一些方面还有相当程度的退化？姬书藤觉得完全有这种可能。

你想，唐代的时候，日本人不辞辛苦跨海来学习，老老实实甘当小学生，见啥学啥，服服帖帖；到了明代，当年的小学生变成了倭寇，见啥抢啥，气焰嚣张；到了民国，干脆占了东三省，不够，还要占全中国，他们要来改造、统治"支那劣等民族"了……这难道不是从反面证明了伟大的唐人逐步在退化么？

狮子是怎么变成绵羊的？这可是个大命题，别人进化，我们退化。为什么？谁能解答？寻找答案的人仿佛被什么神秘的力量安排好了似的，一个接一个在1976年陨落，不知道这些妄图找到答案的人是否找到了答案。

姬书藤恍恍惚惚地仿佛走回到他的梦里，哀乐像涨潮的海水缓缓上升，淹没沙滩、裸露的礁石、靠海的农田和房屋，一切都变得摇摇晃晃、如梦似幻。所有的人都在哭，哭声使哀乐尖锐刺耳，泪水使涨潮的海水更咸更涩。也有人不哭，姬书藤就是其中一个，他的脸色肃穆、表情沉痛，但是心里一下轻松了——天是塌了，但是天的后面还有一个天就要露出来了，也许正是他希望的那种天呢。

他的梦这下子应验了，这还不是天塌了？他原来不可想象会有这一天，喊了几十年万岁、万万岁，祝了几十年健康、永远健康，几亿人的祈祷和祝愿，原来一点儿用不顶啊？既感动不了上帝，也改变不了规律，全是白喊。他原来以为这一天降临的时候会非常可怕，好像一个国家的末日，不可想象，害怕得要死；谁想真的到了这时候，一点儿也不害怕。不仅不怕，反而心里涌上来一股如释重负的轻松。但是他不敢流露出来，仍然装出沉痛和悲伤的表情——不但不敢说真话，连真实一点儿的表情也不能有。谁要是在哀乐声中看着那些假装哭得死去活来的表演忽然忍不住笑出声来，那可不是闹着玩儿的，这一声笑，足以犯杀头之罪！

姬书藤脸上没笑，但他心里明明白白地意识到，自己运交华盖的日子快要结束了。整整十年呐……从20岁到30岁，他不是孙猴子，但也被压在五行山下。以后，他想伸伸胳膊伸伸腿了！做了六年农民的父亲和母亲，种地、拾粪、喂猪、养鸡，寒风瑟瑟，白发苍苍……受罪了，爸、妈！你们的冤屈该结束了，他的眼眶里已经饱含泪水。他抹了一把眼睛，有点不好意思，毕竟是人类才有眼泪，只要有泪，谁也不是神。从今天起，一个装神弄鬼的时代，暂时告一段落。不是结束，只是暂时，他当然明白，假如有一天这一套又转回来了，他一点儿都不会奇怪。生长这种丑陋果实的土壤还在，丝毫没有改变，一旦遇到合适的气候，肯定还会疯长。

这就是1976年，公元一九七六年。诡秘的、怪异的、费解的、戏剧性的、莫名其妙的，谁都眼睁睁地看着这些事件发生，但是谁也难辨吉凶祸福只能伸长脖子等待结局的所谓"历史性时刻"。如果落下来的是利斧，那就老老实实，去死吧；如果落下来是安抚的上帝之手，那就喜出望外，感恩流涕，啊呜啊呜地开怀痛哭吧……

更为精彩的戏剧性结局，还在后面，这一年绝对可以载入史册。可惜司马光不在了，不然他的《资治通鉴》里会增添浓墨重彩的一章。

啊呜啊呜……真他妈的瓜达尔卡纳尔！

二十二

程墙是喀什噶尔最先知道这一消息的为数不多的几个人之一。他老婆小巩是地委的机要员,所以他和地委主要领导几乎同时获得这一消息。

这消息对他来说,不亚于当头挨了一记闷棍。太突然,太快太重,猝不及防,来不及反应。他"啊"的一声,眼睛一下直了,直呆呆地望着前方,心脏似乎停跳了。半晌,一口气才缓上来。"完了。"程墙吐出这么两个字。

"什么完了?"小巩傻乎乎地问。

程墙皱着眉头挥了挥手,不再理她。他要想自己的事,这下可是遇到大事了,谁料想这么快就走到了悬崖边上,他要好好考虑考虑该怎么应对。他首先想到的是找屈铭,遇到重大变局,屈铭可能有经验。可是再往深处想想,不对,一向的同路人现在忽然有些不一样了。屈铭不管怎么说也是三八式的老资格,自己是专打老干部的造反小爬虫,身份不同;屈铭是一直在幕后的,出谋划策,很少现身,自己是冲锋陷阵、出头露面的,形象不同;屈铭是1952年"三反""五反"运动中处理过的,是死老虎,自己是"文革"以来一直呼风唤雨的,是人家眼里的活豺狼。人家饶得过屈铭饶不了他。

他这么一想,立即打消了去找屈铭的念头,并且不再和屈铭联系,看来这时候只能自己扛。"这四个人啊,真是靠不住啊，唉，秀才造反，三年不成，十年也不成……"原先瞧着是一条龙四只爪，张牙舞爪，翻江倒海；要风得风，要雨得雨；鱼鳖虾蟹，纷纷出洞；潮卷神州，势夺天下。谁料一旦失了龙头，四只爪子顷刻间就什么也不是了，他们现了原形，害得我们这些随潮上岸的虾兵蟹将搁浅了，任人往篓子里装了。

这三个男的一个女的，三个山东人，一个上海人，三个文的一个武的，其实打出原形就是一个文痞，一个墨棍，一个婊子，一个小流氓。这四个人都有一个共同点，那就是都有野心，野心使他们结成联盟，成为死党。这下好了，让那个山西人一网打尽了。毛主席不是亲笔写了"你办事，我放心"么？这么干是让毛主席放心的办法么？是也好，不是也好，大局已定，大势已去，死到临头，去他妈的。"小巩！"他喊了一嗓子，"给老子炒上几个好菜，开上一瓶好酒，咱们好好享受享受！"

"怎么啦？有什么好事吗？"小巩问。

"别管那么多，去弄、去弄！"

那天晚上，街上到处放起鞭炮，响声不断，此起彼伏，比过年还热闹。程墙知道，想必北京城比这儿热闹一百倍，粉碎"四人帮"，大得人心，举国若狂。只有他，独自一口一口地嘬着苦酒，小巩怀着孕，不能陪他喝酒。他倒不觉得悲凉，也没有丝毫后悔，人嘛，一辈子不是赢，就是输，没什么大惊小怪的。赢嘛就要赢得彻底，通体透明，大获全胜，赢得痛快；输嘛，就要输得起，舍得一身剐，敢把皇帝拉下马，拉不下马，就舍出去这条命，投降没意思；楚霸王也有乌江自刎的时候，程墙这点小事算什么？关起来，蹲笆篱子，苦力地干活，永无出头之日，还不至于枪毙吧？枪毙也没什么了不起的，砍头只当风吹帽,二十年后又是一条好汉……一旦把心沉到了底,绝了各种念想,原来再浑的水也会慢慢变清,再大的事也会变小。命能舍得还有什么东西舍不得?所谓"英雄",不在乎他有多大的本事、多高的武功,无非是他能舍得别人都舍不得的东西罢了。

大丈夫么,要么得天下,要么舍性命,这就是政治。搞政治的,一要有胆,二要有识,除了这两样,什么也没有。文不如文人,武不如武人,财富不如商贾,历朝开国人物不都是靠这两样闯出来的么?没闯出来的丢了性命的当然更多,不可胜数啊。现在轮到我程墙啦,咱也算搞政治的吗?他呷了一口酒,想了想,算,当然算,比那些大大小小的所谓官员更算是搞政治的。我这样一个跑到新疆找口饭吃的小盲流,终于混成了一个政治犯,在这个喀什噶尔,还是"要犯"。从"要饭"到"要犯",一字之差,十年拼搏。值了,也算值了。从明天开始,随时就等着公安局的人登门拜访了,来吧,抓来吧,我就在这儿等着!不逃,不躲,也没处逃没处躲。也不反抗,我要笑眯眯地让他们抓走,政治犯嘛,总要有一点政治风度才对。他奶奶的,咱认了,不就是栽了吗?

想到这儿,他不由得回味起那次王洪文路过喀什时的召见。那也是个深秋,喀什老宾馆里落叶满地,他走过去,每一脚都像是踩着一片落叶的叹息声,沙呀沙呀的。王洪文什么人呀?党中央的副主席,毛主席选定的接班人,年轻英俊,天降大任。程墙心跳得厉害,被感恩和知遇的激情摇荡得难以自持。他一边放慢脚步,一边告诫自己:"决不可以激动,决不可以乱了方寸,被情绪左右的人最没出息,情绪是智慧的敌人……"及见,他反而已经出奇的平静了。

王问:"程墙同志,我想请你来谈谈,你对当前的革命形势怎么看?"

他说:"这场历时近十年的'文化大革命',定性为路线斗争,我以为不能真正概括它的性质。"他听到王"噢?"了一声,便停顿下来,眼睛望着王,带着请示的意思。王点点头说:"继续。"

"实际上,这是一场新生力量和保守势力的斗争,"他接着讲道,"也可以简单地理解为上海和北京的殊死较量。北京是中国保守势力的大本营,上海是现代中国新生力量的发源地——连中国共产党也是诞生在上海而不是北京呢对不对?到了现在,这场斗争已经面临最后决战了,在我看来,上海文势很强,武势不足……"

"不是不足,是很弱。"王插了一句。

"首长说得对,是很弱。上海是个无兵之城,决战关头,不能没有武装力量是吧。解放军咱们是指望不上的,人家听老帅的。毛主席在,解放军不会动,一旦毛主席百年之后,那麻烦就大了。我们不能坐以待毙,要有自己的武装力量。上海是产业工人的集中地,几百万产业工人武装起来,顶多少个集团军呀,首长您考虑一下,可否以上海工人纠察队的名义,组织自己的武装?"

王大笑:"善。想不到边城喀什,竟藏着如此人才。好,程墙,我记住你了。有合适的机会,我会向毛主席推荐的。"

这次面谈就仿佛是昨天的事,历历在目,近得似乎推开一扇门,就能看见王洪文坐在里面。但是事实上王已经被逮捕了,窗外的零星鞭炮声还在不断地证实、提醒着。噼里啪啦，咚！噼里啪啦，咚！真是"月儿弯弯照九州，几家欢乐几家愁"。程墙不认为自己愁，他只是不快乐而已。他费了好大心思在猜测，王洪文那次回到北京是不是真的向毛主席推荐了自己？他找到合适的机会没有？如果推荐了，他会怎么说？毛主席当时表示什么态度了没有？

一切都没了下文，只给出了今天这个结局。

更让他奇怪的是，他根本没往那儿想，姬书藤自己从他脑子里浮现出来了。这小子在那里似笑非笑，脸上挂着嘲讽的表情，他和他那天煮酒论英雄的话清清楚楚还响在耳边。一个说"但是我要是被你抓住呢？你如何待我？"另一个毫不犹豫地说："未免后患，立即杀掉。"他当时听了哈哈大笑地说："你好看得起我啊！"他那时笑得多么轻松大度，他根本不相信会有那种可能。四月的时候，一切都是可控的，有把握的，谁知仅仅过了半年，就急转直下成了今天这个局面。他想，姬书藤这小子现在可能高兴得跳蹦子。他俩好像搞了一把政治赌博，结果让这小子赢了。没道理啊，凭什么啊，完全是老天爷搞错了啊。

"让他高兴去吧……高兴有、有什么了不起！"他已经有些醉了，让小巩扶持他上床。小巩问："让谁高兴？"程墙说："姬书藤。"小巩又问："姬书藤是谁？"程墙含含混混地说："就是有次跟我争论天安门事件的那个人，你不是一直在厨房里躲着没出来吗，庄元兴的女婿！"

"就是他说毛主席也会犯错误的那个人是吧？"

小巩问完听不到回声，再看时，程墙已经睡着了。他睡得像死了一样,暂时和这个欢喜若狂的世界拉开了距离。小巩悻悻地哼了一句:"有本事你别醒!"这时,她感到肚子里撞了一下,这个小生命,可能被彻夜不停的鞭炮声惊动了,他可能想看看外面为什么这么热闹?别急,别急,还有几个月你就可以出来了。不过,谁知道你来得是不是时候呢?

"宝贝——你爸爸正在过着动荡的生活……"她轻轻地哼唱起来。

二十三

叶秋是喀什地区卫校的会计,昆明人。40多岁,身材略微有些发胖,但仍然可以看出年轻时的魅力。她嫁给屈铭的时候,并不知晓屈铭前面已经结过三次婚,她只知道一次,就是老家农村的那个。当时屈铭什么也不是,落魄得很,只是个名不符实的"老干部",一个没有出版过作品的"作家"。但是她确实爱上他了,为了屈铭她放弃了昆明的工作,舍弃了家人,跑到了这个千里万里之外的荒漠古城求生。她是那种相信爱情的女人,而且她还相信这一切困境都是暂时的,屈铭是个人物,他所受到的不公正待遇迟早会得到纠正。

她热爱生活——再苦都热爱。一般来说,凡是自认为拥有爱情并为之付出代价的女人,都会因此激发出生命中的活力,决不会马马虎虎过日子。她们家的砖地,每天都是她趴在地上用肥皂粉蘸着湿毛巾,一块一块擦洗出来的,天长日久,净明瓦亮。进她们家，没人敢穿着鞋子轻易往上下脚。屈铭就是个爱干净的人，书案整洁，窗明几净，每天擦拭，已经养成习惯。他说过："战争年代，只有一块木板搁在膝盖上写东西，那我也要把它洗净擦干。"

那天上午，天气很晴朗，屈铭有几封信件要寄，叶秋骑车去办，正好也可以捎带着买菜。她到邮局发完了信，走出来，站在大邮局的高台阶上，一抬眼就看见几辆卡车拉着一些人挂着黑牌子游街。叶秋正好一眼就看到程墙，隔着马路，看得清清楚楚。程墙低着头，不时偷眼看看有没有熟人，一下看到叶秋。他就缓缓站直身子，然后缓缓低头，反复这样。

叶秋明白，程墙这是给自己鞠躬。

后来程墙笑了一下。

叶秋的眼泪唰的一下就流了下来。

卡车开走时，叶秋意识到是诀别，又骑车追过去几条街，又见到程墙。复鞠躬，这次还用口型对着叶秋无声说话，叶秋看着口型，懂了，那意思是："师母，再见。先生，保重。"

叶秋控制不住，在街上失声痛哭起来。

哭完，她骑车回家，把这个告诉屈铭。

叶秋说得很动感情，眼圈发红，但没有哭。屈铭听着，面容冷峻，浓眉紧皱，过了一会儿，问道："他那个黑牌子上写的是什么？"

叶秋说："我没仔细看，我只注意程墙了。他还用口型让我告诉你：'先生，保重！'"

这时，屈铭端起茶几上斟好的一杯酒想喝，刚端到眼前，忽然泪涌。不是一滴两滴的，是两股成串的泪水，准准地流进了酒杯里。然后，他端起这杯子，毫无犹豫之态地，连酒和泪，一饮而尽。

"时代弄人啊……"他长叹一声。他想，时代在抛弃一个人的时候，往往要比一只暂时不饿的猫戏弄被捉住的老鼠还残酷。它捉住你，并不一下咬死，放开让你跑；再捉住，抛在地下把玩。你不是曾经能得很么？现在怎么样？尽在老子的股掌之下了吧？当初你越是爬得高，闹得凶，就越被戏弄得惨，"四人帮"就是四只能折腾的老鼠，现在完蛋了。

可是程墙不一样，这个小人物，也是个小老鼠，可它有着黄鼬一般的灵敏、刚烈、应变能力，它会甘于被戏弄吗？可惜呢，年纪尚轻，弄到这种地步，还能有什么办法呢？屈铭又一想，哦，自己当年被开除党籍、连降几级的时候，也差不多就是程墙这么大，前车后车，覆于同辙，同类人的命运又是何等相似哟。苦日子还长，还在后面呢，望不到头哟。

政治是只猫，其他的都是老鼠。它吃不吃你，什么时候吃，取决于它是不是需要。老鼠是无法决定自己的命运的，除了躲藏，不要引起猫的注意，别无良策。可是程墙一直在挑衅猫。

姬书藤每天上下班都骑着自行车路过大邮局，但是他没有碰到程墙游街的卡车，他碰到的是另一种场景。他家和监狱只有一墙之隔，监狱的大门离他家大约有六七十米。那天下午，还不到吃饭时间，他在外面散步，透点新鲜空气，正好看见两队囚犯下工回来，肩上扛着铁锹，队边有几个管教。那两队囚犯从他面前走过时，他看着这些人，一个个身穿囚衣，下身穿着杂七杂八自己的裤子，神情麻木，隐约透着一些满不在乎的步态。

他看着这些人，忽然，队中的一个人对着他笑了一下，好像是打招呼那样的笑。他没有反应过来，囚犯的队伍已经过去了。大约过了五秒钟，他才猛然醒悟过来了："啊？那不是程墙吗？他什么时候进了这里了？穿了囚衣，完全认不出来了！"程墙冲着自己主动的这一笑，有许多话语已经尽在其中了，什么都不用说了，那笑里有一种坦然无悔，有一种担当，还有一种腼腆、羞涩……姬书藤不由得跟过去，心里不知是什么滋味儿，惊讶，震撼，意外，还有一股悲凉、哀伤，唯独没有幸灾乐祸。

他恨过他，敌视过他，程墙的存在有时也让他感到如同芒刺在背，很不舒服。但是如今程墙成了囚犯，他却一点儿也高兴不起来。平时他说话又硬又狠，"杀了他！""拿棍子活活打死他！"好像他是个视人命如草芥的厉害人。其实他的心比谁都软，他见不得别人落难，就像他不能容忍任何人飞扬跋扈……热爱自由，崇尚平等，姬书藤也是逐渐看到了自己天性中的另一面。一个人或一些人欺负、凌辱另一个人或一些人，并不是什么稀松平常的事，这是那种非常恐怖的行为；这种事一旦开了头，迫害、虐待、杀戮和毁灭就会随之而来。

囚犯的队列到了监狱大门前，犯人们一一出列，把工具摆放在一处。只有程墙走了几步，随手"咣当"一声，把铁锹扔在边上。

"捡起来！给我重新放！"管教喝道。

他站在那儿，还是没动。

程墙不听。惹恼了一旁的一个人，那人骤然突起，将程墙扑倒在地，左手捺住，右拳猛击其头。下拳极重，咚咚震地，十几拳后，那人也吭哧吭哧直喘粗气。

倒是管教在一旁发话了，说："行了行了，教训一下可以了，别打了。"那人收了手，站起身，拍拍土，胸脯大起大伏，对管教说："我就不信，治不服，他那个尿样子！"

姬书藤一看，那人是王浑，一个复转军人。他本来叫王辉，因为浑，大家就叫他王浑。程墙也缓缓从地下爬起来，正在擦嘴角上的血，什么话也不说。抬头看见姬书藤在看他，便冲着姬书藤又笑了一下。"吾尝率一方造反徒众，然安知狱吏之贵乎！"他是说给姬书藤的，说完转身随着囚犯们进了监狱大门。

王浑这时候气喘匀了，看见姬书藤，走过来打招呼。王浑年轻，身高体壮，浓眉大眼，面色红润，算得上一个农村型的美男子。地区公安处那么多干部家属，姬书藤怎么偏偏认识他呢？因为当时公安处分来了一个女大学生，人长得精干，又出身干部家庭，王浑未婚，看上人家了，给别人说过那个意思。这话传到人家耳朵里了，女大学生的反应一时传为笑谈："王浑？那怎么能行？你们说说，我能看上他什么？王浑除了长得漂亮，他还有什么？"实际上，人家已经有对象了，是大学的同班同学。

王浑自恃样貌英武，结果碰了一鼻子灰。

几十年后，王浑混到了武警的正团职上校，退休后无所事事，迷上了麻将，可以没昼没夜连打一个礼拜不挪窝。结果得了淋巴癌，手术后，面无人形，成了鬼脸。

姬书藤以后遇见他，王浑远远跑过来喊："大哥，你不认识我了吗？我是王浑啊！"姬书藤看着王浑那张面目全非的脸，想起他在监狱门口暴打程墙那一幕，忘不了程墙脸上的血，心中忽有所悟悚然跳出两个字：报应。但是王浑自己对此完全不知道，他只上过小学还是初中，无知无畏，一年后他56岁去世。

王浑王浑，浑然不知啊。

但是王浑自己并不认为自己无知，他觉得该懂的他都懂，他认为自己是那种勇猛的聪明人，学啥都快，经常骑个摩托车在大街上风驰电掣。他不知道社会永不停息的水面之下的事，他可能是个敢于冲浪的人，却从来不曾深潜过，不知道海底还有一个更为广阔迷人的世界。他不知道，有什么办法。

有一次他问姬书藤："大哥，四大名著都是哪四大名著？"姬书藤给他说了。

"噢，《水浒》我看过，是小人书。"然后他又问姬书藤，"你觉得我像那里面的哪个英雄？武松还是林冲？"

姬书藤笑而不答。

"我觉得我可能更像武松。"他说。

这下姬书藤哈哈大笑起来："你谁也不像，要说像，倒真有两个人像你。"

"谁呀？"

"董超、薛霸。"

"这两个是什么人？我怎么不知道？"

"就是一路押解林冲，准备在野猪林害他性命的那两个差人嘛，宋朝的公安人员，你的同行，知道了吧？"

"操！大哥这是糟蹋我呢！"他叫起来，脸上做出生气的样子。王浑在这方面倒是一点儿也不糊涂，他只不过是和大多数人一样，生存了一趟，稀里糊涂地度完了自己不算太长的一生。

他长得相当漂亮、没有缺憾。死时却已经变得异常丑陋、形同恶鬼。他最后的表情显得十分无辜，似乎在说："这能怪我吗？"

二十四

那个看不上王浑的女大学生，不久就住在了庄延斜对面的平房，两家相隔不到五米。她叫陈小柠，刚结了婚，丈夫是大学同班的工农兵学员，是个现役军人，从野战师调到军分区的独立连当指导员。独立连正好和公安处在一个院子里，上班都不用出这个院子。

这一对年轻的夫妇表面上看起来也不是那种完美的组合。陈小柠白皙，她的丈夫史俊才黝黑；陈小柠是个干部家庭出身的城市人，史俊才是河北农村的；陈小柠心直口快锋芒毕露，史俊才少言寡语谁也不知道他想什么；乍一看，是陈小柠强史俊才弱，史俊才似乎配不上陈小柠。以后渐渐才让周围的人明白，陈小柠有过人的识人眼光，绝不是一般虚荣的城市女孩所能具备的。

他俩都比姬书藤小个五六岁。那个年代，军人吃香，小城市的女孩以嫁给军人为荣。政治上可靠，生活上略好，肯定比大学生"臭老九"强。不过陈小柠显然不属于此类，她的性格固然有虚荣张扬的一面，脑子却远胜一般女性。这人对数字有特殊的领悟、记忆能力，就像里面安装了一台计算机。你哪年哪月哪日上午说了什么话，人家随口就能说出来，哪怕过了五年十年，日期一点儿不会错。至于各种电话号码，更是小菜一碟，从不用小本本记，全在脑袋里。

这么一个聪明精干的女人，她究竟看上史俊才的啥了？姬书藤略微有点纳闷。当然，人家看上谁，和你姬书藤没有一丝一毫的关系。何况史俊才不丑，只是貌不惊人、体不出众、细看过去也还是眉目顺贴的。这个年轻的指导员整天腰扎武装带、斜背个黄挎包蹦跶蹦跶的，看起来好像挺忙。有一次他挽着一只袖子，姬书藤看见他胳膊的汗毛黑蒙蒙密匝匝的一层，便说："你的毛咋那么长？大热天戴了一个毛手套？"

"好汉毛长么。"史俊才答道。

"不会吧，应该是马瘦毛长。"在姬书藤眼里，史俊才根本算不上什么好汉，所以他的"毛长"只能是属于"马瘦毛长"。他这么一说，史俊才一愣，眼睛里闪出一刹间的恼怒，但是仅仅只有几分之一秒，随即消失。史俊才垂下眼皮，面有愠色没说什么。几十年后，史俊才位高权重，奇迹般地成为四总部的领导人，在一次招待部下的宴会上指着姬书藤对大家说："我们是老邻居也是老朋友，当年他老欺负我，说我是'马瘦毛长'……"

姬书藤脸上笑着，心想"他还记着呐"，当时随口说出一句话，竟然让他几十年都没有忘掉。可以想见当时史俊才眼里闪出的那一粒恼怒的火星是多么强烈，而迅速地熄灭它又需要有多么强大的自制力。也只有过了许多年之后，姬书藤才真正明白了陈小柠的眼力，也才懂了她对王浑"除了长得漂亮，他还有什么？"这种轻蔑评价后面的底气。那年头，多少年轻漂亮的好女孩嫁给了胆子大、脸皮厚的二流子,让一番花言巧语、信誓旦旦迷蒙了芳心,婚后三天两头眼睛青一块脸上肿一块;还有的为了一时的利益,嫁给那些身揣三块"钢板"(出身贫农、共产党员、复转军人)少文无识的粗汉,过着一台生育机器那样毫无情趣的生活。相比之下,陈小柠的择偶就愈加显得眼光高远。

庄延和陈小柠住的这个院子,是个由四排房子组成的一个长方形,东西两排短些,相隔大约三十米;南北两排长些,相隔大约二十米;中间有个自来水龙头,家家在这个水龙头上取水;靠近监狱的围墙的方向,有一个公用旱厕。

这个院里住着有三十多家人,从十四级的公安处长,到二十三级的一般干部,都在这儿。处长住的是三间,庄延住的是一间半,陈小柠刚来不久,住的是一间。

人们往往以为公安局的人有多厉害,其实不然,这个院子里住着的人各自生活、相安无事。整个院子显得沉闷、单调、过于严肃。各家之间很少往来。庄延的隔壁住着一个法医,是个浙江人,这两口子被王浑嘲笑为"一个是地不平,一个是天不明"。法医不知为什么,腿瘸,走起路来一脚高一脚低,所以叫"地不平"。他老婆不知为什么,上眼皮永远耷拉着,睁不开,好像没睡醒,故谓之"天不明"。更为奇怪的是,人家两个生的儿子,5岁了,完全酷似乃父乃母。酷似到什么程度呢?这儿子对父母的遗传照单全收,地也不平,天也不明。但是这两口子确实是好人,以后姬书藤的女儿长到1岁多,每天自己扶着墙一步一步挪到隔壁去串门,每次,必在人家正堂中间屙一撅屎。她把人家家当厕所,从不在自己家屙,人家不生气，每天笑眯眯迎来送往，自己打扫。姬书藤过意不去，人家说："没关系，小孩子嘛。她屙的都是干的，好打扫。"

再过去的一家夫妇也是一对老实人，但绝对是笨人。他那个老婆是个农村的那种笨婆娘，勤劳朴实，不长脑子。她把一大锅热汤面从灶火上端下来，就摆在当地上，她一转身去干别的，两岁的大儿子一下就把两只手扑进去了。姬书藤听见尖厉刺耳的叫声，以为兔子让狼咬住了，跑过去一看，那孩子的嫩胳膊全是乒乓球那么大的泡，惨不忍睹啊。赶快送医院吧，他两口子倒厮打起来了。

这就罢了，二儿子长大两岁，又照样遭了一回，兔子又让狼咬住了。这次把孩子烫得更厉害，连头带手全扑进锅里了！两个儿子，手脸上全都留下蠢笨父母造成的终生烙印。老实人老实到这种程度，也就是人们常说的——笨死了。他们缺乏任何预见能力，即便是身边显而易见的一些小事，也没有预先判断后果的能力。

在那个废除文化的时代（八个样板戏不能算什么文化），没有电视，没有书籍，也没有任何饭店、酒馆、茶座和咖啡厅，姬书藤想不起那么多的时光是如何打发的。在这个长方形的、紧挨着监狱的院子里，日子像无声的水，寂寞地流着，没有一点浪花溅起，非常单调。只有四个季节的变化微微掀起一点内心的感怀，人们已经淡忘了生活中还有什么乐趣。

那天可能是个星期天，阳光在树影间闪动，跳来跳去，微风似乎是它的腿。姬书藤伏在靠窗的桌子上读一本孙景瑞写的小说《粮食采购队》，这时候很静，他点燃一支烟，凝神静吸。隐隐约约他听到一丝一缕的歌声，从打开的半掩窗户飘过来，像蜘蛛吐的丝一样。从窗户上看过去，陈小柠家的门半掩着，她正坐在小板凳上织什么。她一边织，一边若有所思地轻轻吟唱着。看起来她完全沉浸其中，像少女怀春或是少妇初孕，整个人宛如一朵飘浮着的云，全然超脱了眼前的这个世界。"渔家姑娘在海边，织呀么织渔网……"她唱得非常轻，轻得若有若无，似断似续，像是漫不经心的自言自语。但是她的声音，真是好听。轻盈、明亮，竹片敲着青花瓷，细雨打着檐上瓦，一条声音的小溪就这样潺潺地流过来，直入心灵，无从设防。

姬书藤完全没有想到，陈小柠还有这么柔美绵和的一面。陈小柠给他的印象一直是精明强干，这印象甚至压过了她的外貌。那天听了她独自唱歌，才觉得触摸到了一点陈小柠的内心，她的内心世界也丰富着呢，在她看起来精干要强的表面之下，暗藏着一颗柔弱易感而且哀婉的内心。虽然她唱的都是当时一些破电影里的插曲，但她这么吟唱，就出了韵味。姬书藤觉得这才是唱歌，那些站在麦克风前面对大众的高声大唱，是唱嗓子，是训练有素的表演；而她这种独自吟唱，才是唱心。

当然，姬书藤的这番感觉和想法，陈小柠一点儿也不知道，她根本不知道有人在听。"哎呀妈妈，请你不要对我生气……"她换了几支歌，还在轻轻地唱着。他悄悄探身从窗户上望出去，看见陈小柠穿着一条兰花裙子坐在那里，露出两条结实匀称的腿。从他这个角度，可以看得更深，甚至隐隐窥见了里面浅色的内裤。他有些怦然心动，女人的腿，才是女人身上最具性感的东西。乳房和性器，是女性特有的生育器官，男人没有，特别好奇。但是一旦得窥，新鲜劲儿过了，也很难长久地让人欣赏。腿不一样，男人女人都有腿，只有女人的腿有长久的美感，可以让人欣赏不厌,像一件完美的艺术品。陈小柠的腿就是这样,不肥不瘦,白皙颀长,像两条透明的美物,光洁的肌肤上面,隐隐可见淡蓝色的细细血脉,让姬书藤生出上去摸一摸的欲望。阳光啊,正在上面跳来跳去!

这天中午,她的轻吟低唱,她的腿,迷住了姬书藤,给他单调乏味的生活带来了一些亮色。他什么也没做,什么也没说,这个暗自独窥的小小场景,已经深深地留在了他的记忆中,到老都难以磨灭。但是陈小柠不知道,他永远也不会告诉她。

正在这时候,有两个满嘴脏话的中年妇人不知为什么吵起来了,开始还是低声诅咒、威胁对方,听不清辱骂什么。很快,战争升级,声音大得就像把一整块玻璃摔在地上,砰嘭作响,碎片横飞,把一个宁静安谧的中午,搞得惊心动魄。

一个说:"你算个什么东西么,你就是蒋介石尿毛里的虱子!"

另一个迅速反击,毫不犹豫立马反应出相应的词语:"你呢?你以为你是个什么玩意儿?你是宋美龄沟门眼子上的屎渣渣!呸!"

姬书藤听着这两个粗俗妇人的互相辱骂,突然想发笑,如此粗俗,但又如此逼真、深入、富于想象力,真他妈绝了。这简直是诗人也想不出来的呢,谁教给她们的呢?他想,如果她们也有陈小柠那样的或者更好的背景,如果她们也有机会上大学,也许会是另外一种样子。不管怎么说,他觉得这两个妇人的对骂显得中气十足、不同凡响,很有一些创造力和想象力。他长这么大,从来没有听到过这样骂人的。只是,蒋介石身上肯定是不会生出虱子来的,宋美龄屁股上更是没有屎渣渣,农家村妇，推已类人，她们可能以为是人咋能没有这些东西呢？

姬书藤越想越觉得好笑，竟独自无声地笑起来。

二十五

成志敏有一个儿子，已经3岁了。那天姬书藤刚到办公室，成志敏就拉住他说："别进去，走，陪我到医院去一趟！"

"到医院干什么？"姬书藤问道。

成志敏说："菊香又生了。"菊香是成志敏的老婆，姓赵，和成志敏一个村的。那个村就叫赵庄，以姓赵的人为主，菊香的爹是那个村的支部书记，说一不二。成姓是个外来户，成志敏的爹是个屠户，以杀猪为生。

菊香长得不好看，长脸，瘦高，说着一口河北话，是个典型的农村妇女。这两个男人进了菊香的房间，护士把那个孩子抱过来让他们仔细地看了一阵。又是个儿子，那孩子湿漉漉的，两条细细的小腿在半空中垂吊着，眼睛闭着，小脑袋上覆盖着几缕黏糊糊的头毛，那轻巧可怜的身体活像一只小青蛙。看起来会让人暗地里有些发愁，这孩子能不能长大？

菊香躺在床上，神态安详，面带微笑，她看起来没把生个孩子当个什么大不了的事。她产后的样子似乎比平常好看了一些，有一种燕赵版的圣母玛利亚的感觉。"医生说了，孩子各方面都正常，没啥毛病。"她轻声吐出这么几句话，算是给成志敏一个交代。成志敏看了自己的这个小儿子，也没有表现出格外兴奋的样子,这也完全出乎姬书藤的预料。看样子除了政治斗争和获得新的权力能够让他兴奋起来、进而激发强大的生命活力,其他的一切都显得不够重要,都"就那么回事儿",都不足以让他的眼睛里闪射出亮光。

姬书藤想:"成志敏这种人才是真正的政治动物。"他对来自任何一个方面的不利于自己的信息都敏感得出奇。有一次姬书藤不小心顺嘴透漏了地委一个干部对他的看法,他马上听出弦外之音,高度紧张戒备,坚持追问"这话是谁说的?"搞得姬书藤后悔不已,他完全没有意识到这几句话的后面藏着那么复杂的机关。在姬书藤看来,地委是个上班、领工资的地方,平静得像一潭死水,不起微澜;但是在成志敏眼里就完全不一样了,看似平静的水面之下,布满漩涡、暗流,各种力量纠缠、较量,貌合神离,争斗不息。你不是在这边,就是在那边,不是跟这个人,就是跟那个人,中立就等于自动出局。所以,对哪个人笑一下还是仅仅点一下头,或者假装没看见,这都是有讲究的。就像成志敏说姬书藤的话:"哪儿能像你呀?纯粹按自个儿的心情,或者看顺眼不顺眼,这里的名堂多着呐。"

姬书藤说:"你这么活着不累吗?"

"累?嫌累就别上班呗,在家躺着倒是不累,那能进步吗?毛主席不是早就说了吗,'与人奋斗,其乐无穷'嘛,共产党的哲学就是斗争哲学。"成志敏笑着反驳道。

姬书藤说:"你看你吧,有时候大冬天后脑壳子的头发梢上汗涔涔的,都滴出水了。我问你咋搞的,你说:'这不是用脑子呢吗。'我说:'有这么用脑子的吗?又不是拧湿毛巾!'你说:'拧湿毛巾倒不至于,但起码是石磨上磨豆子。'"

成志敏笑了："是那么回事儿，用脑子也费力呢。"

姬书藤又说："你说你吧，这么奋斗又是图什么呢？你不爱钱，这我知道，就看你们家的摆设，估计和赵菊香那个河北农村家里的摆设差不多；你也不好色，你自己说过'一个礼拜也就一两次，有时候半路上就下来了，没多大意思。'既不爱钱，又不好色，你说你成天这么费脑子图什么？"

"图什么？为共产主义事业奋斗终生呀。"成志敏故作正色地说。

姬书藤说："我觉得你图的是一种节节攀升时的乐趣，一种自我实现的成就感。一个登山运动员，你说他登那个珠穆朗玛峰图什么？那个山顶上什么也没有，登山的过程又累又危险，有可能送了命，还可能冻掉趾头，但他拼着命也要往上爬。我这么说你能接受吧？"

"穷则思变。"成志敏肯定地说。

"穷？"姬书藤有些明白了，成志敏不管现在当了团委书记，还是以后可能当更大的领导，在赵菊香那里都没什么了不起的。让赵菊香说起来就是："他们老成家，那算个啥呀？别看他整天屁颠屁颠的，像个人儿似的，多大个官呀？"

赵菊香这么说，成志敏一点儿也不敢发火，眼皮耷拉着，一声不吭。他好像永远被赵菊香捏住短处，知根知底，一辈子翻不了身。从姬书藤认识成志敏这个组织部秘书，到几十年后成志敏成为封疆大吏，他从没见过成志敏厉害过赵菊香。只有说起成志敏当年考上人民大学，赵菊香才露出菊花般的笑脸，称赞道："那可是俺们赵庄几十年来头一个！"

过去姬书藤看不起农村出来的人，但是赵菊香一定程度上改变了他的偏见。这个人瘦瘦高高、朴朴素素，看起来貌不出众才不过人，但是她太大气，实实在在，低成了土，高成了山，一点儿虚荣心都没有。她好像总能站在道德和智慧的制高点上，让成志敏这么精明的人，心服口服。人家不靠美貌，也不靠年轻，照样稳稳地拢住自己的男人。比如说成志敏抽烟，菊香就会大度地说："抽呗，一个大老爷们嘴上不叼一支香烟，好像有点儿那个啥是呗？"成志敏就算是手眼通天的孙猴子，赵菊香也是稳坐云端的观世音。

因为有了赵菊香，成志敏平时在机关里所拥有的那些严肃、庄重的形象全部褪色了，就像过水掉色的衣服似的，把成志敏又还原成赵庄河边光着腚游泳的小屁孩。这就是一个人的底色，十七八岁以前染成什么样儿就是什么样儿，以后穿什么衣裳也遮盖不了，一辈子也别想脱胎换骨、改头换面。赵菊香厉害就厉害在这儿，她就是赵庄派出来的党代表、政治委员，代表着那块平原上的土地、河流、村落、乡音，跟着成志敏，盯着成志敏，从屋里到炕头，从厨房到茅房，你成志敏就是走到天边上，当上多大的官，看你小子敢不敢整容换心、敢不敢当赵庄的叛徒！

成志敏当然深知这玩意儿的厉害。他在外边不管打多少胜仗，回到家里在赵菊香那儿永远牛不起来。你赢了，那算啥，赢了是应该的，谁叫你是赵庄几十年来头一个大学生呢？你受挫了，那有啥呢，世上哪有不受挫的人儿呢？赵菊香呀赵菊香，你整个儿就是一赵庄，随便从哪个兜儿里一掏，都是一把赵庄的土！

成志敏心思太重，脸色不好。晚上失眠，白天吸烟，面有乌色。他的个头看起来好像还没有赵菊香高，体格偏瘦，一辈子也没有胖起来，望之似乎不是福相。但是这人贼精神，白天跑跑颠颠，晚上熬夜，从不见有疲惫之态。什么哀怨啦、伤感啦，颓废消沉啦等等的这些消极情绪统统和他无缘，他的神经大概就像拉满的弓弦那样，绷得紧紧的，随时准备着应对突如其来的变化和挑战。当然老这么绷着也不行，他爱打扑克，双扣。不过，他打扑克比打仗还全身心投入，揣测、谋划、算计，虚张声势，声东击西，调虎离山，围点打援，寸土必争，志在必得……他把那些官场智慧和人生经验全用上了。对他来说，打扑克不是休息，而是演习操练。他经常会在一场深夜大战之后大叫一声："休息！不打了，这他妈比上班还累人！"

姬书藤和成志敏的关系处得和别人也不一样，在办公室，他们是上下级，别的时间可以完全随便，凡是工作关系，姬书藤必称"成书记"，除此之外，则称"老成"。这固然说明成志敏有"尊重人才"的一面，同时也和姬书藤一贯的为人处世姿态有关，他不迷信领导，也不真心崇拜谁，这一点成志敏心里有数。工作时，你是领导，叫你"书记"；下了班，大家平等，马上拉平，"老成"。姬书藤还有一个特殊的本事，就是对领导，用下流话破坏他摆出来的庄严感。比如："你今天早晨屙屎了没有？每天一泡屎对健康可重要了。"你要说"屙了"，屙了你也是普通人，还装什么神圣？"没屙"，没屙你连一般人也不如，连屎都屙不出来，便秘啊。小干部对领导光说奉承话是不行的，那是最低的生存策略。恭维的结果是愈发让他看不起，不能平等，就渐沦为奴，就算得一点好处，那也是给狗扔个骨头。

姬书藤也用这一套对付过成志敏，但不是很灵，成志敏比他还看得开，根本不在乎。姬书藤说："老成啊，我看人家菊香比你个子高，那要是上了床，很可能错位呢。"成志敏反应多快："那怕啥呀，只要中间对得准，管它两头齐不齐！不管咋说，我有俩儿子了，你可是连一个也没影呢！"不管是来正的还是玩邪的，姬书藤都弄不过成志敏，但是他对成志敏是有保留的，甚至比不上对赵菊香那么心服口服。当然他也知道，成志敏对他也有保留。

在姬书藤看来，成志敏有一个明显的缺点，那就是在小事情上争强好胜、嘴不饶人。他那个一笑起来就有点歪的嘴，出言颇毒。有一次参加一个活动，分区的一个副司令，和成志敏打完招呼，开玩笑说："你这个团委书记，年纪轻轻的，脸怎么乌乌的，像个抽大烟的?"这下把成志敏惹恼了，马上反唇相讥。他脸上笑着，用手拍了拍副司令的肚子，说："你这个大司令啊，这将军肚也够大了，像不像老母猪怀了崽呀?"姬书藤在旁边看到，心下就不以为然，心想，成志敏大概没有读过《留侯论》，"匹夫见辱，拔剑而起，挺身而斗，此不足为勇也。天下有大勇者，卒然临之而不惊，无故加之而不怒，此其所挟持者甚大，而其志甚远也"。从这些小事上，可以看出成志敏修养上的缺欠。那个副司令言语间固然有些轻视，你又何必锱铢必较呢？这种事要是放在人家赵菊香身上，决不会在乎，很可能淡然一笑了之。她可能会说："那个嘴巴子上赢人有啥意思啊?"

赵菊香文化程度不高，初中毕业，识文断字，等于随着成志敏安排了一个养路总段的工作。她要是走在街上，就是一个再普通不过的刚进城的农村妇女；但是只要稍微一接触了解，就会发现，这人绝不是可以轻视的女人。一个做人做到完全本色、宁可亏己决不亏人的人，就有了土地那样的质朴的力量。凭着这个，成志敏再能也能不过她。

但是，有一件事成志敏做得让姬书藤打心眼里佩服，心服口服。他设想假如这事轮上自己，他绝对做不出来。

成志敏1965年从人民大学毕业后分配到新疆工学院马列主义教研室当助教，恰好碰上"文化大革命"，什么事也干不成。几年后，到了后两届大学生去部队农场接受再教育的时候，他这个助教竟然主动提出，要求和这批毕业生一起去接受"再教育"。这在当时，可以说鲜有此例，惊人之举。放着在首府一所大学里的助教不当，偏要去塔克拉玛干沙漠边缘的麦盖提农场受苦受累受管制，谁知这人是怎么想的？拿自己的前途赌博啊？所以说，真正的政治动物，一定都天然地带有赌性。不赌岂能搏？欲搏岂能不赌？若不是"此其所挟持者甚大，而其志甚远也"，谁能做出这种破釜沉舟的决定？

这种自己主动往火坑（说火坑有些过，泥坑更恰当些）里跳的要求，当然被批准了。成志敏一转眼又成了麦盖提县解放军某部农场学生连的班长，抡起坎土镘，在大沙漠里战天斗地去了。整整一年，汗雨浇沙，成志敏入了党，汗没白流。到了分配的关键时刻，他理所当然回乌鲁木齐的原单位，结果他又做出一件让所有的人大吃一惊的事。

他那个班上有个暨南大学的何富林，谈好的对象在另一个农场，分配到了乌鲁木齐，可是何本人却被分配到喀什，这对牛郎织女，中间隔着一千六百公里！惨了，这不是活生生要被拆散吗？成志敏主动提出，自己和何富林交换分配方向，何去乌鲁木齐，自己去喀什。这更是一次把自己置之死地的人生豪赌。

这样，才有了姬书藤以后看到的"机关油子"——地委组织部秘书成志敏。

有一次说起部队农场再教育的经历，成志敏才说起这件事，他说得很随意、平和，没有丝毫夸耀自炫的痕迹。但是姬书藤听了以后，大为震动，因为他太知道部队农场是怎么回事儿了，那个所谓的"再教育"，其实就是一座大学生们的"炼狱"，其严酷的程度和劳改犯差不多。成志敏当时能够那样做，真是非常不容易的，如果说燕赵有慷慨悲歌、侠肝义胆之士，成志敏此可为一例。

成志敏这么一换，就把自己的身家性命交给了喀什，这一撂，就是二十多年。赵菊香跟到了这个她做梦也想不到的地方，"天涯地角，这地方咋跟外国似的？"他的两个儿子也都生在这里。兴许他这一辈子也走不出浩瀚无边的塔克拉玛干大沙漠，"死了就埋在这儿算了，哪儿的黄土不埋人呀，你说是不是？"成志敏说这话的时候，眼神里却有一种掩饰不住的悲凉。

"可这儿不是黄土，是沙子。沙子埋不住人。"姬书藤故意跟他抬杠，逗他。

"行了！别说了！"成志敏挥手在空中扫了一下，好像要扫掉什么潜藏在空气中的影子、什么不快的预感。

姬书藤心里完全明白，成志敏是害怕埋在喀什噶尔，叶落归根，故土难离，几乎是所有的中原游子无法摆脱的归宿。就像鲑鱼洄游一样，出于本能，用不着谁来教它。成志敏做梦都想埋在赵庄的河边上,身边是柳树的根须织成的网,鼻子尖上是故乡的泥土散发的清香,千年大梦,沉沉睡去,再不醒来。

姬书藤何尝不是呢?他的梦在太行山,他是从那里降生的,最后还应该回到那里,明月夜,短松岗。"我们在太行山上……"看来这辈子是回不去了,他和历史的脐带已经一刀两断。

二十六

第一个感觉到危险正在向自己逼近的人是庄延。她在心里揣摩了许久,好几次想说,但欲言又止,终于忍不住了,她对姬书藤说:"我怎么觉得有些不对劲儿呢?"

"有什么不对劲的?"姬书藤问道。

"……刚才,在院子里和方局长打招呼的时候,我怎么觉得,他看你的眼神不对劲……"

"我没看出来,有什么不对劲。"

"当时方局长看你的眼神,和看一个犯人的眼神一样。"

"啊?可能他不喜欢我,看我不顺眼吧?"

"绝对不是。"

"那会是什么?我又没招惹他,莫非他还想把我这个地委的人关起来?"

"不知道,反正不对劲儿。"

对庄延的预警,姬书藤完全没有往心里去。自从"四人帮"被粉碎,他觉得天清气朗,整个形势越来越朝着有利于自己的方向变化着。而且他相信,这只是开头儿,后面会越变越好,在压抑了十年之后,自己的"天时"就要来了!人虽然不是植物,却同样需要合适的气候,人的气候就是整个国家的政治形态。你左右不了它,它绝对影响你。你的生存,你的成长,甚至你的生死存亡,都直接在它的掌控之下。一个人的兴衰浮沉,哪里完全是靠的自己有没有本事啊?所谓本事,只是程度上的差别,决定人生命运的,往往是你左右不了的东西——政治气候。这个气候和自然界的气候并不一样,很不一样了,同样的天空下,对有的人是盛夏,对另外一些人可能是严冬;对有的人是天堂,对另外一些人可能是地狱。"文革"十年,对姬书藤来说,就是一个漫长的、看起来没有终点的冬天,他像一只蛰伏在沙土深处的昆虫,痛苦难捱,没有指望。现在,他终于听到惊蛰的雷声隐隐从天边滚动而来……他几乎不敢相信自己的耳朵,这难道会是真的么?春天真的不会遗漏我们吗?他想冲出去,钻出土层,到田野去,到山巅上去,迎接、拥抱这伟大的春天。

他的身体,他的生命,像弹簧一样被整整压制了十个年头。现在,他觉得可以释放积蓄的能量啦!惊蛰啊,惊蛰啊,他喜欢这个词,也惊异于古人发现并创造的二十四节气,那是对天时何等敏锐、准确的把握啊,清明、谷雨、小满、芒种、白露、霜降、大雪、小寒……给季节命名,为时序画像,每个字都是一句意味隽永、含义无穷的诗,让世世代代的人咀嚼、品味不尽。姬书藤沉浸其中,对自己的未来开始有了一些谨慎的期许和很有分寸的幻想。他首先想到,父亲的那段历史问题是不是有可能得到澄清?"叛徒"?他怎么叛徒了?姬承先1942年是被日本人俘虏过，但那不是在战场上，而是他得伤寒病住院的时候。他当时的身份不是连长，而是病号；他身上穿的不是军装，也没有背驳壳枪，而是穿的病号服。

日本人包围了医院，严刑拷打了姬承先。吊起来用木棒打，大冬天用一桶一桶的凉水浇醒，再打。姬承先咬死没有暴露身份，只说是小学教员。最后打昏在地上，连有些日本兵都看不过去，偷偷给他塞饼干。他是知道兵工厂和三八六旅情况的，这些都没有受到损失，他怎么是叛徒？后来，日本人让他做苦力，他说服了另外一个苦力，乘机偷了一支王八盒子，逃了出来。

这明明是个英雄行为，结果成了"历史问题"，结论是"有叛变嫌疑，不宜重用"。这个往档案里一装，建国后第一批外交官当不成了，发配到了新疆，当了个图书馆的馆长。再遇上"文化大革命"，干脆打成叛徒、开除党籍，下放农村，什么都没有了，只剩下还活着。

你怎么就这么倒霉呢？我的爹呀，你看起来不像是应该倒霉的人呀，身高一米八，仪表堂堂，眉宇间有英气，往人群里一站，那显然也是玉树临风、飘然不群。但是你一辈子都走的是下坡路，而且出溜到底。这到底是为什么啊？父亲的命运让姬书藤百思不得其解。他不能不思考，因为姬承先的命运直接影响了姬书藤的命运——从20岁到30岁，这正是人生的黄金时段，他被耽误了十年，这十年决定一生呢。但这能怪父亲吗？当然不能，父亲是个好父亲，要怪只能怪这个操蛋的时代，这个丧尽天良、灭绝人性的十年浩劫！如果姬承先的问题能够得到澄清，他只要能恢复党籍就谢天谢地啦——这个1938年参加革命、1942年入党的决死队员一生蹉跎，但他无论如何不能接受失去党籍，那对他来说，和生命一样重要。姬书藤能够感觉到：父亲和母亲在那个遥远的北疆农村的寒冷土坯房里，日日夜夜忍受煎熬，承受委屈，咀嚼痛苦，无数次徘徊在自杀的边缘。如果没有几个儿子让他俩牵肠挂肚，可能早就和这个无情无义的人间世界断绝了。

多少年了？对，差不多六年了，一个抗日战争都快打完了，还是个时阴时晴、乍暖还寒。略有希望的时候，比绝望更难将息。这段时间，姬书藤想了很多，从家庭想到社会，从社会想到自己，唯独没有想到一个将要直接面对的危险已经逼近。庄延上午对公安局方局长一个眼神的判断，终于在晚上十一点钟被完全证实。

正是晚上十一点钟左右，正准备铺床睡觉了，门上轻轻地响了两声。"谁呀？"没人回应。过了一会儿，又轻轻敲了两声。

庄延刚一开门，闪进来一个人，啊？竟然是陈小柠。庄延一愣，心里有些纳闷，陈小柠今天的样子怎么这么奇怪？做贼似的，鬼鬼祟祟的，一反常态？她敲门的声音那么轻，生怕别人听到似的，一进门，赶紧把门关上，说话声音压得很低。她进来的第一句话就是："姬书藤你怎么了？"

姬书藤一看她那种神色，也吓一跳，嘴里含含糊糊地说："怎么了，我没怎么啊？"

庄延让陈小柠坐下，慢慢说。陈小柠喘了几口气，平静了一下，说："你是不是认识一个叫程墙的人？"

姬书藤点了一点头："认识。"

她又问:"你是不是和他议论过天安门广场事件?"

姬书藤说:"是议论过。我说的都是对的呀,就那时就看出'四人帮'……"

陈小柠打断他:"你是不是还说了毛主席什么话?"

姬书藤想了想:"说了,我说:'毛主席也有可能犯错误。'"

陈小柠叹了一口气,摇着头说:"你跟程墙说那些干什么呀?真是没事找事!我告诉你,现在正在清查与'四人帮'有牵连的人和事,你已经被地委列为重点清查对象。我被抽调到清查领导小组帮助工作,所以我说的情况绝对是真的。本来我是不该给你说的,这可是违反组织纪律的,好了,我不多说了,你想想该咋办吧。"

走到门口,她又回转身补充了一句:"说毛主席的话你可要想清楚了,到底说了没有?我走了。"

陈小柠走了,姬书藤傻眼了。看来,程墙到底还是把自己出卖了,在程墙可以交代的人和事里,大概交代姬书藤攻击伟大领袖毛主席是最让他没有心理障碍的了。姬书藤甚至都能想象出他受审时的样子,他的表情和眼神都仿佛历历在目。他可能开始还装得吞吞吐吐,但他会心里有数,他不会交代和屈铭的关系,也不会交代他的那些"战友",但是他首先告发的,一定会是姬书藤。在他自己快要淹死之前,把一个对手顺便拉下水,岂不正是程墙这种人十分乐意的么?姬书藤清清楚楚记得程墙当时说的那句话,"难道你还怕我去告发你吗?"这下好了,"难道"来了。自己成了清查重点了,怎么办?

庄延看着姬书藤呆若木鸡的样子,倒是没有埋怨、责怪他,她问姬书藤:"当时是不是只有你和那个程墙?还有没有别的人?"

"没有。"姬书藤说。

"肯定没有?"

"肯定没有。"

"那就好了,没有旁证,就是诬陷。你根本就没说过什么'毛主席也有可能犯错误'的话,那可不能承认,那是大问题。"庄延说。

"可是我当时是那么说的,到现在我也不认为有什么错。"

"你认为不算,组织可不那么认为。你可是记住了,这种话咱们不光没说过,连想也没想过!记住了吧?"

姬书藤哼了一下,他也没什么别的办法,只好听庄延的。

庄延看着他那副六神无主、垂头丧气的样子,忽然感到原来那个风流倜傥、豪情盖世的姬书藤无影无踪,眼前分明是一个考试不及格的小学六年级学生。她真是恨铁不成钢,忍不住伸出一根食指在姬书藤脑门上狠狠戳了一把:"你这张惹祸的烂嘴呀!⋯⋯"

姬书藤经常吹嘘自己是一个"伟大的乐观主义者",庄延说他,那是你没碰上真让你悲观的事儿,你活到30岁,遇到的最大的事儿就是你爸被开除了党籍不是吗?人活一辈子比那更痛苦的事儿还多着呢,你乐观?是因为你没碰上!现在,他实在是乐观不起来了,愁得辗转反侧,睡不着觉又想不出办法,像一只被巨蟒吸住的田鼠,挣不脱,逃不掉。他感觉到那个巨大的危险越来越逼近自己,一开口就毫不费力地吞掉自己,吞掉之后,留不下一点儿痕迹,无声无息,一切照样运行,你就像没有存在过一样。

这太可怕了。这种恐怖仅仅是因为陈小柠的一个警示造成的，真正的危局还在后面，还没有展开。我能对付得了么？他完全束手无策，暗暗盼望明天不要降临，时间最好停住算了。姬书藤就这么胡思乱想着，最后，还是迷迷糊糊地睡着了。

二十七

姬书藤骑上他的那辆凤凰18型锰钢自行车去上班的时候，自己已经觉得憋扭，很不合适了。这车太新、太锃亮、太招眼了，这完全是那种春风得意的公子哥儿骑的车，可眼下自己正在受审查，更适合骑一辆很旧很破的烂车。衣着也是，倒霉的人要有倒霉的样子，太鲜亮了更易招来别人的忌恨。他这么想着，心里苦笑了一下，早干嘛去了？事到临头才想起来低调伪装？平常那么傲气凌人，现在再装也晚了。

路过报社的时候，他看到马路上围着一些人，是发生了一起车祸，地上躺着一个人。姬书藤凑过去看，那人穿着空军的蓝裤子，是个年轻干部，已经死了。那张原本可能清秀的脸上粘着血迹，变得扭曲，痛苦和惊惧的刹那使之难看。生死之隔，只须一瞬，一个好端端的人立即变成难看的尸体。这个无名的尸体刚才还在马路上从容地走着，有他的想法和念头，突然，什么都没了。姬书藤看不下去，转身离开。他觉得奇怪，这条马路上几年来平平静静，从未碰到过这种事，怎么偏偏就在今天让他目睹了这个场景？暗示？隐喻？不祥？他忽然觉得躺在马路上的那个人变成了自己,正遭遇到人生的一场车祸,一辆巨大的重载卡车正从背后撞过来……他也一样,很容易从一个活人变成一具尸体。这让他完全明白了,自己不是超人,也不是命运的宠儿,在灾难面前和任何人一样,毫无防范能力,单薄得像一张纸,一戳就透。

他进了地委大院,那里的空气显然已经变得不适合他这种动物生存。他觉得空气稀薄,氧气不够,自己像个另类,找不到同伙。在坐满了人的会议室里,他孤零零地仿佛坐在帕米尔高原的旷野上,山风从耳畔掠过,那是张森在宣布什么。他听到自己的名字,像一串扔向空中然后掉在地面上叮当作响的钥匙,清脆而又明确。他没觉得冷,也没觉得暖和,他的知觉变得有些麻木。而且他的思维集中不到这件事上,像是有意躲避,总是去想一些无关紧要的事儿。

大会结束之后,他随着人们走出去,回到团委的办公室。这时,成志敏来了。成志敏的脸像铁一样黑硬,目光像冬天的树枝一样刺过来,如同打量一个怪物。

"这回咱们团委可是挂上号了。"他说。

姬书藤不说话,低着头。

"你说你尽认识些什么乌龟王八蛋么。"

姬书藤还是不说话,抬眼望了一下成志敏。

"说毛主席的那话,你到底是说了没有?说了就是说了,没说就是没说,这可不能含糊。"

姬书藤听出成志敏的话里似乎有一种暗示,便说道:"没说过,连想也没想过。"

"噢,你别在我这儿说没说过,到了别人那儿又说说过了,这可要对组织忠诚,不能含糊。"

"在哪儿也是没说过,我对毛主席无限忠诚。"姬书藤一下看到了出口,这句话才是关键,是生死之门。他咬定了要把这个谎坚定地撒下去,决不松口。庄延的交代没错,陈小柠转身补充的那句也是话里有话,现在成志敏也是最担心这个,那就照这三个人的意思办,坚决不能松口。生死存亡啊,撒谎算什么?姬书藤原来不认为说那句话有什么了不得,现在明白,那是大罪。看来自己还是太书生气了,书生意气,害死人呐。

"没说过就对了,"成志敏脸色暖和了些,舒了一口气说,"可不敢乱说啊,那可是能让人掉脑袋的事儿啊。"

过了一会儿,成志敏问姬书藤:"你和那个程墙是怎么回事儿?你们俩是怎么搞到一块儿去的?"

姬书藤就把和程墙的来龙去脉讲了,特别是那天在程墙家里的对话。"我是反'四人帮'的啊,现在反倒成了和'四人帮'有牵连的人啦!你说冤不冤枉?"

"你知不知道那天屋里有几个人?"成志敏问道。

"只有我和程墙两个人,没有别人。"

"不对,还有一个人。"成志敏很肯定。

"啊?不会吧?……"

"程墙的老婆,咱们地委的机要员小巩。她当时在厨房里,一直没出来。"

这个情况姬书藤可是一点不知道。他听成志敏一说,就像当头浇了一桶凉水,懵了。明明是两个人呀,怎么搞得像变魔术似的又冒出一个他老婆来了?这下完蛋了,两个人可以说是诬陷,三个人可就有了旁证了。姬书藤感到绝望了,情况刚有好转，忽然急转直下，逼到死角，没有退路了。

姬书藤看着成志敏，看他笑眯眯地点了一支烟，像是嘲笑。

姬书藤这下完全乱了阵脚，想不出任何办法了，他方寸已乱，感到无力回天、末日将临。他不由自主口中喃喃自语："我怎么不知道还有一个人呢？……怎么回事？"

这时候，成志敏掐了烟头，看着姬书藤那副像是被狼夹子打住了的狼狈样子，现出一副猎人那样胸有成竹的神态。他说："这下子没辙了吧？有人作证了，你姬书藤还有什么办法？你不是说我是'机关油子'吗？你不是最清高、最看不起别人的吗？今天就让你见识见识'机关油子'的用场！"

姬书藤无话可说，他没想到套在这儿等着。他以为成志敏会帮他，谁知一句闲话让他记恨这么深，几年都没忘。

成志敏又点了一支烟，又说道："没什么大不了的，不用怕成那样儿，掉不了脑袋，放在今天，估计也就是关上几年监狱，拍把拍把土又出来了。工作肯定是没了，也不怕，有庄延养活你，庄延不至于和你离了婚吧？对了，你姬书藤不是还能写点什么诗歌小说吗，挣稿费也能养活自己，饿不死。"

成志敏轻松描绘的这副前景，正是姬书藤最害怕的，他根本不敢想象到了这种地步怎么活下去。想到这儿，后悔、冤枉、委屈、愁苦……等等的情绪一下子全部翻上来，三十功名尘与土，八千里路云和月，唉，惨啊，眼泪止不住就流下来了。他该怎么回去面对庄延啊，又该怎么应对苦守在土屋茅舍间的父母啊？男儿三十功未立，却因一语入牢门，这算什么事儿啊？姬书藤禁不住失声痛哭起来。

成志敏抽着烟，看着。冷冷地说了一句："哭什么？没出息。哭能解决问题吗？哭能让人同情你吗？我不是告诉你了吗？没什么大不了的，小巩作证怎么啦？小巩是什么人？是反革命分子程墙的家属，我们是相信反革命分子家属的话还是相信自己同志的话？没说过反对毛主席的话就好办，真说了谁也办不了。你回去老老实实给咱们写检查去，从思想深处挖，越深越好。把你那些缺点毛病都写上，小资产阶级的自由散漫啦，无组织无纪律啦、个人主义、名利思想啦，都写上。特别要写对毛主席的深厚阶级感情，对毛泽东思想的理解和学习体会，这么着兴许大伙儿能原谅你？最后还得看组织怎么处理，要相信组织，组织不会冤枉一个好人，也不会放过一个坏人。"

姬书藤现在除了老老实实听成志敏的，按成志敏的意思办，别无出路。他看不出还有谁能帮得了他，人们对他的态度全都变得谨慎了，好像他身上带着病菌，会传染。有的人表面上还客气地点点头，心里面幸灾乐祸；有的呢心里面有些同情，表面上却格外冷淡。只有成志敏是他的直接领导，也是有能力帮他摆脱困局的人，而且成志敏也不希望他领导的部门出这种问题。

虽然成志敏和他完全不是一类人，成志敏是纯种的政治动物，他是个典型的文学青年，对待事物、思考问题的方式截然不同，但是有时候往往是不同类型的人才会产生碰撞，互相吸引，完全类似的人开始容易投合，相处久了反而产生排斥、腻味。他看得出来成志敏虽然从整体上是瞧不起文学这一行的，除了政治，他哪一行也瞧不起。但是在具体的事物上，他反而对姬书藤的某种文学视角、独特的创造性思维颇为惊奇、赞赏。成志敏是非常敏锐的，他的思维像一只随时准备捕猎的螳螂，贪婪地决不轻易放过眼前飞过的任何一只昆虫。他才不管是什么类型的昆虫呢，能吃就行。

这是一段难熬的日子，姬书藤像是换了个人。他整天胡子拉碴、愁眉不展，一副刚哭过的表情。身上的那套衣服两个月都没换过，一双胶鞋开始散发出劳改犯的味道。他的这种外表首先获得了机关里一部分年轻女性的同情，她们已经悄悄议论说："看把人家姬书藤整成什么样子了，那么英俊潇洒的一个人，现在像个劳改犯。"陈小柠有一次在院子里碰上，说："姬书藤你干嘛要把自己弄成这副样子？虎死不倒威嘛，把腰杆子挺起来，别像个老头似的。""我不是不想死吗。"姬书藤苦笑了一下。看到周围没人，陈小柠悄悄对姬书藤说了一个情况，她说："我告诉你，程墙在监狱里什么都不说，揭发你的人，是程墙的老婆。你知道就行了，别给别人讲。"说完，陈小柠扭头就走了。

听了陈小柠说的这个情况，姬书藤对程墙肃然起敬。"难道你还怕我去告发你吗？"程墙说到做到，真不愧是条汉子，君子一诺，重于生命。他已经到了这种压力下了，仍不肯出卖敌人，可敬可佩。想不到程墙竟有古人之风，看来自己是错怪他了。这么一对比，姬书藤自觉羞愧，难怪程墙对他一直有一种居高临下的态度呢，原因就藏在这儿。一块硬铁看一件彩陶时，就是这样："我是没有你精致、不如你漂亮，但我一眼就看出来了，你易碎。"但是在陶的眼里看不出易碎不易碎，它只能注意到外形，待到它认识到时，已经碎了。

姬书藤因此而对程墙刮目相看了。人有过己处，人知己不知，时候未到；己有过人处，己知人不知，时候亦未到。他设想了一下，假如让成志敏处在程墙现在这种地步，他会怎样？

他想了想，估计也会和程墙差不多吧？纯粹的政治动物也有一些共同性：一是绝对善于伪装，能伸能屈；二是必须隐藏自己的目标，秘不示人；三是相信人生就是冒险，就是赌博，抢占制高点就必须有付出大代价的准备。在这些方面，成志敏和程墙都有相似之处，虽然他们的立场、方向截然相反。所以，心机不深不能从政，赤子童心不能从政，文人墨客不能从政，艺人歌者不能从政。但是，一切经受过磨难考验、经历过历练磨合的人，却都可以从政，不管他曾经是什么人。

这时候姬书藤终于明白自己是不适合从政的人了，虽然他也常有雄立一方、善治天下的豪情涌起，却无良策，又不肯循规蹈矩，书生之见，总不能为世所用。他认识到，所谓政治，听起来高贵极了，其实是一件再俗不过的行当了。政治者，管理众人之事也，众人之事不正是人间俗事吗？什么事不俗？音乐，美术，文学，这三样好像不俗，但是音乐变成了语录歌，美术变成了领袖画像，文学变成了《金光大道》，这不是俗到家了吗，比剃头匠、铁匠、饭馆跑堂儿的更俗。

人间哪里有什么雅事啊？人世间本来就是个俗世界，有人类的地方，就免不了俗。清风明月倒是雅，它在天上，谁能够得着啊？他这么一想，心里似乎踏实了许多，看来自己的思想确实改造得不够，和现实距离太大了。这么多年了，他看起来生活在现实中，实际上哪一天不是"身在曹营心在汉"？他的心思从来就没有对现实认真对待过。他瞧不起现实，甚至瞧不起身处的这个世界，他崇拜书里的世界，崇拜书里的人和历史，那里才有他的楷模，才是他的行为规范，在现实中，他找不到自己的同类。

他始终沉浸在一个自己幻想的世界里，做着白日梦，是个梦游人，偶然到现实中转上一圈，稍不如意就又回到自己的梦里。庄延是个好女人，但她太现实，很难进入到他的梦里，她只是他在现实生活中的伴侣。他在自己的梦境里还有一些不断更换的妻子、情人、伴侣，如诗如画，妻妾成群，美不胜收。这些当然不会告诉庄延，她不知道。也许她知道了也不会太在意，你爱怎么想就怎么想去吧，谁能管得着？但你不能来真的，那可是不行。庄延可能不知道，对姬书藤这种人来说，梦里的一切才是真的，现实中的反而是假的。

他承认自己是一个现实生存中的弱者，因为只有弱者才会逃避到自己构筑的那个梦想的洞穴里去。程墙是强者，但他运气不佳，困兽犹斗。成志敏是强者，他费尽心力，正在逐步攀登，但谁知道最终能爬到多高。就算陈小柠也比自己强，人家知道该怎么保护自己，在姬书藤一头跌进陷阱的时候，人家还挺仗义地给你递一壶水、扔一个苹果下来。

嗨，弱者，你的名字不是女人——是文人。

姬书藤老老实实，开始写检查了，头一句就是："长期以来，由于自己忽视了政治，受了小资产阶级名利思想的影响和毒害……"

二十八

这两个多月的时间，姬书藤像变了个人。

天天都在写检查，论字数快赶上一部长篇小说了。等于把自己整个儿翻箱倒柜了一遍，心、肝、肠、肺什么的全部掏出来，晾在办公桌上，供大家开会时批判。他本来就瘦，因为人精神，所以给人的印象是瘦得骨骼清奇，玉树临风。经这么一折腾，精神头儿没了，像个泄了气的皮球，全塌下去了。一米八的个子，瘦得只有六十几公斤，走路低头，说话细声细气，眉骨高耸，脑门支棱，变相了。

他在检查里写了自己一定要"脱胎换骨"，谁知真的像蛇一样蜕起皮来。他开始没当回事儿，看到胳臂上翻起一些薄皮，自己随手撕扯掉。后来发现越来越严重，不光胳臂，胸部、腹部、后背、大腿小腿，全都开始蜕皮。那皮已经不是薄皮，更不是指甲盖那么大的一块儿了，而是像塑料薄膜，像纸一样，大块整张地往下揭了。他自己往下揭，好像有瘾，不揭不舒服；自己够不着的地方，让庄延帮他揭。背上的皮厚，一揭好大一块，庄延看着都发怵，一边轻轻地揭，一边担心地问："疼不疼？"

"不疼，一点都不疼，你就放心揭它，没事！"

庄延揭下来一块，放在旁边让他看。又揭下来一大块："哎哟，好大的一块！"他偏过脸去一看，有半张小报那么大一块，白纸一张，质地坚韧，便说："别扔了，还不如在上面直接写检查呢。人皮检查，比稿纸上的更深刻！"

庄延说："你检查还没写够哇，少独出心裁吧，能管住你那个嘴，我看比什么都好。"

可是姬书藤拿着自己揭下来的皮，把玩不已，舍不得扔。毕竟是从自己的肉身上蜕下来的啊，薄如蝉翼，柔若宣纸，扔了多可惜。他本想夹在书里留个纪念，掏出笔来准备写个日期、事由，忽然心生一计：何不在自己的皮上写一段忠于毛主席的决心呢？这不是对那个揭发有力的反驳吗？他思前想后，觉得可以，就小心翼翼地在皮上写起来：

　　敬爱的毛主席，我们心中的红太阳
　　我们有多少知心的话儿，
　　要对您讲；
　　我们有多少热情的歌儿，
　　要对您唱；
　　千万颗红心在激烈地跳动，
　　千万张笑脸迎着红太阳，
　　我们衷心祝愿您老人家——
　　万寿无疆万寿无疆万——寿无疆！

您的红卫兵
姬书藤敬献
1977年元月21日

　　这一招果然奏效，在支部召开的批判帮助会上，姬书藤首先作了深刻的自我批评，然后从一个纸盒子里拿出这张写着忠心的人皮。他说希望支部把这个和他的检查一起收入他的档案。

　　他的这一举动引起一阵惊奇。有的人便问："这是什么呀？蛇皮吗？"

　　姬书藤说："不是蛇皮，是人皮。"

"啊？人皮？谁的皮？"

"是我从身上揭下来的皮。"

"怎么揭的？疼不疼？"

"到医院找医生揭的，打了麻药，不是很疼，咬咬牙就忍下来了。"姬书藤停顿了一下，接着说道，"不是有人说我反对毛主席么，我用实际行动证明，对毛主席，我从来没有二心！"

这次会开得很好，赢得了大部分人的同情，批判会成了帮助会，除了张森那种老奸巨猾的人冷眼旁观、居心叵测。张森看着眼前的批判会气氛不对，冷不丁儿地忽然说："上次地委开大会批判屈铭，你姬书藤为什么拒绝发言？大家都知道，屈铭是程墙的黑高参，你说说，你和屈铭是什么关系？"

姬书藤听了张森的这一问，虽然问得毒，但心里并不紧张。他和屈铭从未说过对毛主席不敬的话，更没有参与过屈铭和程墙的派别活动，张森想把他往那里头推，想推也推不进去。

"我和屈铭是什么关系呢？"姬书藤说，"是两种关系，一种是屈铭在战争年代是我父亲的老战友，我作为晚辈有时候去看望一下他；还一种是屈铭当年在延安是毛主席批准上鲁艺的，屈铭参加了延安文艺座谈会，亲耳聆听过毛主席的讲话，我也是个喜好文学的人，有时候去他那里，可以感受一些鲁艺的文风，更容易理解毛主席延安文艺座谈会讲话的精神。"

说到这里，姬书藤抬眼观察了一下人们的表情，又接着说道："至于屈铭和程墙之间还有什么别的关系，我不了解，就是有的话，人家也信不过我。张书记刚才提到，地委批判屈铭的会上我拒绝发言，提得对，我政治觉悟不高，觉得抹不开面子，这件事我应该作专题检讨。"

说完，他看了看坐在对面的成志敏，成志敏一直严肃绷紧的脸，有所松弛，下嘴唇微微把上嘴唇往上推了一下。他感觉成志敏对他的这一番表现是满意的。等到会开完了，人都各自散了，成志敏把姬书藤留下，两个人在办公室里继续深谈。

"挨点儿整有好处啊，王铁人不是说了吗，'人无压力轻飘飘，井无压力不喷油'嘛，你姬书藤这两个月，我看成熟了不少。"成志敏看起来情绪很高，像打了胜仗的样子，"现在这个样子发展得不错，几处外调的情况也都对你有利，那个啥，克州的你那个同学，叫柳什么的？"

"柳司理。"姬书藤说。

"对，人家说你1966年就写过歌颂毛主席的诗，是叫《望韶山》是吧？传诵一时，影响很大，很多学生抄到本本上。我怎么不知道？还说这样的人怎么可能反对毛主席？根本不可能！另外，司马义和王镰也说了你不少好话。"

两个人越谈越近，越议越深，从全国政治形势的发展变化，到地委内部的派系纠结。谈到天都黑透了，电灯都忘了开。姬书藤猛然意识到，从这个晚上开始，两个人的关系产生了微妙的变化，那就是从过去的上下级变成了有些类似政治盟友的关系。

成志敏当然更清楚这种变化，他对姬书藤说："你这个事啊，我给你交个底吧。我要让他谁宣布的你是重点清查对象，就还让谁去宣布撤销对你的审查。这还不算，还要让张森亲自登门给你赔礼道歉。你信不信？清查错了就错了呀？没那么便宜的事，他张森还得说明白啰，今后不影响你的入党和使用。行不行这样？"

姬书藤咧开嘴笑了，他高兴得都有点不好意思了："那当然好啦，问题是哪可能有那么好的事呢？"

"怎么不可能，完全可能，事在人为嘛。"

两个人正扯在兴头上，嘭的一声，门被推开，一个黑乎乎的人影堵在门上。两个人一惊，看不出是谁。那黑影道："你们两个在这儿搞什么名堂呢？灯都不敢开！"说着，一伸手把灯拉亮了。

灯光雪亮耀眼，一看，那个人正是张森。

姬书藤有点儿尴尬，表情不自然了，好像打算行窃被当场拿获。还是成志敏反应快："啊啊，我俩正在密谋呢。怎么样，你也一块儿来吧？"这么一来，弄得张森反而自觉失礼，连连拱手，诺诺而退。

姬书藤说："怎么差点儿让他堵住了呢？"

成志敏说："越是这时候越不能解释，不能躲，干脆告诉他正在密谋呢，他不是没辙了吗？这时候以攻为守才是最好的防守。咱俩密谋啥了？没有见不得人的，让他琢磨去吧！"

姬书藤表示佩服，他伸出大拇指："高！实在是高，高家庄！我这几年从你身上学了不少东西，受益匪浅啊。"

"我一个'机关油子'有啥好学的。"成志敏开玩笑说。

姬书藤不在乎这句话了，他说："首先去掉了一些华而不实的东西吧，以前在乎的一些虚荣，现在看着不重要了。再就是实际生活里有名堂，往往不在表面，深入进去，才能看得透彻。就说地委吧，表面上看一团和气，谁知道里边那么复杂。你要不说，我啥时候才能明白？"

成志敏笑着说："哪一层里也都有左、中、右，哪一锅也有烟了的红薯。中央也不是清一色。大家都是人，是人就得屙屎撒尿放屁挠痒痒，犯不着真迷信谁。"

"那我怎么看着你对地委吕书记言听计从，好像也够迷信了呢？"

"那不也是装的吗？"成志敏这次笑得勉强，略显尴尬。"何况吕书记政治经验丰富，人家是师傅，咱是徒弟，不是得学着点儿吗？"

姬书藤想，文人见了面，用鼻子判断对方，气味儿对不对；政客见了面，用心思琢磨对方，路数对不对。搞政治的人的本事，一般人看不出来，包子有肉不在褶上。人们看见的只是他们的权势，看不见背后的较量、交易、妥协和谋划。别的行当一眼就可以判断出本事的高下，政治不是。政治是一种暗藏的经验和智慧，还要有一种特殊的胆略和隐忍力，判断的决心，谋算的细微，缺一不可。政治家有完全不同的道德和价值观，却非常善于利用和迎合、把握和左右世俗的群众情绪……政治太复杂了，试图概括它是徒劳的，人的社会有多复杂，政治就有多复杂，政治就是管人的嘛，搞政治的本事不就是琢磨人、摆弄人吗？韩信将兵，多多益善，这是军事；刘邦将将，将兵不行，这是政治。

想到这儿，姬书藤脱口而出："说到底，政治就是玩人的行当不是吗？"

成志敏像吃了颗苦杏仁，龇牙咧嘴，脸上皱起一团："要这么说，也不能说完全不对，就是太难听，还是不说为好。"

"玩人，亏你姬书藤想得出来，太难听了，太难听了。那你们那个文学是玩啥？"

"玩字。"姬书藤说。

当官的是玩人的,

写东西的是玩字的,

经商的是玩钱的,

运动员呢?是玩球的。

银行职员呢?是给别人数钱的,

做小买卖的呢?是给自己数零钱的,

演员呢?是一些善于移情的人,他们假装自己是另外一些人,所以也可以说是玩情的。

我们这类人,在古老词语的丛林中找寻能够看到阳光的路,攀着藤条爬山,摸着石头过河,忍受各种毒虫的叮咬,还有毒蛇猛兽的袭击;我们满以为这种伟大的冒险必然会找到那条光明之路,结果呢,却是一代又一代的人,把自己走丢了。

迷失在这个丛林中的尸体比比皆是,布满沿途,其中最为幸运的尸体没有腐烂,变成了化石。

"王镰前几天说,今后将要到来的可能是这样一种情况:思考和判断,归纳和总结、探索和选择,将越来越呈现出独立性和个体性,那种由领袖和哲学家代替人们思考然后对大家耳提面命的时代,结束了。尼采说过'上帝死了',我想就是这个意思。"

成志敏说:"你和王镰这些思考相当有深度啊,让我这个专门学政治经济学的自愧弗如啊。这些年,这方面想得少了,真成了机关油子了。我喜欢和有思想的人交朋友,人不能混日子,今天我也受益匪浅。"

说着说着,天已经快亮了。

两个人互相打量着,都觉得对方像是刚刚从深海里打捞上来的——海带一样暗绿的脸上,只有眼睛里闪动着两粒黑光。就这两粒黑光也似两粒渔火,在海滩边明灭,渐渐暗淡下去。

二十九

那天上午,司马义·艾合买提江推开团委办公室的门,探着半个身子朝里望,看到成志敏一本正经地坐在办公桌前。司马义轻声喊了一句"成书记……",成志敏抬头一看是司马义,马上换了笑脸,起身相迎。成志敏当然知道,此时的司马义已经不是铁提公社的书记了,也不是疏附县委副书记了,而是新上任的地委组织部副部长。司马义心里也清楚,自己这次调到地委要害部门任职,和成志敏的大力推荐有很大关系。所以他一上任,先来看望成志敏。

成志敏有个最大的本事,就是会看人。越是接触不多的人,他看得越准;特别熟悉的人他反而看不清了。他看人的诀窍就是看细节,不听你说什么,只观察你细节上露出的破绽。有一次姬书藤和成志敏到一个县,姬书藤的一个写东西的朋友跑到招待所来看他。那个朋友骑个自行车,车前带着小女儿。姬书藤介绍给成志敏认识,成志敏很热情,那个朋友一听是书记,反而态度敷衍,有一句没一句,逗他的小女儿玩。走了以后,成志敏就对姬书藤说,"你这个朋友啊,我看以后不会有多大出息。"姬书藤问为什么,你怎么看出来的?成志敏说:"他这个人心胸不开阔,格局小,一看就是那种很难成事的人。"结果让成志敏说对了,这个朋友几十年后确实是一事无成。

对司马义·艾合买提江也是,接触并不多,但他看得准:"司马义这个同志,人家不隔心呀,为人正派,工作又有热情,这样的干部不用起来,那才是最大的浪费!"以后,成志敏当地委副书记,司马义是副专员;成志敏当了自治区党委常委、组织部长,司马义成了自治区政府主席。这都是后话了。

那天上午司马义在成志敏的办公室里,说起组织部工作上的一个纰漏。司马义说,两个维吾尔族干部,名字有点像,一个叫买买提·艾依提,是公安局的;一个叫买买提·玉米提,是粮食局的。我们组织部给两个人的任命下错了,公安局的买买提下到了粮食局,他到粮食局去干什么?让他抓老鼠吗?粮食局的买买提下到公安局,他去公安局干什么?结果,这两个买买提都不高兴了,肚子胀了嘛,组织部的人怎么说?他说你们两个人名字太像了,分不清嘛。

成志敏笑着说:"确实有时候不好分。"

司马义说:"哎,成书记,我给你说,这个事情嘛,难道人比羊还不好分吗?我们一个牧民,养三百只羊,没有一只他不认识的。哪个是哪个的巴郎子,哪个是哪个的妈妈,哪个老实听话,哪个调皮捣蛋,全部都清清楚楚。难道我们组织部的干部还不如一个牧民吗?一句话,还是工作做得不细,疏忽大意。看起来是小事,影响民族团结就是大事,对不对?"

成志敏听了,右手一拍桌子:"说得好!你司马义一上任就发现了问题,而且不是小问题,可以专题给组织部的干部讲一课,让大家提高一下认识,咱们总不能不如人家一个牧民的水平!"

两个人正说着,姬书藤推门进来了。司马义一看,高兴地从椅子上跳起来:"继续疼,我刚从麦盖提回来,茹仙古丽一定让我向你问好,她太感谢你啦!"

姬书藤一听,愣了一下说:"八仙姑感谢我什么呀?这些年我从没见过她呀?"

司马义说:"你做了好事自己都不知道。我告诉你,你在体委当教练的时候,是不是有个麦盖提来的队员叫卓尔汗的?一个十一二岁的维吾尔族丫头?"

姬书藤说:"是呀,有一个。矮矮的、瘦瘦的,长了一张没有胡子的山羊脸,根本不像个运动员,差点儿让我赶回麦盖提去。"

司马义说:"就是这个娃娃,后来你把她培养成了全疆女子单打冠军,还进了专业队,现在成了麦盖提的骄傲和光荣啦。"

姬书藤笑着说:"卓尔汗这个农村土丫头,看起来实在貌不惊人、体若病羊,谁知道蕴藏着惊人的体育天赋。打出来的球,死怪死转,谁也适应不了,12岁打了青年组的冠军。我就拼命给自治区的教练推荐她,我说从前有过维吾尔族女孩获得过乒乓球女子单打冠军吗?没有过,这个卓尔汗是第一个。最后教练被我说服了,才把她留下。问题是这和茹仙古丽有什么关系吗?八仙姑不会有这么大的孩子吧?"

司马义说:"当然有关系啦,要不然为什么让我专门感谢你呢。这个卓尔汗是茹仙古丽姐姐的孩子,懂了吧?"

姬书藤这才恍然大悟:"完全不知道啊,你要不说,我一辈子也不知道还和茹仙古丽有这么些关系。那样的话,八仙姑是不是应该请我吃抓饭?"

"没有问题!"司马义笑道。

成志敏在一旁打趣道:"哎呀,这可真是太阳打西边出来了!你姬书藤也有替别人办好事儿的时候呀?你不是从来都是心安理得地等着别人为你服务吗?这下好了,办了这么一件大好事,怎么从来没有听你说过?"

姬书藤回道:"办点好事本来就不是为了宣传的,为了宣传而办的好事那都是掺了假的。发乎情,止乎礼,不求回报,不图名誉,那才是真好事呢。卓尔汗那个丫头要不是真有一点鬼名堂,我才懒得理她呢。我的看法是,帮助人也不能乱帮,是人就帮啊?你给杂草浇水、施肥,那不是助长荒芜吗?给鲜花松土、施肥、剪枝、浇水,那才值得。所以对鲜花和杂草不能讲平等,不能一视同仁。对人也是这样,害群之马就是杂草,除都除不净;有用之才是鲜花,必须勤加栽培;天才人物是罕见的奇花异卉,那更是要精心保护,不要让它夭折。你们说我说的对不对?"

成志敏说:"大面上听着好像没错儿,但是细琢磨总觉得有些不对味儿。照你这么说,那些杂草一样的人是不是就不该活了?鲜花总是少部分人,天才那就更稀罕,说到底杂草还是人里头的大多数,都让你这套理论给除净了,这世界好像也他妈的不成样子了是不是?让我说,这世上没有废物,花能赏心悦目,草呢也能养护土地、净化空气,牛、羊、马、驴这些牲畜不都是靠吃草养活的吗?你光知道吃羊肉,就不想想这些羊是靠什么活的?所以说,你姬书藤的这个说法站不住脚。搞艺术的这么说说吧还行,搞政治的不但不能这么说,连想也不能这么想。政治是什么?政治就是永远站在大多数人的立场上。司马义同志,你怎么看?"

司马义说:"继续疼是一个诗人嘛,他那么说,我认为可以。但是他以后如果当了一个领导人,那么这个说话就有一定的危害性。成书记如果不说,我也没觉出他的话有问题;成书记一说,是存在一个轻视大多数人的问题。总的来看,一个人是艺术思维,一个人是政治思维,不存在什么大的矛盾。"

姬书藤看着司马义·艾合买提江,心里在想,司马义这个人看起来也是个平平常常的人,在维吾尔人里并不显得多么出众,既不高大强壮,也不特别英俊,一个普通农民的儿子。是什么让他一路顺风地走到今天的呢?而且看他现在的态势,姬书藤预感到,他还会走得更远、很远。他爱学习,没错儿,但是爱学习的人多了,又不是他一个;他有工作热情,也没错儿,但别人也不都是懒蛋;他为人谦虚、宽容,可是别人也没有鼻子翘到天上。姬书藤看着他,忽然明白了:他的某项优点也许别人也有,甚至比他更突出,但是很少有人把这些优点全都集合在自己身上。他就像一个十项全能的田径选手,单项成绩都不是最好的,但他总成绩最好。

这就对了,姬书藤终于把司马义这个谜解开了,这是个十项全能的政治选手,连成志敏也不一定能跑过他。这时候,成志敏从桌面上向前探了探身子,脸上露出略带神秘、狡黠的表情说:"咱们今天啊,关起门来说话,出了门儿,说的啥都不算数。我就是想问问,你司马义也不是外人,你眼睛里究竟是咋看汉族和维吾尔族的?咱不说套话行不行,说心里话。"

"成书记这可是给我出难题呢，我哪有水平讲清这么大的问题。"司马义说，"不过嘛，这个问题，在新疆工作的人谁都不能不想，是不是？我是这么看的，维吾尔族和汉族，都是历史悠久的民族，两个人的关系，也太长得很嘛，比唐朝的时候还长嘛。而且都是上千年的农业民族嘛，汉族给了我们蚕桑、丝绸、茶叶、陶瓷，我们也传给了内地葡萄、西瓜、胡萝卜，唐诗里面不是有'始见葡萄入汉家'的话吗？所以说，关系是历史性的，谁也离不开谁。虽然说这个关系好的时间多，但不好的时间也有，兄弟之间不是也会有打架的时候吗？何况是两个民族呢。

"你们汉族人迷醉的那个京剧，我们维吾尔族人怎么也看不懂。他们坐在台下全神贯注地看了半天，最后得出的结论是：'什么意思也没有嘛，丁零咣啷，黑胡子进去，红胡子出来！'

"说到底嘛，还都是这两根弦的问题。历史遗留的问题，还是让时间去逐渐解决，太急了不行。"司马义舔了舔嘴唇，不说了。

成志敏笑了，说："司马义讲得好，有水平啊，说到根儿上了！不就是一个弹热瓦普、唱十二木卡姆，一个拉二胡、唱京剧西皮流水吗？好办，迟早合起来，再加上西洋的交响乐，我就不信弄不到一块儿去。我给你们说吧，我这个河北农村出来的人，在新疆也有十来年了，我观察咱们这个维吾尔族，是个生命力很强健的民族。你想嘛，一个能够在塔克拉玛干这样的大沙漠身边生存下来的民族，生命力能不强吗？何况，人家活得还一点儿不窝囊，同样是农村，我看比我们北方农村的有些地方的老百姓活得好。人家活得也是干干净净、红红火火，文明程度不低！你看人家那个小院子，果园子，葡萄架下面支个床，床上铺着地毯，一家人、亲戚朋友坐在上面，那才叫美！出门骑个小毛驴，或者赶个毛驴车，悠闲浪漫着呐。维吾尔族是个内心很自负的民族，自视很高的，在音乐、美术、诗歌方面拥有很高的天赋，体格强健，长得也漂亮，他们一点儿也不认为汉族比他们强。其实，哪个民族一定就比哪个民族强呢？只有文明进步程度的差别，不存在民族优劣的差别。你可以小看某一个人，但永远不可以小看一个民族。希特勒不是搞种族主义要消灭人家犹太人吗？结果不是把自己消灭了吗？种族歧视、种族排斥，是人的原始动物性的一面，完全不属于现代文明。所以还是要讲民族团结，互相学习，共同进步；不光中国的各个民族之间要团结，全世界的各个民族也要讲团结，人类才有希望。要是大伙儿都成了希特勒，人类不完蛋才怪！你们说，我说的对不对？"

姬书藤说："对是对，可惜就是他妈的太对啦，对得有点儿过分！"

"你听听，他这是表扬人还是骂人？"

司马义说："继续疼说话嘛，他的目的不是为了正确，他的目的是为了与众不同。你们两个人完全不一样，你要说右，他就说左，你要说左，他偏往右说。这个嘛有点像我们维吾尔族的有些知识分子。"

三十

这一年的春天似乎真的来了——季节的和时代的。仅仅是季节的春天,不能算是完整的,它只是证明时序的循环又一次到位;只有和时代的春天并驾齐驱,一块降临人间,那才是真正的春天,百年难逢。地委大院的桃花和监狱围墙里的桃花都在怒放,看不出它们的笑脸有任何区别。植物最是蠢蠢欲动,它们只看天的脸色,对人世间的脸色不屑一顾。

人里的桃花也一样的蠢蠢欲动,按捺不住逢春绽放的激情。他们是人里面敏感的一群,闻到了春天的气息,一个个欣喜若狂,夜不能寐,摩拳擦掌,翻箱倒柜,预感到了改变自己命运的时机。春风十里扬州路,人面桃花相映红。草枯鹰眼疾,雪尽马蹄轻。冰封十年的中国大地,终于解冻了。

无数埋没在山野田间、高原牧场、穷乡僻壤、荒岛林区的桃花种子,随着融化的小溪流,奔向它们生命的新地。恢复高考的这一年,神州大地充满活力!被野蛮和愚昧压抑了十年之久的,原来是这样一个崇尚文明智慧的民族!

王镰有一天拿了一块石头,一块拳头那么大的和田玉籽料。"送给你吧,"他对姬书藤说,"这是一块真正的羊脂玉,现在没有人稀罕它,过去可是很珍贵的东西。"

姬书藤接过来看了看,确实是一块石头,扔到河滩里,看不出和别的石头有多大的区别。王镰看他有些不以为然,就说:

"这个世界上,什么都会死,人会死,鸟会死,那么厉害的老虎也会死。只有石头是不死的、永恒的。一般的石头死不死无所谓,这个石头可不是一般的石头,它是石头里的诗人。"

姬书藤费劲想了一下:"是李白是吧?"

"对,就是李白,玉为石诗嘛,永恒的石头!"

那天,王镰甩着他的两条面条一样的细长腿,跑来找姬书藤,他那副神情,一看就是暗揣着心事。他只字不提姬书藤受审查的事,也没说审查组的人找他调查的事,好像这些从来没有发生过。

他专门跑来,是打算动员姬书藤考研的。他介绍了一些情况,列举了一些条件,结论是,你要考,准保问题不大。

姬书藤沉吟片刻,对王镰说:"听到考研的消息,开始也觉得兴奋,那可是一扇通向崭新环境的门呐。但是细想一下,又觉得似乎不是自己的路。我这个人,不是正规学习的料,上学已经上烦了。何况我那点破知识,来路不明,很不系统,要考也不一定能考上。倒是你才最应该考一下,王镰,你太适合啦。"

王镰说:"我就是准备考研的,所以才想拉上你。我已经昏天黑地地复习了好几个礼拜了,最愁的是外语。"

"你不应该愁呀?"姬书藤说,"你起码已经拥有两门外语了,俄语和维吾尔语。"

"维吾尔语可惜不是外语。"王镰耸了耸肩。

"这样,"姬书藤说,"你不要填维吾尔语,你可以填俄语和土耳其语,反正维吾尔语和土耳其语差不多,谁能分得清?"

王镰乐了:"咦?这倒是个再好不过的坏点子!就这么办,

我这一趟没白来!"说罢,又像长颈鹿似的颤悠着走了。姬书藤送出门,立在那里望着他的背影,心里预感着他肯定能考上。也许能考上研究生的不止王镰一个,但是很难再有人比他长得更像研究生。

姬书藤回到家里,庄延就问他:"你真的不打算考研了吗?"庄延似乎有些惋惜,"你就打算一直在地委这么混下去?就算成书记这次帮你解决了清查的事,你也很难被提拔重用了。考研对你是个难得的机会呢,你想清楚了。"

姬书藤说:"我想干的事,用不着研究生那样研究,都在我脑袋里装着呢,就像一粒种子,埋在土里。它等着合适的气候、温度,自己会从土里钻出来。它有生命,它在长,这我能感觉到,就像你们女人怀孕差不多。现在我还不知道它是樱桃还是核桃,这也像你们女人不知道生出来的是男孩儿还是女孩儿。我就是护好它,等它成熟,然后用笔给它接生。这事儿别人帮不上忙,用不着研究。你放心,你男人不是个窝囊废,心里清楚着呢。"

庄延这么一听,也就不再说什么,她再没有劝过姬书藤考研。"对了,刚才王镰来那么一搅,有件事忘了给你说了。"庄延说上班的时候听陈小柠讲的。

什么事这么重要?

"程墙死了。"

"啊?程墙死了?怎么死的?"姬书藤大吃一惊,嘴巴张开半天没合上,他完全没有想到,难道是真的……这个人就没了?

庄延不认识程墙,她从没见过程墙,也没听姬书藤说起过这个人,只是这次清查把姬书藤扯进去,她才知道了这个名字。

她说，听陈小柠说的，程墙被关起来以后，一直什么都不交代，有一天忽然大喊大叫要主动交代。方局长一听，亲自去审的。程墙交代了一个重要情况，说是"四人帮"垮台前，他收到王洪文上海党羽发给他的一个密函，函件预估了今后的形势，要求他接函后迅速秘密赶到杭州，组成第二地下梯队。

程墙说他接到密函后谁也没告诉，连小巩都不知道，出门搭了辆卡车就上路了。他在车上一路走着一路想着，越想越紧张，越想越害怕，心里没底，谁知道这一去是死是活？弄不好身死异乡，连个尸首都没人认领，死无葬身之地啊。这么想来想去，害怕了，决定不去了。

到了三岔口，他下了车。一个人登到那个高崖上，又独自想了好久，最后，他把那封密函悄悄埋在土坑里，搬了块大石头压上。又悄悄搭了个车回来了。

方局长听了，大喜过望，这可是重大情况！问程墙"那密函还在不在山上？"程墙说肯定在，我埋得好好的，还专门压了块石头。谁会去那儿呢？

第二天，方局长亲自带了几个人，押着程墙乘车直奔三岔口。爬到那个高崖上，跟着程墙东找西找，见了石头就挖，没找到。程墙说："那天心慌意乱，记得不准，再找找，肯定在。"一行人找得正起劲，没注意程墙已经移到崖边上。他拱了拱戴镣子的双手，说了声"承蒙各位一路相送"，就从崖上跳下去了。

"跳下去啦？"姬书藤睁大了眼睛。

"跳下去了，自杀了。"

"那……密函找到没有？"

"哪儿有什么密函哟，"庄延说，"陈小柠说的，根本没有什么密函，全是程墙在监狱里编出来的故事。程墙用这个情节作钓饵，让方局长他们送他去自杀，他可能看好了三岔口那个险地，决心去死了。方局长这样的老公安，也让他骗了，白跑了一趟。陈小柠说：'真可笑，搞了一辈子侦破的方局长，让一个三十郎当的程墙要了！'"

姬书藤心想，程墙够仁义的了，他没有扯上一个公安局的人一起下去作陪，还是心底不恶，否则更是一桩惨案。他这么想着，程墙那张面孔便浮现出来，一张表面上看起来也很普通的脸，谁能想到暗藏着一颗太不普通的心。他想起程墙那天说的话，"我们两个，本来是应该能够成为朋友的"，现在这个人已经消失了。一个人死了，如果你没有亲眼看着他是怎么死的，那就好像只是一个传闻。你会觉得他可能是调走了，或者是迁移到了什么别的地方，但是你如果看着他在病榻上吐出最后一口气，或者在车祸现场看着血泊中的尸体，你会在记忆中彻底把他勾销。

所以程墙死了，对姬书藤只是一个传闻，不管这个传闻有多么可靠，他还是觉得程墙活着，说不定什么时候在什么想不到的地方，意外地碰到他。那会有不少话想跟他说一说。

程墙死后的几个月里，活着的人当中有些人又发生了一些变化。王镰考上了中央美院的研究生，师从王朝闻研究美学，从喀什噶尔顺理成章地一步迈回他的老家北京城；柳司理又跨上了一个新台阶，从正科级的州委政法秘书，提升为州公安局的副局长，顺便还和孙紫荆生了一个黑胖小子；姬书藤摆脱了受审查的困境，正如成志敏预计的那样，张森在地委机关大会上宣布了撤销对姬书藤的审查，还专门跑到姬书藤家里向庄延当面赔礼道歉；在这次清查当中，屈铭好像没有受到什么牵连，据说老先生不辞辛苦到北京上访去了，要求对自己五十年代受到的错误处理平反，恢复名誉、级别和待遇……

是啊，不管谁死了，别人都活着。活着的人就继续为活着去操劳吧，倒是死了的人，一撒手就抛弃了整个世界。还有谁体验过程墙那种从百丈危崖上跳出去的瞬间呢？那也是一种飞翔，三秒？五秒？在落地之前，他会想到什么？

没有人知道弃世者的念头。没有人知道那是一种多么深的绝望。姬书藤想起一支外国民歌里唱的："深深的海洋，你为何不平静？不平静就像我爱人，那一颗动荡的心……"他轻轻在心里吟唱着，一遍一遍重复着这几句，忽然觉得悟到了很多，很多东西向他汹涌而来，海浪一般，鸥鸟一样，汹涌而来，倏忽即去，一转眼什么都没留下，只剩下一片空旷的沙滩。

我像神一样俯瞰着这个世界并像人一样置身其中，感受着它的人间冷暖、世态炎凉和可笑的荒诞。

实际上，这个世界就是为我一个人存在的，我不感应它，它就等于不存在。领导人替我管理这个现实，亲友们为我安抚情绪，儿童供我喜爱，飞禽走兽、天空大地海洋令我心怀坦荡、深思熟虑。就是这样，我为一切之主，一切因我而在，我若消失，一切于我皆如浮云。

三十一

自从哈皮——柳司理当了州公安局的副局长,喀什和阿图什之间的四五十公里就变近了。这天,哈皮派了一辆吉普车把姬书藤接过去,到了一个叫作色里木乡的果园里。

果园是非常自然的,维吾尔式的,因为它除了繁茂还略有一些杂芜,没有多少人工剪裁的痕迹,一切都保留着农家果园的特征。葡萄架、土埂土路土墙,灌木刺丛和篱笆;野草,马笕草,蒲公英,冰草和一些叫不上名儿来的草;巨大的核桃树,挂了小果的苹果树和杏树,沉静而又有期待的果园在正午的烈日和风尘之下编织出一个幽凉梦境。正在果园里忙碌、张罗的这几个人,几乎全都是强壮的,不是高大,就是矮壮,这种男人看着就让人舒服。那个叫乌买尔的人骨骼粗大,姬书藤和他一握手,就感到自己的手太小,握不住他的大巴掌,因而觉得这种握手其实只能算是你的手彻底被他的手全面包围了一次。那个司地克乡长,沉默寡言,进退有据,不失礼节。他穿了一件暗花格衬衫,像电影里的南斯拉夫人,是在座的维吾尔族乡干部中唯一肚子没有隆起的人。他看起来风尘仆仆,脸色疲惫,但是从不当众打呵欠。

哈皮招呼着大家在地毯上坐下,先是上来一大碗冰镇酸奶加蜂蜜,厚厚一层奶皮,质地纯正,用木勺搅拌匀,一碗吃下去,暑热顿消。

然后端上来烤的黄脆的馕,每一个都比一个大盘子还要大,撕开就迎面袭来一股特有的香气!司地克说:"请不要多吃,先垫一垫。"

八九个人散坐在一块大花地毯上,地毯铺在核桃树下的阴凉里。香味引来了苍蝇,乌买尔便用一枝长着绿叶的核桃长枝不时地轻轻拂赶。大家说着话,聊着吃着,漫不经心,若有所思。这时,烤羊肉端上来了,大串长钎,拿在手里就像是握着一柄短剑。新鲜羊肉裹了蛋清,撒上辣子面儿、盐、孜然,炭火炙烤出来,那才是真正的香啊。与之相比,一切山珍海味都没有这么香得彻底,吃得酣畅!

"怎么样?咱们在学校、在部队农场啥时候吃过这么好的东西?"柳司理看到姬书藤吃得兴高采烈,便笑吟吟地问道。

"再好的东西也要有一副好牙口才行呢,"姬书藤顺口说道,"牙是吃饭的利器,舌是尝味的先锋,唇是冷热的判官。"他说,说老实话,到了南疆才真正吃出了维吾尔饭食的滋味,以前在乌鲁木齐的时候体会不深。

柳司理又说:"但是还是不要吃太多,对好吃的东西要克制,要表现出有经验,见过世面。因为下一道抓饭又上来了,大盘托出,喷香诱人,是真正的南疆'卡玛古尔'抓饭。太好吃了,用木勺吃抓饭,有一种儿童式的快乐呢。"

乡长司地克问道:"柳局长,刚才你的喀什朋友说的牙和舌头的话,没有听懂,大概意思知道一点。"

柳司理就解说了一下。

司地克一听:"噢,我们也有个话,意思和这个差不多。凉的吗热的吗,嘴巴知道;香的吗甜的吗,舌头知道;软的吗硬的吗,牙齿知道。"

柳司理说:"嗯嗯,差不多是这个意思。"

姬书藤注意到,司地克乡长也好,乌买尔也好,还有那些果园的主人,陪坐在一旁,陪你吃一点,目的是为了让你吃得更无顾虑,但是他们吃得很少,一串烤肉从头吃到尾,一大盘抓饭也只是象征性地吃几口。他们看着客人那么喜欢吃他的饭,心里似乎也挺宽慰。这样的场面姬书藤也遇到过几次,吃的时候忘乎所以,大唉痛饱,告辞时总会心生愧疚,过意不去,总觉得欠了人家什么。

想到这儿,他就悄悄地问哈皮:"咱们这么吃,起码把一只羊吃掉了,你给人家给钱了没有?"

哈皮摆了摆手:"你不用管这些,你只管吃就是了。"

后来几个人一台车就去了温泉。

这么一片荒山秃岭中,想不到竟有一眼温泉长年不息,汩汩流淌,水温竟达60度。这温泉与一般的水就是不一样,据说很神,常洗百病皆消。姬书藤有点儿不太相信,哪有可能那么神呢?待到浸泡在这天温矿泉中时,闭目凝神,让身体的每个毛孔、每块皮肤与水交融,让水的细指抚摸你,让泉的温热渗透你,渐渐酥软,渐渐陶醉,如饮醇醪,陶然忘机。显然是一次净化,一次洗礼,一种疗救。

姬书藤在水里想,这几年下来,我也好,哈皮也好,已经入世渐深了,渐渐陷入,难以自识。皮肤上的污垢也许不算很厚,天性的蒙尘呢?心灵的积垢呢?精神的病灶呢?这些都不是洗一次温泉能够奏效的。用什么办法才能让人们葆有初心、恢复正觉,不被腐蚀和污染呢?他想不出来。不过,洗完之后,他发现这温泉确实挺灵，有点名不虚传。他穿的一双新皮鞋有些夹脚，左脚趾头间夹破后长了茧，里面有瘀血，隐隐有点疼痛。洗完温泉后一看，咦！瘀血没了，厚茧轻轻一抠，脱落了。他穿袜子时发现了，真是喜出望外，对哈皮叫道："嗨！你们这个温泉，还真有名堂！"

哈皮也乐了："开玩笑，要不让你来干啥？绝对的灵啊！你看看，每个洗完温泉的人都是面色红润、显得焕然一新。"

最后，温泉的经理铺纸研墨，让柳局长题词留念。哈皮提着笔，沉吟片刻，转头问道："你说题什么好呢？"

姬书藤说，你就这么写，十个字。

愿以温泉水，
洗净天下人。

三十二

现在姬书藤越来越觉得这个时代对自己的口味了，他好像和这个时代前世有约，心有灵犀一点通。他怎么想，人家就怎么来；他想都不敢想的，人家照样敢来。他就像是在浩浩荡荡的大江里游泳，前些年是逆水顶风，费尽气力，不进反退，还险些卷进漩涡里淹死；现在则是顺风顺水，人在江中游，江在推人走，一膀子甩出去，唰，十米八米就游出去了。

过去他写的那些东西，成志敏说是"破诗烂小说"，现在看，人家说的没错，确实都是些糟糕透顶的东西！全是跟自己的心性拧着写的，那能不别扭吗？现在该到让你按自己的写了，才发现自己已经快找不着了。你以为你竭力抵制、抗御的那些东西，十几年来已经渗透了你，那种潜移默化，在不知不觉中，渐渐左右着你的行为和思想。一个人能够不受操控而始终保持独立的判断思考，实在是太难了！你凭什么？你的那个思想武库里，充其量有几件最原始不过的棍棒或镰刀、斧头，而面对的却是最现代化的全部装备！

你非常弱小，你真正能够拥有的最后一件武器，就是人性。

一个很早就知道的事在他头脑中渐渐成形，姬书藤写了个短篇小说，题名为《蛇牌橹子》。故事梗概是这样的——现任某医学院院长的老红军唐歪嘴，在战争年代缴获一支国民党中将师长的佩枪，是支蛇牌橹子。那次战役中，一颗子弹从他的左脸射进右脸穿出，他的嘴从此成了歪的。那支蛇牌橹子，就留给他作为纪念了。

建国后，他有三个孩子，大女儿小学四年级，二儿子小学二年级，三女儿上幼儿园。一天，家里没大人，大女儿正在给小女儿梳头扎辫子，儿子从抽屉里找出了那支蛇牌橹子，"不许动！"儿子学着电影上的样子，把枪对准妹妹和姐姐。他想闹着玩，结果枪响了，子弹穿过妹妹又钻进姐姐的腹部。

妹妹死了，姐姐救活了。唐歪嘴把枪上交了。"枪是祸害！"他说。

转眼到了"文化大革命"，唐歪嘴的儿子上了初三，加入了武斗组织，去枪械库抢枪，被守卫枪械库的武装连队开枪打死了。唐歪嘴看到儿子躺在血泊中，手里握着那把抢到的手枪，正是那支蛇牌橹子。唐歪嘴悲痛欲绝,喊道:"枪杆子出政权……啊呀呀,也他妈的出人命啊,呜呜呜……"

这篇小说写了有万把字,他先给庄延看了,庄延说有这么回事,唐歪嘴的大女儿就是她的中学同学。随后姬书藤又认真修改誊抄了一遍,寄给了当时复刊不久的《新疆文学》。一个半月后,他接到了编辑部的回函,认为小说很有基础,拟用。正好下月有个改稿会,希望他能来参加。姬书藤拿着这件回函去请示成志敏,成志敏看了,说:"好事呀,去吧,能上《新疆文学》也是不容易呢。"

回到家里,他和庄延商量这事,庄延也支持。姬书藤说,就是这段路太远了,去一趟也得五六天,坐车坐怕了。庄延说那你不会坐飞机吗?姬书藤说坐飞机公家不给报销,县以上领导干部才行呢。庄延说不给报销没关系,咱们不会自己买票吗?姬书藤吃了一惊,心想庄延这个女人心真够大的。他说:"啊?自己买票?一个单程机票一百块呐,我一个月工资才七十五块!"

"一百块就一百块,有什么了不起的,买!"庄延一点儿也没犹豫。

每到这种时候,姬书藤都会感到,庄延比自己处事果断,气魄也大。庄延从不心疼钱财,自己倒往往显出小气。当个文人真是害死人哪,他想,丈夫气弱,不如女人,难怪顾炎武会说"一为文人则无足观了"。

不管怎么说,姬书藤平生头一次乘坐了飞机。飞机不大,不到二三十个乘客,机组人员全是空军装束。这小飞机在空中起落沉浮,随风飘荡,就像一叶扁舟在大海上划行;机上陆续有乘客开始呕吐,连乘务员也呕吐了,但姬书藤没吐。他想象着阔别已久的父母和弟弟,他们已经迁回原单位等待甄别,落实政策。他还想象着将要参加的改稿会,不知道将会遇到什么样的人和事。他离开生活了十多年的这个故地整整五年啦,这地方似乎已经把他从记忆中删除了吧?五年已是外乡人,重踏故地脚生疏矣。你的心里还依恋着它,它却不一定还认识你。所谓故乡,也仅仅只是一个人对一个地方的一厢情愿而已,那个地方在变,而且没有记忆。它要是对你毫不在意、不把你当自己人,你不要怪它。

姬书藤这次的改稿会没有白来,那一百块的飞机票钱花得不冤枉。他的短篇小说《蛇牌橹子》已经敲定发在第七期,编辑部对他非常看好,认为他是最有前途的作者。另外,他还在这个会上结识了文远之,与文远之十来天的交流使他格外振奋。文远之是出版社的编辑,年龄比姬书藤大两岁,这个人热情开朗,有相当好的文学判断力。他眼睛大,嗓门也大,一见面使劲紧紧握住你的手,好像生怕你跑了似的。"久仰!"他大声坚定地说,"我看过你写的东西,大有才气!"他说话带着一点湖南口音,有些楚人风气。

姬书藤说:"哎哟你就是文远之呀,真是幸会!早就听鱼姗姗说过,说你是她们学校头号大才子,她老拿你压我一头。"

"哪里哪里,"文远之说,"我哪里压得了你。鱼姗姗是我们学校的校花,不瞒你说,我当年追过她,人家看不上我,嫌我身高不够尺寸,没办法,鱼姗姗是天鹅么。"

两个人越说越近,谈到创作上的想法,更是引为知己,相见恨晚。姬书藤谈起久蓄于心的那个《石头是怎样长大的》,

说了自己的想法和构思,文远之拍案大叫:"你写嘛!赶快写出来,我们给你出书!"

"出书?真的?"姬书藤心想,出书那该是多么了不起的事,著书立说啦,那是过去想都不敢想的事。他都想象不出来一部像模像样的书上印着"姬书藤"三个字那是什么感觉,30岁出头就能出书,这简直太让人心花怒放啦,说光宗耀祖都不为过!

现在这个能给他出书的人就近在眼前,文远之,他为什么对自己这么有信心呢?姬书藤觉得奇怪。他对自己都越来越没信心了,这些年屡遭挫折,年轻时的那点儿自命不凡、目空一切的锐气全当成缺点消磨殆尽了。看样子困境未必都是磨炼意志的砺石,更多的时候把人的自信心也磨掉了。文远之像个打气筒,十几天来不停地发现他、肯定他,把他这个瘪了的皮球打气打得渐渐鼓了起来。

除了这些,还有一件事让姬书藤有了意料之外的想法。有一天上午,姬书藤的弟弟骑自行车到改稿会上来找姬书藤,掏出个纸条子,说:"裴棣阿姨让我把这个条子交给你。"姬书藤展开一看,上面写道:"书藤,见条后请到我这儿来一趟,阿姨有要事和你商量。裴棣。"就这么几行字,字迹娟秀老练、随意洒脱,没有相当的家学教养和革命历练,是绝对写不出这笔字的。

"能有什么要事呢?"姬书藤问道。

"我咋知道?我就管送到。"弟弟说。

裴棣是和姬书藤父亲一个单位的女干部,她丈夫吕方明是军区的宣传部长,姬、吕两家关系一直不错。姬书藤小时候觉得裴棣像女神一样，不论容貌还是气度都是少见的那种，比江青和王光美强多了，和龚澎差不多。这种人才配得上当皇后，可惜明珠暗投，到了新疆。

姬书藤接到纸条后，就跑去找了裴棣。裴棣让他找几篇自己的新作，说军区的文化部长想看看，军区有可能成立创作组，"如果看中你了，想把你特招进来。"

姬书藤说："军区的文化部长怎么会知道我啊？"

裴棣说："我让老吕推荐的嘛。你姬书藤是我们从小看着长大的嘛，我还不了解你吗？从小就机敏过人，姬家四虎，你是一彪，姬家四狼，你是一狈。可怜的你爸爸姬承先被人家打成反革命修正主义分子，你也去了南疆。听说你娶了庄元兴的女儿，庄元兴和老吕很熟，有这个机会，到军区来吧，不要在南疆待了。"

姬书藤问："那我要是来了穿不穿军装？"

"当然穿了。"裴棣说得很肯定，对这件事似乎相当有把握。但是姬书藤觉得像是天方夜谭，实在不敢相信有这么好的事儿会落到自己头上。一个人，要是老倒霉老倒霉，渐渐地他就会习惯，自以为成了好事的绝缘体。好事来了，他会以为是假的，不会相信真能实现，姬书藤这次就是这样，所以这件事除了家里人，他给谁也没说。

半个多月后，他又回到喀什噶尔。相比之下，喀什噶尔还是差多了，这座尘土飞扬的南疆重镇虽然独具特殊的风味，毕竟太偏远，汉族人口的比例太低，终非久留之地。他的根在乌鲁木齐，在钢蓝色的博格达峰守护的那片蓝天之下，那里——姬书藤想，才是他的摇篮、故宅和归宿。他都不敢想象这辈子还能重归故里，何况衣锦还乡。他已经死了心，准备在喀什噶尔度过一生，死后白布裹尸、黄沙掩体。既然刘伶可以抱着酒坛子，让人拎着铁锹，说醉死在哪儿就在哪儿挖个坑，"死便埋"，咱们这些平庸之辈还有什么可讲究的？

现在看来，运来了。天时、地利、人和，三种决定一个人命运的大势，正在向自己这里靠拢、移动。像风起于青萍之末，像云移于阳光之侧，像江河泻于大地之坡……该出土的终将出土，该显露的终将显露，该绽放的理应绽放！这才是天道地理，天地间的大道理。

这个长达十年的、罕见的、史无前例的冬天，终于结束了。

老天爷啊，真该谢谢你啊，你终于睁开眼啦！让春天降临，让虫儿伸伸腿、尺蠖翻翻身，让蝼蚁也有了生存忙碌的权利，让天下有情人有了春心荡漾的自由，让万山拦着的一潭死水终于畅快地流动……谢谢，谢谢！

再也不要"六月雪"，再也不要"窦娥冤"，再也不要"苏三起解"，让一切冤假错案一风吹，让一切为中华民族流过血、出过力的人摘掉黑牌子、重新挺起腰杆儿来堂堂正正地做人吧！让人重获人的尊严！

姬书藤真想一吐胸中块垒。

三十三

人要是倒起霉来呀，喝口凉水能呛出眼泪，吃颗花生米能把人噎死，抽支烟能把眉毛点着，放个屁能把腿熏黑……可是人要是走起运来，那也是有山山挡不住，有海海不想拦，连那些想不到的好事也像神仙老汉拄着拐杖来敲你家的门。正是运去黄金褪色，时来黑铁生光。

姬书藤最近就是这样，闲来无事家中坐，天上忽然掉馅饼，馅饼就是文远之的这封信。"你红起来啦，姬书藤！"文远之在信里手舞足蹈、大喊大叫："告诉你两个好消息，你给我仔细听来——"他信里写道：第一个喜事，是你那篇《蛇牌橹子》在《新疆文学》七月号发了以后，《小说月报》准备转载。《小说月报》可不是开玩笑的，全国影响，全国水平啊，你应该知道分量！第二个喜事更不得了，前天，在人民剧场开了个千人大会，自治区党委书记汪锋亲自到会，自治区党委宣传部长韩劲草主持会议。请来了曹禺、徐迟两位大家讲话，我当时有幸就在台下坐着。谁也没想到，曹禺先生一上来，把你大大地夸赞了一通！他说："你们新疆有人才呀，这里就有一首诗，题为《对衰老的回答》，作者是姬书藤。写得好哇，就是郭沫若老看到也会高兴得跳起来！我给大家念念……"这可是大文豪曹禺呀，手里捧着你的诗，给大家朗诵，全场沸腾了。你的名字一下子传遍天山南北啦！

这两个喜讯让姬书藤有些坐卧不宁了，他喜欢成名，但没想到来得这么快，这么偶然、突然，让他猝不及防，完全没有做好心理准备。他上初中的时候偶然翻看一期《人民画报》，上面介绍"神童作家刘绍棠"，简直让他羡慕死了。瞧瞧人家，上初中戴着红领巾就发表了小说《青枝绿叶》，上高中老师在讲台上讲的课文就是他的《大青骡子》，他和同学一起坐在课堂里听讲。那该是一种什么感觉哟,能不骄傲到发狂绝对是奇迹!不过姬书藤知道,他当不了刘绍棠,当不了那种一棵小树就结出几颗像样的果子的神童。他已经到了而立之年,在耽搁了十年之后能够有这样一个好的开端,也很难得了。文远之是个热心人,竟然专门写信来告诉他,比自己受了表扬还高兴,一星半点儿的妒忌心也没有。这种人可是少有,文人多妒,文场最似后宫。骆宾王说"蛾眉善妒",其实文人更甚之。

他把文远之的信拿给庄延看,庄延看完,说了一句"挺好的",就没事儿了。

"完啦?"

"完了。"

"就这么简单?"

姬书藤对庄延的这种无动于衷、淡然处之的态度大为不满,这完全是对自己重大成绩的不以为然么。他吼道:"唉,庄延你说你能把什么当回事儿?你爹升副参谋长你无动于衷,你男人登上《小说月报》还在千人大会上惨遭曹禺的表扬你也淡然一句'挺好的'就完了,你是木头还是暖水瓶?什么事儿才能让你高兴得得意忘形?"

庄延说,挺好的,这还不够吗?莫非我还得出去大喊大叫,逢人就说"我们家姬书藤出名啦!"那我不成了勺子了吗?

不过平心而论,姬书藤还是打心眼儿里赞赏庄延这种沉得住气的性格,她好像一艘下了锚的船,任凭风浪,不惊不乍。遇到坏事不慌,碰上好事不乱,心性沉稳,和姬书藤的性格完全不一样。姬书藤外向、张扬,对人挑剔,对己任性;平时与别人相处时,稍不如意,言语间便有攻击性。但是真正遇到了类似清查这样的事,反而束手无策、乱了方寸。庄延恰好相反,如果说姬书藤能把坏日子当成好日子过,庄延则是能把好日子当成坏日子过。如果姬书藤是一个外强中干的乐观主义者,庄延就是一个外柔内刚的悲观主义者。她从来没有对自己的人生彻底放过心,始终感知着有什么不幸在远处等着她,或迟或早,她要面对。她已经快30岁了,似乎一切都还顺遂,但是眼前的顺利不但不能让她放心,反而增添了负债感。她觉得一切都是要还的,她相信因果关系,有浓重的宿命感。这可能与她父亲的离婚另娶有直接的关系,她一生都无法摆脱这个心理的阴影。

庄延和姬书藤是完全不同的两种类型的人,结果呢,是生活中小的矛盾经常有,大的问题上却往往容易达成一致。在小事上,姬书藤发脾气,庄延忍让;在大事上,庄延拿主意,姬书藤听从。姬书藤手不沾钱,视钱如纸,正好,庄延全权操纵小家庭经济命脉,出任财政大臣。姬书藤从来不问家里有几个钱,他乐得当甩手掌柜,他认为男人一沾钱必俗,反正有庄延替他料理得好好的,他这半辈子也算活得潇洒了,买菜不超过五次,还把芫荽当成小嫩芹菜买回来了;洗过大约十几次碗,还摔碎了一个瓷勺、一个玻璃酒杯;洗衣服也是庄延搬个小凳子,坐在门口用搓板洗,洗完了他去搭晾。"君子远庖厨",他至死也不会做饭,小时候吃老娘做的饭,成家后吃老婆做的饭。他这辈子要是干不出一点名堂来,在阳间欠的债就太多了,死后肯定是下地狱干苦力。

这两个完全不同类型的人,25岁以前毫无瓜葛、素不相识,各自在自己的轨道上运行着,就像两个相隔十万八千里的星球,应该一万年也不会有什么交集。所以说"缘分"啦,

"宿命"啦这些带有巫术色彩的词，是神秘的力量——一只不按常理出牌的手，毫无道理却又十分自然地把这两个人组合到一张床上。天下人有千千万万、万万千千，等了二十五年，才选中了这么一个人可以在这张床上共枕同眠、以身相许、颠鸾倒凤、白头偕老，这该是多么低的概率呢？偶尔有时候早晨醒来，姬书藤看着身边熟睡着庄延，会忽然产生陌生感，会觉得人生简直不可思议，奇怪得要命。

实际上，这两个人的婚姻生活上出了完全意想不到的大问题。开头两三年他俩不想要孩子，待到想要孩子了，月月没动静。怎么回事？庄延说你肯定没问题，我去检查一下吧。姬书藤说："怎么可能呢？他妈的连耗子都能一生一窝，手无缚鸡之力的病汉弱妇都能一年生一个，我俩竟然生不出孩子？这不是老天爷开宇宙玩笑嘛！"

结果一检查，庄延没什么大问题，只不过有点子宫后倾，问题反而出在姬书藤身上，他的精子成活率太低，大部分是死精，只有少部分是活的。但是那些活着的精子异常活跃，比正常人更活泼。医生说，活精量太少，所以难以受孕，必须增加活精的数量。这个结果对姬书藤简直难以想象却又不得不接受，怎么可能呢？这完全是在最不是问题的问题上出了问题撒！

命运面前没道理，麻绳偏从粗处断。姬书藤对庄延说，我可不想剥夺你做母亲的权利，不能让你遗憾终生。看来只有一个出路，离婚吧。趁你还年轻，重新找个合适的，现在还来得及。我这边你不用担心，我和你离了婚，马上就和另一个人结婚。

"啊？和谁呀？我怎么不知道？"庄延说。

"和文学结婚,还能和谁?文学对于有些男人来说,是女人,而且是那种最难以征服的女人;她可以和很多人调情,暗送秋波,倚门卖俏,却决不委身于你,更不会嫁给你。大概,只有少数人可以利用它无形的躯体延续自己短暂的生存。那些伟大的男人都曾使它怀孕,从而在历史上复印出自己的影像。"姬书藤很吃惊自己怎么说出这么一番话来,似乎不是说给庄延听的,而像是对着那个造成这种结果的看不见的东西说的。那个东西是什么?他不知道,也看不见,但那个东西存在,并且毫无道理地干预着他的生活。

庄延平静地看着姬书藤,他的脸消瘦峻峭。他的脸不是平原,而更像是一个半岛,半岛的正中间,恰到好处地耸立起一座棱骨突出的山峰。这座山峰不是小山丘也不是丘陵,而是那种岩石构成的精致峰峦,浑然和谐地坐落在半岛上。不大不小,那是他的鼻子。而他的眼睛——那是他最为传神的部位,一双不算小的眼睛,平常总喜欢微微眯着,一旦他兴奋地向人表述什么的时候,两目睁开,就会闪射出两道摄人心魄的精光,让人心里发出一声惊叫。这就是眸子里的豪情,只有男人里的男人才有的那种生命之光!

庄延平静地对姬书藤说:"如果你一定要离婚,那我听你的。但是我要告诉你,我肯定不会再结婚了。我才不会为了生个孩子去和什么乱七八糟的人结婚呢!我们没孩子就非得要离婚吗?现在这样不是也挺好的吗?何况咱们还年轻,谁说以后就一定不生呢?不要再提离婚的事了,好不好?"

姬书藤说:"我不也是试试你么,其实……离了你,我到哪儿去找你这么贴心的人呢?"

庄延说:"你不是觉得天下的女人都爱你么?你还怕找不上更好的?"

姬书藤笑了:"那不是吹吹牛吗?怎么可能!"

庄延说:"咱们以后还是按医生的药方该吃药就吃药,你不要嫌麻烦,我来弄。"

姬书藤说:"我一想到我生儿子还要靠吃药,心里就憋屈。这他妈的算怎么回事?我应该能生一百个儿子才对!而且这一百个儿子小时候个个都像哪吒,莲身藕臂,全是神童!"

"那他们长大了呢?"庄延笑问。

"长大了谁知道……"姬书藤想了一下说,"长大了,大概有十个是天才,剩下九十个,一半儿可能是二流子、小混混,对社会有一定的危害性;还有一半儿大概是当兵的材料,齐刷刷的帅小伙儿,立在那儿,全是一米八以上!一个仪仗队。"

庄延笑得捂不住嘴了:"做你的美梦吧,哪个女人有本事给你生一百个?"

姬书藤开玩笑说:"你一个人当然不行,历史的重任大家分担嘛,各级美女都来为改善中华民族的人种做贡献嘛。"

"又开始胡说了,你现在已经是濒临灭绝的珍稀动物了,先把你自个儿改善了吧,你爸你妈还等着抱孙子呢。"庄延说。

这时候姬书藤才回过头来想,喜是小喜,愁是大愁。成名成家事小,生儿育女事大。难怪庄延不为文远之的喜讯所动呢,女人是非常实际的,也许缺少幽默感,也许没有多少天马行空纵横飞腾的想象力,但是绝对比男人更实际、更细心,更能忍耐负重。而且女人一般情况下,比男人更忠于爱情和婚姻,女人相信爱情,男人相信性。男人到老都会迷恋那块巴掌大的地方，几乎无一例外。临死之前，他们脑子里那块屏幕上最后闪现的一定还是它——那个生命的出口。那东西并没有多么复杂，却让他们死心塌地，爱了一辈子。

可笑不可笑？真是太可笑了！

姬书藤心想，人就是这样被人自己的东西骗了一辈子。明明知道，心里也清楚，可就是管不住自己。有时候也会怀疑，指挥人们行为的究竟是大脑还是别的什么东西？在大脑和理智之上，似乎还有一个更原始、更强大的力量在左右着……谁也脱不开，不管你是樵夫野老、乞丐杂役，还是公子王孙、文人墨客，包括文臣武将、一代帝王，统统脱不开，都在它的股掌之下。

"呃！我们仍然只是一种自称为'人'的动物而已，和地球上形形色色的各类生命并没有什么本质的区别。活着，为了吃，为了繁衍；死了，或者被吃，或者腐烂。如此而已，岂有他哉。

"我深陷在自己生活的泥沼里不可自拔，没有什么力量能够救我，我只能一点一点地沉沦，直至灭顶。每个人都是这样，被自己的生活淹死，这就是人生。"

姬书藤忽有所悟，一声长叹。

三十四

萨依巴格乡六月的阳光是白花花的银屑，洒满空中和地上，亮得耀眼，逼得人透不过气来。外加上周遭到处都是干燥、倔闷的黄土，仿佛在和一切生命赌气，誓死不开尊口，非把你闷死了才乐意。偶尔有一些树，沙枣或馒头柳，杨树或槐树，也只是些灰淡的黯绿，丝毫打不起精神。

成志敏和姬书藤在几个乡、村干部陪同下走在土路上，脚下踏起的土末粘在裤腿上，像是刚刚不小心踩翻了石灰桶，有股狼狈相。成志敏心绪茫然，好像午睡没醒透，他的心境也似这土路，非常糟糕。他隐隐地意识到，这段路颇似他眼下的人生道路，了无生气。他这个团委书记已经有些显老了，下一步还不知道该往哪儿去。姬书藤不一样，他想的是裴棣阿姨那边怎么还没有一点儿动静啊？如果真的能调回去，那就不用走这种乡村土路了。但愿这是最后的蹚土吧，谁不愿意干干净净地在城市的柏油路上散步呢。

下午的安排是去看萨依巴格乡新建的一个粮仓。远远地已经可以看到了，那个粮仓挺高大，耸立在一片场院上，席棚尚未遮盖，木梁、木架像一个庞然大物的骨架标本，空空荡荡地兀自矗立在那儿，等待着长肉长皮。

成志敏站在空地上望过去，粮仓规模不小，木料也全是好木料，散发着干燥而又清新的香气。几个穿衬衣、头戴圆顶小帽的维吾尔族村民，正在木架上扭过脸来看着他。他觉出自己脸上微微有些笑意算是打招呼吧。

忽然，他的眼光被一个东西吸引住了，好像光天化日之下看到了什么奇怪的事物，有点不可思议——仓顶上游走着一只大羊。那只羊仿佛不是在高大的粮仓顶上漫步，而是在高峻的绝壁断崖之上，它旁若无人，君临天下，大有占领一座古堡的帝王之概。此刻，它根本没有理会脚下出现的这几个人。

哎哟喂，这是怎么回事儿？大白天的羊怎么跑到那么高的仓顶上去了？成志敏半张着嘴，目瞪口呆。他盯着那只羊看，看出那不像一般的羊，而是一头体型硕大、皮毛淡黄的羊。那羊看起来要比普通的羊起码大一倍，非常雄伟，眼神里有一股毫不驯顺的桀骜之气。

"谁把羊弄到那上边去的，啊？"成志敏仰着脸朝上面喊。

仓顶上的村民说了些什么，声音不高，面部表情有些幽默，好像他们和那只羊是一伙的，是同谋。

副乡长司马义自觉充当了翻译，他照翻了村民的话："谁也没有把那只羊弄上来，是它自己把自己弄上来的。"

"自己？"成志敏上上下下又打量了一番，转过脸来问姬书藤："你说说，那么高它怎么上？"

"不可能上去，它又不是猴子。"姬书藤说。

"那么高它怎么上？"成志敏又大声问道。

上面村民的话又翻译过来了，仍然很简单：它有办法。

"有办法？有什么办法？"成志敏再次观察了粮仓周围，仓的一边和一座旧仓库的土墙紧挨着，但是那土墙，成志敏看了看，也得有三五米高，他想象不出那只羊是怎么跃上这么高的墙顶。

这阵子，羊成了成志敏最大的悬念，诱发了他久违的童心。他好长时间没有这么好奇了，对高处，对异样的羊，对那些处于非常态的事物，充满兴趣，像个傻孩子一样非要弄个水落石出。

"把它从上面先给我赶下来！"他命令道。

村民们照他的指示去做了，毫不费力，轻轻一轰，那羊就下来了。它从仓顶上轻盈一跃，就到了土墙；然后在墙头像散步似的踱至中端，墙下有一堆粪，它头朝下顺势一跳，就这么下来了。它下来后，仿佛一个高层人物来到了人民群众中间，面容和蔼，态度矜持，频频点头示意。

成志敏有一种被接见的感觉，但略有遗憾的是，那只羊对他表情淡漠，并不重视，连看也没有仔细看他一眼，却对几个维吾尔族村民表示亲昵。尽管如此，成志敏还是对这只羊产生了某种微妙的感觉，因为它的确是显得太不同凡响了，其肥壮、硕大、雄武与高贵，均非凡羊可比。他起了疑惑，就问："这羊咋长的，怎么和一般的羊不一般啊？"

司马义询问了村民，然后转告他，这只羊吗，根本不是平常我们吃的羊吗，它是铁提力克山上的岩羊。村里的猎人，上山打猎了吗，它的妈妈死了吗；那个时候，它还太小的很吗，小娃娃吗，可怜得很吗。所以他们把它拿回来，养上了吗，成了现在这个样子。司马义说："它的体重八十多公斤，喜欢上房，太厉害得很！"

成志敏听了，心想，这就是这只家养的野羊的身世了，难怪行为如此怪异不凡呢。这是一个无意间从野生世界闯入人间社会的大角盘羊，在适应了村民的同时还完好地保留了它的天然习性。他觉得这里面似乎有一种什么意思一闪而过，就像一条鱼在水面上闪动了一下，倏然又不见了。这个意念他没有能捕捉住，它太深太快了，闪电一样在浓厚的云层里亮了一下。

他重新细看那只羊，它皮毛灰黄呈秋草色，那层隐隐铺在背脊上的灰色，透出了十足的山野之气，那是秋天岩石的颜色。

再看它的一双眼睛，褐黄色的一对，没有一丝哀告的神色，里面全是桀骜不驯的野性之光。

他想凑过去摸摸它，可它跳开了。

成志敏试了几下都没有成功，只好放弃了这种打算，嘴里不停地说："它太大了，它怎么长这么大呢？"然后他又想起了它在谷仓上的那副自在样子，刚才看见它下来，他已经相信它是能上去的了，但他还是想象不出来它是怎么跃上那么高的土墙头的。他对身边的人说："能不能再让它上去？"

村民们围过去轰那只羊。开始它不太情愿，轰了几下，它只好当众表演了。它朝着土墙下的那堆粪土冲过去，奋力一跃，让自己停顿在土墙的半腰上；然后它在土墙的陡壁上做起了慢动作，先用两只后蹄扣住墙壁，再支撑起全身，空出两只前蹄仰身再次一跃，把八十多公斤的全身稳稳送上了墙头。

剩下的事对它来说就是轻而易举了，就像一个完成了高难度动作的平衡木选手，放心大胆，充满自信，它的四蹄踏出清脆的响声，轻盈跃上谷仓顶，再一次像帝王一样居高临下，对臣属巡幸俯察。

成志敏想，是啊，总有一种东西高高在上，是我们所永难企及的。第一，他想不到这只羊竟会如此强壮，这是他从来没有见到过的；这改变了他认为羊都是弱的这一印象。第二，他想不到这只羊竟会如此聪明，它跃上土墙时运用了两次完成的巧妙方式，使看起来不可能完成的事物完美实现。

"了不起呀了不起！"成志敏感叹道，问姬书藤，"你看出点什么？"

姬书藤说："大自然赋予那些野生动物的生命力是极其珍

贵的，一旦被人长期豢养，就完全丧失活力。人也一样，只有回归自然，才能焕发出创造力。"

成志敏听了，摇了摇头，不以为然。

姬书藤便问："那你怎么看？"

成志敏说："我哇，我看中的是它在土墙上的那个两次完成的法子，停顿、转换，积蓄力量，再次一跃。你说我吧，我这个正县级的团委书记，组织会让我干县委书记吗？不能，没有基层工作经验。那我不能主动要求到县里当个副书记么？取得实际工作的经验，先有一个停顿、转换，不是也挺好么？"

"然后积蓄力量，再一跃，县委书记就当上了！"姬书藤恍然大悟，原来同是看一只羊上房，不同的角度得到的印象大不一样。

"哎哎，咱们不要说得那么露好不好，太直白了。就算想当县委书记，也不是什么坏事，还不是想为党多做些工作吗？这话今天就到此为止了，别出去乱说呵。"

"知道，放心。咱俩谁跟谁呵。"

姬书藤笑了，他想，那么能的人原来也有心里不踏实的时候呵。人家那个羊在土墙中间停顿的时候，人家有能支撑起八十多公斤的两只蹄子。要是人在这时候，不少人就掉下去了，那一跃谈何容易。

他觉得成志敏也玄乎。别看县委书记官不大，要想当上，也不比羊上房容易。一个县几十万人，毕竟只有一个县委书记哟。

三十五

有一天早上起来,姬书藤正在屋子外面刷牙,听见庄延叫他:"姬书藤,你进来一下,我有话说。"

姬书藤匆匆刷了一下,进到屋里:"什么事?"

庄延说:"昨天晚上,我做了一个梦,像真的一样。我怕过一会儿忘了,赶紧告诉你。"

嗨,一个梦至于这么要紧吗?姬书藤心里这么想着,嘴上却装出很感兴趣的样子说:"什么梦能让你这样啊?"

"我给你说,我这个梦可奇怪啦,以前从来没梦到过。"庄延说,我梦见一个女的,从来没见过,站在咱家门口。看起来风尘仆仆,好像从很远的地方来的。那个女的看起来不像农村人,也不像城里人,穿着普通的衣服:鹅蛋脸,眉目端庄,看过去又觉得似乎在哪里见过,熟熟的面孔,熟熟的表情,就是想不起来。

我问她:"你找谁呀?"

她说:"找你。"

我说:"我好像不认识你呀?"

她说:"我认识你,你不是庄延吗?"

我说:"是呀,我是庄延。"

她说:"那就对了,我找你找得好苦,光坐火车就走了七七四十九天,坐汽车又走了三七二十一天,这才算找到你了。

你不是一直想要这个么？给！"她手上忽然冒出来个襁褓，顺手就朝我怀里扔过来。

我赶紧接住，还没顾上细看，醒了。

姬书藤说："这梦有什么稀奇的？"

庄延说："你不懂了吧，你以为那女的是一般人吗？那是送子观音来了！我说我怎么看着她面熟的呢，后来一想，模样和观音菩萨一样样的，到人间是化了装的。"

姬书藤说："可能是因为想孩子，才做了这么个梦。"

庄延说："你不信这个梦吗？"

姬书藤说："我当然想信，不过有点儿太玄乎了。你呢？你信不信？"

庄延说："我当然信了，这个月就没有来红，很可能怀孕了。让你吃药你总嫌麻烦，怎么样，还是有效果吧？"

"啊，真的？那我真的要有儿子啦？"

"谁知道，还早着呐。"

"那还要等多久？"

"十月怀胎呀。"

"噢，对了，十月怀胎，一朝分娩，我都忘了，造个人也真是不容易……"

想到这儿，姬书藤偷偷地笑了。他想，这些精液，看起来就是一些人体的垃圾，就和一口浓痰、一些鼻涕差不多，也像是流脓，黏稠状，不透明。既没有水的清澈，也没有油的清亮，不但不美，还让人腻歪。这种不知被多少青春期少年弃之于痰盂、厕所、内裤及各类隐秘处的垃圾，一文不值，被弃时人家连回头看一眼都不看。那阵子，谁能想到那里面藏着百万雄师呢？岂止是百万雄师，简直就是整个人类！人类迄今为止的全部历史，不就是从这口浓痰里爬出来的吗？那些衣冠楚楚、像模像样的达官贵人，那些珠光宝气、光彩照人的名媛淑女，那些将星闪耀、威风笔挺的沙场英雄，包括那些名垂青史的伟大人物，不都是从这一摊看起来让人恶心的黏稠液体中蠕动着爬出来的么？人的来历并不十分光彩，因而也不值得炫耀。所以，当小孩子询问父母"我是从哪里来的"时，父母只能闪烁其词，隐瞒真相："你是从石头缝儿里蹦出来的。"姬书藤想好了，以后自己的孩子生出来，长大些也会这么问，他会告诉孩子："你不是石头缝儿里蹦出来的，你是一个叫观音菩萨的仙女送来的。"

这时候姬书藤才想起来，自从自己十几岁成熟以后，脑子里从来没有想到过以后有个孩子的情景，他一门心思想的全是异性。对性的渴望，占据了他的全部。从15岁到25岁，漫长的十年备受煎熬。那正是生命力最旺盛的时候，却白白浪费了三千六百五十个日日夜夜。这种折磨违反人性，最终造成叛逆和扭曲。也许，造反者和天才从那时候起就开始形成了，一切的压抑都比不过性压抑，所有的管制中最成功的莫过于性管制。历史学家们看到的只是饥饿引发的造反，他们没有注意到，性压抑同样是叛逆的原因。人类才是地球上最好色的动物呢，别的动物都有发情期，人类无论春夏秋冬，随时可以发情；别的动物纯粹为繁殖后代，只有人类把它变成终极享乐，进而发展成文化的催生剂、文明的酵母。人类当中，那些最优秀的人物，往往都是最好色的，不然他们没有必要千方百计地登上各个领域的舞台中心去展示自己。

好色也分大人之好和小人之好。小人之好为一人之好,所谓"人生得一知己足矣";大人之好为天下之好,爱天下人谓之博爱,谋天下人之爱方为伟人。

他这么胡思乱想着,忽然觉得一旦有了这个孩子,他和庄延的感情联系会变得远了,虽然这个纽带是在加强,近期却会淡化。这意味着一个阶段结束,另一个阶段有可能开始。另一个阶段是什么他还不清楚,但可以感到有一种欲望蠢蠢欲动。那可能是对一种禁忌的试探,就像对毒品,对香烟、烈酒、浓茶之类容易让人上瘾的东西,迟早会碰上。

庄延可不是这么想的,自从做了那个送子观音的梦,她果然停了经、怀了孩子。欣喜之余,她没有觉得是大喜,反而感到是躲过了一劫,她更加迷信命运当中的神秘力量了。她很小就迷迷糊糊地意识到,自己的人生与众不同,海水下面是一座活火山,不知什么时候喷出岩浆;幸运后面躲着蒙面的厄运,说不定什么时候露出狰狞。她的悲观主义仿佛与生俱来。别人努力奋斗不易得来的,她轻而易举就可以得到;别人理所当然应该拥有的,她却可能永远失去。她活得很谨慎,非常小心,不敢放肆,生怕惹怒了那个蒙面的家伙揭开面罩。她哪里敢骄傲啊?谦虚是她的性格,不是品格;品格是修炼出来的,性格是天生的,她是骨子里的谦虚。正因为如此,她爱姬书藤,姬书藤太狂太骄傲了,经常口出狂言,把什么人都不放在眼里,是骨子里的狂。正是这种完全彻底的相反,造成了两个人的互为补充。如果姬书藤眼里看到的人生是一望无际的大草原,庄延看到的是一座神秘莫测的森林;姬书藤不管栽多少跟头都哈哈大笑,兴高采烈,草原嘛,无遮无碍,坦坦荡荡,庄延不管有多么顺利都忐忑不安，总担心有什么危险藏在那里，随时不敢大意。

对此，姬书藤还总结出一套地域性格论，说草原性格开朗，适合搞艺术；森林性格谨慎稳重，适合搞政治；海洋性格适合搞科学研究，高原性格适合哲思、玄想，什么什么，一通臆断。他的各种所谓理论，全是兴之所至，灵机一动，根本没有充分的根据。庄延听了一笑了之，只当赏心乐事。只有说自己是森林性格这一点，她较为认可，觉得有点像。

在和姬书藤结婚之前，她从没有和什么人谈过恋爱，一切都是第一次。虽然丝毫也谈不上浪漫，印象却是刻骨铭心的。自那之后，她也从未见到过令她动心的男人，也许在某一方面比姬书藤强的人有的是，但是像姬书藤那么有趣、有个性的人她还没见过。姬书藤一个星期不洗澡在她眼里也是冰清玉洁，三天不洗脚那双脚仍然像两个分瓣的白萝卜那样肌骨匀称、那么性感。她觉得他是那种干净的男人，是值得让他进入自己身体的人，也是愿意和他生一大堆孩子的人。这大概就是爱情吧？她不清楚。

这时她想起姬书藤有时哼唱的一支江南民间小调，那是他当运动员时在火车上从国家女排的李安格教练那儿学来的。那支小调很可笑，用吴侬软语唱起来更有味儿。

    一个小和尚啊泪汪汪，
    上殿去烧香。
    想起我个爹娘啊，
    他不该，送我当和尚。

阿弥陀佛坐中央,
十八罗汉立两旁,
保佑我小和尚——
翻过了墙,
娶个美娇娘,养个小儿郎
叫声爹爹叫声娘,一个小和尚……

三十六

　　文化这种东西很像那些昆虫,简直就是各式各样的虫子,它们蠕动,它们一耸一耸地爬。一到冬天,全不见了,好像从没到这个世界上来过似的,一点儿踪迹都没有留下。它们转入地下,就像大革命失败后的那些热血青年,蛰伏,等待。这些看起来似乎没长耳朵的家伙,其实比任何一级气象台都灵,它们有耐心,憋着劲儿在土壤深处等,它们既是气象专家又是地下工作者。一旦它们认为的春天来了,转眼间到处都是它们,蠕动的,蹦跳的,缓缓飞行或快速移动的,全来了,所有的角落都少不了它们。

　　虫子爬得很庄严,很有一点绅士风度和淑女风范。它们一到春天就忘了冬天,好像冬天只是它们蛰伏时做过的一个噩梦,根本就不存在。

　　文远之陪着著名诗人徐迟正是这样来到了喀什噶尔,并且在一定的范围内引起轰动。虫界的人们奔走相告,徐迟的到来是一件足以令人激动的大事，不要说喀什噶尔，就是乌鲁木齐那样的首府也承受不了这种名人的冲击。

徐迟太有名了，前不久在《人民文学》发表的那篇《哥德巴赫猜想》使他享誉全国、家喻户晓。他使文学又一次显示出惊人的力量，人们对他的崇拜当然合情合理。那天，在喀什的老宾馆里召开了一个座谈会，主持会的是地委办公室主任张森。张森不但没有对文化界的名人表现出丝毫的怠慢，反而显得格外热情、非常兴奋。他一开口介绍，并不称"徐迟先生"，而是一口一个"徐作家"。给大家的感觉是，"作家"似乎是一个很重要的职务，就像"书记""专员"一样，或者更高。在张森心目中，徐作家既然是自治区的书记请来的客人，当然不是等闲人物，便毫不犹豫地付出热情，进行了比较肉麻的吹捧。

徐迟那时大约有60多岁，花白头发，白的多，灰的少，很有风度。在他那张典型的中国江南士人的脸庞上，却长着一个类似雅利安人的鹰钩鼻子，于是那张脸就表现出中西文化的融合。这是一幅完美的诗人雕像，但是有一点遗憾，他的耳聋助听器的一根线从右耳旁垂落下来。这不仅没有减弱当地人的崇拜，反而更加强了，他们还没有见过这么先进的东西，徐迟坐在那里，如同文殊菩萨坐在莲花上。他这种人一看就是留过学的，见过大世面，精通一两门外语，谦虚内敛，不屑于炫耀，他的内心已远远高出众人之上。

然后文远之介绍当地的这些业余作者，介绍姬书藤时，徐迟说话了，他说："曹禺先生表扬过你的，我也同意他的话。不过你不要满足，你今后的路还很长。"

路还很长，有多长呢？姬书藤当时并没有想到，这条路竟然走了一辈子，一直走到了生命的终点。他这次见到徐迟先生，也是平生第一次接触到文学界的人物。他在内心把徐迟和当时的地委书记作了比较，显然，如果让他选择在这两个人中决出自己的未来，他心甘情愿地选择徐迟。这和当初他与屈铭的那番是当诗人还是当地委书记的对话就完全相反了，真正的诗人只需一眼，就和他的梦想完全合拍了。他不需要改造自己，只需要提升自己。现在他看出来了，他以前以为屈铭是诗人，其实不完全是，屈铭是一个不完全的诗人和另一个不完全的地委书记的混合体。而徐迟，则看起来要纯粹很多。

座谈会开完之后，文远之跑过来找姬书藤，两个人在老宾馆的院子里散步聊天，寒暄了一阵。姬书藤说："你想不想去看看你们当年的校花鱼姗姗？"文远之笑了："你还记得这事呀？算了，这回时间紧，何况人家鱼姗姗早已名花有主，不见也罢。"

姬书藤又说道："哎，你说徐先生是不是专门和鲁迅作对的？"

文远之听了一惊："不会吧？你是从哪里知道的？我怎么从来没听说过呢？"

姬书藤说："你看两者的名字，鲁，鲁莽；迅，迅疾；徐，徐缓；迟，迟慢；这不是故意作对是什么？"

文远之听了，哈哈大笑："实为一妙解，解得聪明。只是徐先生可能并无此意吧。"

姬书藤说："也说不定有。你想嘛，鲁迅是笔名，他是周树人嘛。我猜徐迟可能也是笔名，真名我不知道。鲁迅年长，徐迟年轻时，鲁迅已成大名，可能徐迟仰慕之下起了这个相反的笔名,既是作对,也是借光;相反相成,相映成趣。是不是?"

"嗯,有几分意思,但没依据。"文远之说,"瞅着合适的机会可以问问徐先生。"说着,他又问姬书藤:"咱们说过的那个你要写的《石头是怎样长大的》,到底写得怎么样了?我们还等着给你出书呢。"

姬书藤说:"写不出来。"

"怎么搞的?当时聊的时候感觉很不错么,挺有想法的。"

姬书藤叹气,说:"现在找不到感觉了,形势发展太快,文学也是一天一个样儿,花样层出。搞得我们这些人跟不上趟,找不着方向了。'四人帮'那时候,看这不顺眼、那不顺眼,仿佛自己是个先知似的。真放开了,才知道高明的人多啦,我们这种'先知'连启蒙都不够格。唉,怎么办?心乱了。"

文远之笑道:"知道文学这碗饭不好吃了是吧?胡乱写几篇东西,谁不会?是个人都能来两下子。可是真要是写出点儿像样的东西,难呃,比蜀道难,难于上青天呢。寂寞身后事,千秋万岁名。文学这玩意儿,单枪匹马,一个人一枝笔,要去征服成千上万的读者的心,难不难?太难了。要让我说,这还不算难,更难的是它必须征服漫长的时间——五百年不过时,一千年更鲜亮!哈哈,姬书藤呀,你说这是人干的活儿吗?"

"除了傻子和天才,没人干得了这行当。"姬书藤像牙疼似的咧着嘴摇着头说,"有一万个傻子自以为是天才,奋不顾身朝悬崖上爬,结果全摔死了。只有一个天才自认为是傻子,他踩着那些尸体想上去看看怎么回事,不费劲就上去了。上到顶上一看,原来什么也没有,只有一样,虚无。结果他也从悬崖上跳下去了……你看，文学是不是这么回事儿？"

文远之说："这个譬喻很聪明，像个寓言。"

姬书藤自嘲道："聪明？是我一直戴着的一副面具。从小学、初中、高中到大学，教过我的老师大部分都认为我比别人聪明，但是他们都不明白为什么我的成绩总比别人差。后来他们终于明白了，原因是我长得聪明。我的脸是一副聪明面具，后面藏了一个糊涂脑子。"

文远之说："这种人就最适合搞文学。"

姬书藤说："那你呢，你文远之不适合吗？你总是鼓动别人写，难道你就安心当一辈子编辑，为他人作嫁衣裳？我才不信。"文远之说："我当然也要写啦，你大概不知道，我'文革'前1964年就在《人民文学》上发过一百多行的抒情诗啦，题目就叫《通往塔里木的路》。那阵子，我也算是一颗正在升起的诗星——升到半路，'文化大革命'开始了，就好比一条正在变化成龙的蛇，被活生生地拦腰斩断了。十年过去了，蛇的心却不死，他想再接起来，现在不是正在努力接吗？但实际上我知道，被斩断过的蛇是不可能恢复成原来的样子了。这样的蛇，不止我这一条，全国数下来，不少了。有的眼看着快变成龙了，一斩断，还是条蛇，完了。你姬书藤那时候是条小蛇，没长大，也没被斩断，躲过了一劫。现在遇上了生长的好时候，还有希望，变蛇为龙，也是不虚此生啊。"

姬书藤说："这世上的人看起来各式各样，好像是丰富得很，复杂得很，其实本质上只有两种人——一种是用心感受世界，另一种是用脑对付世界。对待世界所用的器官不同，造成了完全不同的人。就拿文人们来说吧，诗人和小说家完全像是两种动物,诗人是禽类,它们用心感受世界,心会飞翔;小说家是非常实际的,终生匍匐在现实的土地上,用灵敏的嗅觉低着头嗅来嗅去,它们是兽类——它们对自己的那块领地(用尿味标示出来的)了如指掌。因此,真正的诗人是写不了小说的,同样,真正的小说家也是写不出好诗的。

"这有什么办法?禽兽之别,天然命定,不信?你去看看,哪有一个大诗人写出了不朽的长篇小说?艾青、臧克家写了吗?闻一多、徐志摩也没有。托尔斯泰能写诗吗?一首也没有。这就是用心的和用脑的两种截然不同的人留下的文字记录方式,也是他们的心电图和脑电图,一切昭然若揭、暴露无遗!"

什么是世界观?

这才是世界观。

他想到这个喀什老宾馆,两年前曾是程墙被王洪文召见的地方,它曾见证了那两个政治风云人物的密谈。今天它又见证了徐迟的光临,又听了文远之和姬书藤的谈论。各类人物,不同话题;各种命运,天地不言。葡萄架上的藤蔓枝叶在微风中轻轻拂动,透过枝叶头顶上望见的是夏日的蓝天白云……此间静好,但是人生莫测。

他又想起了程墙。

他本想给文远之讲讲程墙的故事,张了一下口,又咽回去了。他还是没讲。这时候讲程墙,他总觉得有些残忍。便转了个话题说:"远之你说说,此时此刻,在咱中国的各个地方,各种角落,不知该有多少人在谈论着文学的话题?我原以为文学只是少部分人的兴趣——那些唱歌嗓子不行、打球体质不行、搞科研数学不行的人的兴趣。现在竟然变得全国人民无不热心关注了,连卖茶叶蛋的老太太都说'现在随便朝人群里扔一块石头,砸中的肯定是一个诗人!'这也太特么邪乎了吧?这跟前一阵子打鸡血、喝红茶菌一样了。所谓集体主义就是扎堆起哄凑热闹,是不是社会主义就是不需要个人有想法?"

文远之笑道:"'文化革命'那阵子烧书是这些人,现在新华书店排长队买书的还是这些人。烧书时书堆得像座小山那样高,烈焰冲天啊,兴高采烈啊,恨不能把地球上的书全烧光!那真是一场群氓的盛大节日呢。我乘人不备,用脚勾出来一本,藏了。现在还在我的书架上放着,是四十年代出版的《诗与现实》,七月派的诗人鲁藜写的,鲁藜也是胡风集团的成员。正是这本书,给我的文学观念上了底色。你说吧,当初那么狂热地焚书,现在又这么虔诚地买书,这些人到底是得了什么病?让人哭笑不得唉。"

什么病?可能不是一种病。姬书藤沉吟道:"有些人可能是狂犬病,有些人可能是高烧症,有些人可能是软骨症,还有一些可能是嗜血症,十年之久,全国大病一场。死了多少人?谁知道。从那场大病里活着走过来,不但没死,还能在喀什噶尔的这座老宾馆里悠闲散步、高谈阔论,咱们俩也算幸运。"

文远之说:"这段历史将来一定会有人写出来的,既有《水浒》的草莽人物,又有《三国》的乱世气象,那也是不朽大作。国家不幸诗人幸么。"

姬书藤说:"那得是多么大的胸襟手笔哟?没有托尔斯泰写《战争与和平》那般气力,恐怕连个渣儿也捡不起来!"

文远之笑道:"你写吧。"

姬书藤回道:"你才写吧呢。"

说完，两人哈哈大笑起来。姬书藤一边笑着一边喘着气说："我这个人在写作上跑不了长跑，写不到两万字气就用完了，没耐力。但是三千字左右，我能写漂亮文章。我无十万精兵，却有三千虎贲。"

文远之说："我和你相反，我熬一个通宵能写一万多字，写完了一看，杂草丛生，花无一朵，没有一句惊人之语。

"要是能有天才多好啊，晚上做一个梦，早晨起来记录下来，就是一个传世名篇。怎么想怎么写，出手便是人人心中有、笔下无的东西，雄词脱手坚如铸，妙语生花灿欲飞。"

姬书藤说："我估计人家李白就是这样。"

文远之挥挥手说："再不要提李白了，那是个绝版，那样的人物不会再有了。"

三十七

自从王镰考取了研究生，鱼姗姗寂寞了。她除了有时来看看即将生产的庄延，平时很少见到姬书藤的面。即使见了，两个人都客客气气很是礼貌，绷着。瓜田李下，不开玩笑；朋友之妻，不可亲昵。认识这么些年了，明里暗里，鱼姗姗从没有一个秋波给过姬书藤，端庄得很；姬书藤也不曾有一句调笑酒家胡，自知不配天鹅肉吃。鱼姗姗看起来太高傲了，凛然不可轻亵，令男士望而却步，有稍越分寸，必遭耳光的感觉。除了街头的流氓地痞，正常人无人胆敢在她身上打主意。

高、白、美，鱼姗姗就是一匹喀什噶尔不可多得的大洋马，步态轻盈，长鬃垂颈，谁看见不想上去骑一下？但是谁也觉得自己不配，准保驾驭不了，摔下来太丢人。如此尤物，只可远观，不可近亵，姬书藤也是这么对待的，所以早早地就不存着什么想法。

那天，正好广播站一个朋友乔迁新居，"白得像鸽子一样的新房子落成了，启用的那天举行了舞会"。正好那天是个星期六，快到产期的庄延不想去，回了她父亲家。在被邀请的十来个客人当中，有广播员人称"小狐狸"的美女，还有敢疯敢爱的名女"野荷花"。让姬书藤没有想到的是，正好还有鱼姗姗。他一见鱼姗姗，竟然脱口而出："咦，你怎么来了？"鱼姗姗的回答是："你能来我为什么不能来？"姬书藤赶忙解释说，没想到嘛，你来当然好啦，增光添彩啦。鱼姗姗说，去你的。姬书藤说，哎，对了，前些天我见了你的一个老熟人，你的崇拜者。知道是谁吗？鱼姗姗一愣，谁？我哪有什么崇拜者。姬书藤说，文远之呀，文远之不是吗？鱼姗姗释然，说你们俩怎么搞到一起了？文远之也是我们学校的大才子，文章写得好，可惜长得没有你这么漂亮。姬书藤说，姗姗你以前可从没有说过我这话的，我哪能算漂亮？鱼姗姗说，现在说也不迟，以前不是怕你骄傲么？姬书藤问，现在不怕了？鱼姗姗笑而不语。

广播站的这个播音室也算是喀什市里灯光设备比较复杂讲究的地方，但是临时改作舞厅，目的却是为了达到幽暗。所以它并不拒绝表面上看起来落伍的东西，有心的主人懂得把摇曳的烛光摆放在中心位置。

情调就这么产生了。

"情调"这两个字倒换个位置就立即变成了调情,看来调情和情调有着某种特殊的默契的联系。

被邀请来的十几位客人陆续走进来,就像一些麋鹿走近了靠近猎场的稀疏林地。开始大家都有些拘谨,有种微妙的警觉,好像在判断周围有没有危险的空气。

有一点生疏,是的,开始也有一点不自在。

但是这种局面是很快可以消除的,这件事的本质要求这样,平时需要很长时间才能打破的僵局,在这里可以省略许多过程。它主要是省略了那些扭扭捏捏的感情因素,在舞厅里,"爱情"这个字眼显得非常多余,它听起来过于书卷气,它很不合时宜,它让人讨厌。

它完全像是一些猎鹿人的伪装。

谁再无缘无故地说这种坏话,就应该枪毙他。

最先邀请鱼姗姗跳舞的,不是姬书藤,是一个戴着一副眼镜长着一副三角形螳螂脸的瘦子。那个尿瘦子洋洋得意,自以为携得美人归,大大的眼镜片一闪一闪地闪着白光,白光后面隐约着几乎看不见眼珠儿的细小眼睛。那不叫眼睛,那是苳苳棍儿捣的小洞。

这种男人太猥琐了,姬书藤心想,他也配和鱼姗姗跳舞?在幽暗中,在烛光的跳动下,吸着烟坐在那里的姬书藤注意到了男人们的手。手的表情异常丰富,极有隐蔽性和感染力。在舞厅里,人的面目是模糊不清的,但是手的表情却被突出出来,手像它的主人一样充满了个性和欲望。

手像一只猎豹,隐蔽着,移动着,有时不得不停下来,伏在地面,它仿佛在思考,在犹豫,甚至你能从它身上看到两种思想在争夺它，它欲进却退迟疑不决。

手没有眼睛，但它始终清楚该向哪里去。它移动的方向始终不会错。尽管它有时停泊在对方的腰部，但它的眼睛（假如有的话）一直在盯着另外一些隆起的部位。

它像一只洞穴里正被烟火扇燎着的野兔，急于想窜出去，但又怕被人捉住。

这时，一曲终了，鱼姗姗回来坐在姬书藤旁边。姬书藤说："我给你一个谜语猜猜看怎么样？谜语是我刚才想出来的。你说这世界上什么东西最不老实？"

鱼姗姗说："眼睛。"

姬书藤摇了摇头。

"那是什么？"她问道。

"是男人的手。"

鱼姗姗听了大笑起来。笑毕，她说："你看你的手——"

姬书藤说我的手怎么了？

你的手那么修长，那么白净。

"惭愧，"姬书藤说，"不过它仍然是男人的手。"说完，他起身扬手，做了个邀舞的姿势。

他们两个跳舞的时候，开始还保持着一些距离，渐渐地就越靠越近了，变成搂在一起移动。跳舞已经不再重要，成了合法搂抱的借口。他搂住她，身体紧贴着她的身体。

她可能感觉到了，有点不好意思。

她低下了头，恰好可以放在他的肩颈上。她在他耳边轻声细语道："我感觉到它了。"听到这句话他起初没有反应过来，它是谁？当他反应过来，忽然自己也不好意思了。啊，图穷匕见,女皇已知。不过看她的态度,好像并不反对被行刺。他也低了头,和她的脸贴在一起,顺势在她脸上亲了一下。

两人会意,移向暗处,不管不顾,接起吻来。

她颤着声说:"这里人太多了,不行。"他说那怎么办?她说:"忍一忍。"他说我忍不住。咱们先走吧。

于是两个人匆匆告辞,在众目睽睽之下,掩耳盗铃似的逃离舞场。其时夜色昏黑,大街上已经空旷无人,两人骑着自行车边走边商量,最后决定去姬书藤家。

偷情跟做贼似的,月黑之夜,蹑手蹑脚,声音发颤,心怦怦跳。沿着城墙,蹓着墙角,自行车链盒一响,倒把自己吓一大跳。这和做贼有什么两样?做贼是偷别人的财,偷情是偷别人的妻,都是偷窃不属于自己的东西。这两样都是人家的命根子,所以做贼的都心虚。做贼的大多是尖嘴猴腮,目无定睛,一副娄阿鼠样子。偷情的则不然,翩翩君子,窈窕淑女,都是看起来与偷无关的人物,可是一旦君子逾墙红裙走光,那也和偷财物的贼一样,有瘾。

贼不偷,手痒。情不偷,心痒。

进了家门,这才松了口气,心放回原处。鱼姗姗看着那床,有些犹豫:"这可是庄延的领地呀。"姬书藤便说:"没关系,你俩是好朋友么,她的床,你睡无妨。"

那天晚上,姬书藤感觉自己像是游了三次泳。她偎在他的胸上,听见他的心跳,如同胸膛里有一面鼓,怦咚怦咚地敲响,是一颗年轻的心,节奏鲜明、有力。

天光大亮的时候,姬书藤醒来,猛地惊觉:"哎呀,咱们睡过头儿了!"侧身一看,身边是空的,哪有什么鱼姗姗,她早就不知道什么时候抽身离开了。他起了床,仔细检查了一番,床上竟然没有留下一点儿昨晚的痕迹,没有一根长头发。他觉得太奇怪了,真的?假的?昨晚那些事?应该是真的吧,他身上还残留着昨晚的疲软微疼。可是如果是真的,怎么那样轰轰烈烈的三次战役之后,战场上竟然没有留下丝毫痕迹?没有弹坑、尸体,也没有丢盔卸甲?如果是假的,只是一场多情春梦,为什么梦得那么逼真、那么历历在目?

他点了一支烟,坐在床边,细细品味那场梦。这时他才发现,时间超过一节课时的时候,达到高潮的人会产生错觉,眼前的人会发生变形。他游蛙泳的时候,鱼姗姗的脸是鱼姗姗;到了游侧泳那阵子,鱼姗姗的脸恍惚间变成了庄延;待到游仰泳的时候,几次瞬间变成了陈小柠……

这真是一场美妙极了的荒唐梦!

从那以后,他再也没有见过鱼姗姗,也从没有过任何形式的联系,她仿佛从人间消失了似的,没有任何音讯。但是姬书藤知道,她活着。如果俩人真的再见面的话,说什么好呢?还是不见的好,两颗流星彼此都有自己的轨道,发生了一次碰撞和摩擦,然后又都回到自己的轨道运行。

三十八

孩子……像一只小兽一样湿漉漉地来到人间。它和十万年前的初生儿没什么区别,生在山洞里的和生在产床上的,都像是从另外一个世界或星球贸然闯来的古怪生物,一样丑陋,一样怪诞。它们同样对刚刚来到的这个世界困惑不解、极不情愿,张开大嘴像雏鸟求食似的呱哇大哭。哭声尖锐,上气不接下气,就像刚被捕捉住的动物。看来如此漫长的时间,并没有让它发生一丁点儿进化,它还是那副古老、原始的样子——一只怪模怪样的小兽,正在一点一点地向人类靠近。

他想跟它说话,哎,小妖怪,你是从哪儿来的?子宫吗?我老婆也就是你妈妈庄延的那个宫殿舒服不舒服?冬天冷不冷夏天闷不闷?待在里面十个月憋气不憋气?

它不哭了,睁开了眼睛。

哇,那眼睛——完全是一副外星人的眼睛,一湖清澈极了的泪水,透着天真和永恒的忧虑。

你——,他说,虽然好像是我的孩子,但现在看过去似乎和我没有什么关系,倒是更像一只没长出鳞甲的小恐龙或者是一只没有尾巴的肉红小鼹鼠。一只小母兽,体重三公斤六百克。

他和它的第一次见面就是这样,略有失望无奈但立即毫不犹豫地接纳了它。不是连身藕臂,也不是神童,倒像是另外一种生物,他决定试着看看能不能把它养育成一个人。

因为和鱼姗姗的那个梦,他不敢看庄延的眼睛,但他心里已经确认,庄延是他这辈子不会离开的人了。她挽救了他,给濒临灭绝的他生下了这只莫名其妙的小动物,从此这只小动物会长成一副看不见的脚镣,牢牢地把他们铐在一起,一直到死。

她也挽救了自己。

她心里非常清楚,如果没有这个孩子,姬书藤迟早会和她离婚的。他会不断地遇到更为年轻漂亮的小姑娘们的诱惑,他在这方面意志薄弱，毫无抗拒能力。庄延知道，她爱上的这个人是个才子，当不了多大的官，也挣不来太多的钱，"富贵"二字，和她没多大关系。但是，才子肯定风流，一旦成了名士就会更风流，所以，"风流"二字是她小心警惕的地方。同时她也看透了他，他表面上张扬、厉害，心底里特别善良，对一只小猫小狗也绝不会去伤害。他怎么可能让这个孩子受到伤害呢？庄延自己就被父母的离异所伤害，这是她的一块心病，生命中永不消失的阴影，她决不会让自己的孩子再遭这份罪，宁可让她缺失父爱，决不让她再当后娘养的。

是孩子，拴住了大多数男人飘荡的野心。人们为什么喜欢放风筝？就是这个原因。风筝想飞，蓝天丽日春风浩荡之时，飞吧，让你过一把飞的瘾，让你招摇，越飞越高，你以为自己像鸟一样自由了是吧？别忘了身下有线儿拴着，一收线，你还得回来，最后扔进一角落里待着。也有断了线儿的风筝，挣脱了，自由了，飞得没影了，找不见了。最后它不是孤零零地落在荒山野外，就是扔在垃圾箱里，没有人再稀罕。

姬书藤就是风筝，孩子就是那根线，庄延才是放风筝的人。

庄延说，你给孩子起个名字吧。

姬书藤说，我早就想好了，叫"布伦齐"吧。

这叫什么名字？她惊讶。

维吾尔语"第一"的意思，不好吗？

好是好，不像中国人的名字，连姓也没有。

这是小名，大名先不急，她才几天嘛。

庄延想了想，好吧，就叫布伦齐。

就这样，布伦齐这只小动物不容置疑地进入姬书藤和庄延的生活，直接插足到他们俩的床中间，完全是个第三者，但她的名字叫第一。

布伦齐三个月的时候是个扁扁头，前奔楼后马勺子，像个英国小孩的头型。姬书藤看着奇怪："布伦齐，你盎格鲁-撒克逊人啊，怎么搞的长了这么个脑袋？"

布伦齐八个月的时候，脑袋忽然长圆了，圆头圆脑。在姥爷庄元兴家的地毯上抱着一个和她差不多的大西瓜，她正在憨笑，她的脑袋和那个西瓜一样圆。

布伦齐快到两岁的时候，又一变，这下变成神童了。莲身藕臂已不足以形容了，肌肤完全是羊脂玉。带她的维吾尔族保姆用艾德列斯给她做了个维吾尔族式的小短裙，又用乌斯曼给她染了眉毛，嚇，站在阳光下，整个儿是一个透明的小精灵！

"布伦齐吗，不像汉族娃娃，像维吾尔族娃娃，哎，比维吾尔族娃娃还漂亮得很吗！"不断有邻居家的维吾尔族妇女这么说，而且央求抱回自己家里过夜，第二天再送回来。"太心疼得很吗！"她们说。

布伦齐小时候看起来比天才还天才，她干净，从来不流鼻涕，基本上不尿床，根本不会生病，这还不是天才吗？她太好带了，不生病的儿童就是天使，怪不得观音菩萨会托梦呢。

姬书藤感觉到了，布伦齐是个福娃，将给他带来新的命运转机。这种感觉只可意会不可言传，既没有根据也没有道理，但是他明白，他的生命周围多了一些温度和机缘，这只能是布伦齐带来的，没有别的可能。

果然，布伦齐刚满周岁的时候，姬书藤成了预备党员。为此，他争取了将近八年，整整八年，如果从大学的时候写第一份申请书算起，那就更长，至少有十二年以上。始终不得其门而入，始终是"万山不许一溪奔，拦得涛声日夜喧"，现在，终于全票通过，没有反对票。成志敏是他的入党介绍人。

那天，恰好是布伦齐的生日。

还有，布伦齐不到两岁的时候，一个隐藏已久，始终没有动静的情况开始显露，这可是他八年来朝思暮想的，藏在心里的梦想。

像往常一样，那天他在地委的院子里走着，迎面碰上地委组织部副部长司马义，本来打个招呼就过去了，不料司马义叫住他，拉他到路边，笑眯眯地对他说："姬书藤你厉害呀，不简单呢。"

"我又怎么啦？"他弄不清怎么回事。

"你的调函来了。"

"什么调函？"

"乌鲁木齐军区呀。大军区要调你，这下你可要当兵啦，穿军装啦，好事呀。"

"真的吗？"姬书藤的心怦怦直跳，表面上却装得很平淡。

司马义说："那还能有假的。"

姬书藤问司马义："地委会不会放我？"

"还没有研究。"司马义说。

得到这个消息，一下班，姬书藤飞身上车，蹬得风快，回到家里就把这告诉庄延。庄延也高兴，不过她更担心的是地委会不会同意放走姬书藤。她说，你想嘛，刚把你培养的入了党，年龄又不算大，写材料也算地委数得上的几个笔杆子，哪儿会白白送给别人？

庄延这么一说,把姬书藤的高兴劲儿扫了一半。这时正好有个苍蝇不识趣,在头前飞来飞去,惹人心烦。一会儿,它落在桌子上了。姬书藤顺手抄起一盒火柴,对庄延说:"你看着,我用这盒火柴扔过去打这只苍蝇,打上了,调走;打不上,调不走。"

庄延说:"那怎么可能?"

话音未落,姬书藤甩手一击,快如闪电,那盒火柴当场命中:"看吧,我能调走!"

布伦齐在床上坐着,她啥也不懂,像个布娃娃。这个家庭即将发生的这次重大的转移,似乎和她毫无关系。她才不管那些呢,只要有奶吃,哪儿都一样。

但是姬书藤和庄延心里都明白,这一切转机都是在有了布伦齐以后才发生的。这说明布伦齐命不在此,在她能够留下记忆之前,布伦齐将在一个新的地方长大。布伦齐,你快要见到爷爷奶奶和叔叔们啦!

正是这一年,姬承先落实了政策,恢复了党籍,从待了六年的那个北疆农村重新回到首府,等待分配工作。没有这一条,姬书藤还是成不了预备党员。姬承先落实政策后,又恢复了十二级。"不是一直说是十四级吗?"姬书藤奇怪地问道。姬承先回答:"一定级就是十二级,反右倾时降了两级。"

"那为什么不告诉我们啊?"

"说这些干什么,你们都是小孩子,知道这些没什么好处。"

啊?原来在乎了这么些年,真是白费心思了。看起来一个时间内对你影响极大的事,在另一个时间里就会烟消云散,变得无足轻重了。什么"高干子弟"不"高干子弟"的,自己早已过了而立之年,当初在乎的东西,完全没有一点儿意思了。所谓"高干子弟",那只不过是小孩子成长时期的一个精神玩具罢了。如果到了已经当爸爸的岁数还在摆弄这个,那是不是有病?他想,这次如果真的能调回去,那可是梦想成真了。这可不是一般的调动,这叫"特招",转眼蓝布褂子换军装,30岁后从军行,可谓"衣锦还乡"啦。他禁不住对庄延炫耀起来,"你看看,几件好事一齐来啦吧",他掰着手指头数点着:一,是我们有了布伦齐。二,是我终于入党了。三,调回久违的老根据地。四,特招入伍穿上了军装。五,他想了想,想不出来,没了。

庄延笑着说:"怎么没了?有啊,五,你调到军区创作组,干上了自己喜欢的专业,这不是比什么都强么。"

姬书藤一听,拍着脑门说:"真是,怎么把这一条给忘了呢,你补充得好!创作组对我来说,那就是一座圣殿。再没有比这儿更合适于我的地方了。我甚至觉得这个纯属无中生有的机构,好像是专门为我设立的。这就叫五福临门啊,人一辈子能有几次这样的好事哟,真该感恩老天爷有眼。"

庄延说:"一次就够可以了,还几次?"

姬书藤说:"但求地委这次同意放我。"

庄延道:"我觉得问题不大。"

"百灵鸟噢哈……从蓝天飞过,我爱你咦咦咦——中国",姬书藤哼哼唧唧地就这么唱起来。

三十九

其实成志敏已经知道姬书藤要调走的事了，组织部的司马义会告诉他。但是姬书藤自己不说，他就装作不知道，该咋的还咋的，和往常一样。这天一上班，姬书藤才正式把这件事给成志敏说了。

"好事呀，"成志敏说，"咱们这共青团本来也不是能养老的地方，是给党培养干部的。这下子可好了——连军队的也让咱们培养上了。这么个大好事儿，怎么先前也不给我透个风呢？"

姬书藤连忙解释道，这一年多了，一点儿动静都没有，我以为早黄了。要不是司马义告诉我来了商调函，我都不相信还有这事了。

成志敏说，这事儿，少不了是庄延的父亲出了大力吧？

姬书藤说，还真不是。他把这件事的来龙去脉给成志敏说了一遍，最后归结起来，曹禺在大会上的表扬是一个因素，军区正好要成立创作组是一个因素，父亲的同事裴棣推荐是一个因素，裴棣的丈夫吕方明是宣传部长又是一个因素。这几个因素缺一不可，恰好凑齐了，所以才有了这个调函。

"这也是少见的事呢，"成志敏说，"从来都是军队向地方输送转业干部，没见过地方给军队输送专业人才。好，这也是咱们团委的光荣！"

"地委同不同意放还不一定呢……"姬书藤挠头。

"我估摸着这事能成,"成志敏说,"就算是不同意放,你那儿不是还有庄延她爹呢吗?"

"她爹又管不了人家地委书记。"

"管是管不了,但是面子还是得给。"

"能认账?"

"当然认账。"

成志敏语气肯定,姬书藤将信将疑。

正说着,成志敏忽然拍了下脑袋,噢,对了,还有这么个事。北京西城区的团委书记陪着一个新华社的大记者,到喀什来准备采访那个大名远扬的包孜洪十五大队。现在就住在咱地委招待所。这两个人喜欢打乒乓球,人家提出想和地委的人打个友谊赛。我琢磨了一下,地委有什么人?也就你姬书藤还能对付对付,你不是在体委当过两天教练吗,怎么样,下午和人家比试比试?

姬书藤说,行啊,打球谁怕谁,只要他不是国家队的,都可以试试。

成志敏说,你可别小看这两个人,那个团委书记听说当年可是北京大学的冠军呢,那个大记者也厉害着呢,据说有的运动健将都输给他过。

姬书藤一听,噢哟,那我可赢不了人家。

友谊赛,友谊赛嘛,成志敏说,输赢没关系,我多招呼些人来看,热闹热闹。

地委的一个大会议室里摆了一副双鱼乒乓球台,来看热闹的人还真不少,工会、妇联的,共青团的,办公室的、宣传部的，还有几个驾驶员，体委的老吴也来了。

成志敏陪着北京来的那两位客人。西城区的那位团委书记，大概30岁出头，不高不矮，面貌端正。新华社那位大记者40多岁的样子，偏瘦，戴副眼镜，一看是那种经多见广，到哪儿都像在自己家里一样随便自在的人。

成志敏简单介绍了一下，便让工会的一个干部当裁判，然后说："你们两个谁先上？"

大记者说："我先来吧。"说完，从包里掏出他的拍子。

姬书藤一看那拍子，大吃一惊。

那是个板羽球拍，光板无胶皮。长柄被锯掉了大半截，拍边锉掉了半公分，整个儿拍子还是比正常的乒乓球拍大了不少。

他还没遇到过使这种球拍的人，太怪了。首先，这光板不吃任何旋转，旋转在它面前就像机灵鬼碰上了痴呆儿，软硬不吃。其次，它的拍面大，像个挡板，总能把球碰回来。大记者近台快挡，忽左忽右，四两拨千斤，弄得姬书藤应接不暇，上来就弄了个4∶10。

姬书藤心想，怪不得有的运动健将赢不了他呢，这球拍就不合规范。野路子，文人球。打他得想办法，它这个光板拍子没有进攻能力，除了挡得快，别无优势。那好，我以慢制快，高吊轻撩，瞅准机会一记大角度重板致命。

这一招果然灵，大记者立见窘迫，姬书藤轻松拿下两局。

这位大记者也是个性情中人，心里有些不服气，脸上也略有不快。他指着那位团委书记说："你要能打赢他，我才算真佩服你。"

一练球，姬书藤就知道了，这个团委书记是个打球的人，基本功不错，至少在北京的业余体校里练过些年。北京大学的冠军也不是容易得的。两个人一练球就觉得顺手，对路子，都是直拍反胶、左推右攻，也都有反手攻球。好，比赛开始——

比分从一开始就咬得紧，越打越精彩，一个球争夺七八个回合、十几个回合。对方球路娴熟，侧身斜线抢攻，姬书藤直线顶回；对方有次得了绝佳机会，近网出了半高球，扑过去一记重板绝杀，姬书藤已来不及后退，只好近台就势一蹲，顺手打了个回头。这个回头打得太漂亮了，对方也禁不住叫了声"好球！"

这个球一打出去，姬书藤就知道，球魂附体了。他左右开弓，腾挪跳跃，救险攻坚，有如神助。他的拿手好戏一是善打回头，另一个是善打滑板，击球的瞬间忽然暗变方向，使对方猝不及防。第一局他胜了，第二局对方胜了。第三局打到23平，扣人心弦，周围叫好声不断，最后，姬书藤跃起探身把一个近网小球打出一个对方反手的大角度滑板，以25∶23结束。

团委书记说，你赢了。态度倒很平静。

姬书藤忽然说，不是五局三胜吗？还没有过瘾呢，继续打。对方一听，眼睛亮了一下，说那好哇。

打满五局，对方获胜。宾主皆大欢喜。

事后，成志敏对姬书藤此举大加赞赏。友谊赛嘛，就是要促进友谊呢。你把人家全打败了，就显得你能，那不算英雄。见好就收，得理让人，自个儿能行，也别让对方灰溜溜的，这才是真水平、高境界呐。原先也知道你会打乒乓球，没想到你能打这么好，看你打一场球，会对你这个人认识上加深很多。

对了，你不知道，人家那两个北京来的客人，打完球以后也很感慨。那个新华社大记者说，真没有想到，喀什这个地方竟然也是藏龙卧虎，看不出还有这样的高手！

成志敏笑着说，我当时心里想，你是不是还以为我们光会放羊呢？

这场球打完以后，姬书藤在地委机关变得引人注目了，他的个人形象有了相当大的改变。妇联有个年轻女干部就对他说："原来以为你是个文人呢，有点清高，有点孤傲。看了你打球，太帅了，简直就像赵子龙，白马银枪，英气十足！好多人现在崇拜你啦。"

姬书藤谦虚道："过奖过奖，无非是摆弄个鸡蛋大的东西，雕虫小技而已。"其实他也不是故作谦辞，在他心里，从没有把打球看得多重，少年游戏，玩一玩的事罢了。在他看来，一切无法抵达人的精神思想深处的活动，都不值得当作毕生的事业。反倒是别人轻视的这个"文人"，正是他欲求之而不得的。要是一定得从古人中找一位心仪的理想人物，他不会选赵子龙，他倾慕的是苏东坡。12岁以前他崇拜的全是英雄好汉，马超、典韦、孙策，他都爱死了，走路都学（当然是想象中的样子）；20岁以后他开始崇拜那些有独立自由精神的文人，中国的，外国的，这些人成了他生命中不可或缺的养料。这些人才是真正的强者。

"人是靠思想站立着的。"他记不清是谁说的了，但他坚信这句话。人啊，体能不敌熊罴狮虎大猩猩，只因为人类中不断产生那些有思想、能创造的站立者，才使人类高于众兽。

这些精神的站立者，正是文人。

孔子、孟子、老子、庄子、墨子、杨子、孙子、韩非子，这些思想家无疑是文人；竹林七贤，扬州八怪，建安七子，初唐四杰，这些文学艺术家当然是文人；其实那些科学家、教育家所表现出来的特质，往往比文人更文人；古今中外，正是这一类人，推动了沉重而又庞大的人类社会，向前移动，偶尔也有飞跃。可以这么认为：整个人类在各个阶段的关键性进步，总是因为某一个人的苦心经营、百折不挠、灵智洞开而实现的，其余的人，等于零。无数个零在孕育、等待一个一。

一灯可亮千年暗室。一灯，烛火。

总有人要吹灭这灯，因为他要宣称自己是太阳。历史已经多次证明过了，只要有人宣称自己是太阳的时候，一定是最黑暗的时候。

就是这么回事儿，谁心里都清楚。

也有人不清楚或故意不清楚，因为蠢或者私心。难怪郑板桥要说"难得糊涂"呢，心里明明清楚，却硬去装作糊涂，确实很难。难死人啦，不知难死了多少代人！

四十

"你那个调动的事啊，地委已经研究了，我们请示了地委张书记，张书记指示不同意。'我们培养的人才凭什么让他们拿走？'这是张书记的原话。张书记还让我告诉你，只要你留下来，不走了，马上可以下命令，任命你地区文化局副局长。"

组织部副部长司马义说完，两只眼睛盯着姬书藤，观察他的反应。

姬书藤一听,心凉了半截。

他几乎像是喊着说的:"司马义你还不了解我吗?我哪儿是当文化局副局长的料呀!还是让我走吧,我这种人只能干个创作什么的。能不能再给张书记说说?"

司马义耸了耸肩,摊开手,一脸的表情是"爱莫能助"。他说,这个你又不是不知道,张书记说话了,谁还敢再说什么。何况地委对你这么重视,一步到副县了,快赶上你们成书记了。好好干吧,小伙子,不要再想别的啦。

说完,司马义抬起屁股走了,头也不回。

姬书藤垂头丧气,去找成志敏,把司马义刚才的谈话转述了一遍。

成志敏一听,乐了:"好哇!你这个可是黄萝卜涨价啦,一个团委的干事,立马变成文化局的副局长啦,这还不是好事吗?你原来不是说过'这辈子能当个科长、工资过一百就满足了'吗,这还不比科长强多了?看来,人也得有人抬价,货不抢不值钱,人不抢不稀罕。"

姬书藤哭笑不得:"我不想当副局长,咱也不是那块料,我还是想去军区搞创作,写点子你说的'破诗烂小说'。张书记也不知是咋想的,留我这么个人有啥用么。"

"张书记是个老革命,"成志敏侃侃而谈,"五几年就已经是塔城地委书记了,后来当农业厅长,现在又到喀什来当书记。王走了,张来了,我估计你可能还没见过张书记的面吧?"姬书藤说"没见过"。"那是个好人,习仲勋任西北局书记的时候,给新疆调来一大批干部,吕剑人、武开章、辛兰亭、杨和亭、张凤岐、刘奋生、刘子谟等等一大批长期做地方工作的老同志，张书记就是那时候来新疆的。"

"以咱们张书记的资历、能力，早该是省一级干部了，这不，光地委书记干了二十多年。"成志敏可能联想到了自己的下一步，有些物伤其类。他说："啥叫公平啊？说是德才，其实跟对了人比德才更重要多了。说是大家来自五湖四海，都是为党工作的，其实党是抽象的，具体的人才是党。你给他卖了力、出了好点子，他才能让你得好。"

"成书记，"姬书藤打断成志敏的话，说道："你说的这些都对，问题是离我太远了不是？你现在也帮我出出点子，咋样才能让咱们伟大的张书记同意放我走？"

成志敏转了转眼珠，故作深沉地想了想，沉吟片刻，说了："点子也不是没有，事情也不是没有可能办成。事儿都是人办的么，天下不是无难事么，正式的组织渠道办不成，可以走别的渠道呀。"

"别的渠道？哪儿有？"姬书藤问。

这个事儿呀，我只能点到为止，你还是回家和你媳妇儿庄延慢慢商量去吧。你那个当参谋长的老丈人，该出面了。

姬书藤说，谁知道人家张书记买不买账。

成志敏说，你不试怎么知道？

好吧，试试就试试，一锤子买卖，成就成，不成就去当副局长算他娘的了。

姬书藤回了家，和庄延商量起这事。庄延说我爸不在家呀，他和洪雁到广州疗养去了，半个月以后才能回来呢。她想了一下，这样吧，我给我爸打个电话，问问他咋办。姬书藤说，行。

庄延跑到办公室去打完电话回来，告诉姬书藤说，我爸说他支持你到军区搞创作，他让你以他的名义给张书记写封信，说明他的态度，估计张书记会考虑的。

你爸和张书记关系怎么样？熟不熟？

我哪知道？肯定一起开过会吧。庄延说，你不是能写吗，赶紧去给张书记写信去吧，别写成你自己的口气，按我爸的口气写。

好好好，行行行。姬书藤说，你忘了那年独立连的司务长小邹，看上了十二医院的护士长小马，给人家写了一封五页纸的求爱信让我修改，我给改成了半页纸，寄出去，果然成了。不过他答应的一条牡丹烟，到现在连影儿也不见。

知道知道，庄延说别吹了，你还是写信去吧。

姬书藤没想到这信还不好写，身份、口气、彼此的关系，都不好把握。毕竟是两代人，地位悬殊，心态语言各异，深了不是，浅了不是，一下难住了。亏是写了几年材料，这时候才发现，官方语言八股文章派上了用场。这种文字，看着含混圆融，其实意思都藏在里面；不会看的，看到的全是空话，会看的，一看就明白是什么意思。张书记既然是久经历练的老干部，庄元兴也是老红军，那好吧，就用他们熟悉的这一套写。信不宜长，一页半稿纸即可，简洁、客气，商量的态度，自己的意思又要明确。姬书藤这么想好了，一挥而就。

写完给庄延看了，她觉得可以。姬书藤又重抄了一遍，故意把字迹写得歪歪扭扭。粗放一些，笨拙一点，他谓之"仿老干部体"。他对庄延说："你爸爸就上了个高小，所以字不能写太漂亮了。太漂亮就露馅了。"

庄延白了他一眼，没说什么。

信写了，也寄了，剩下的就听天由命了。

姬书藤点了一支烟，是他平时舍不得抽的中华烟。他想借中华烟的祥云瑞气，给这封决定自己人生命运的信，添些福气和运气。烟是每次去庄延家的时候，洪雁总会从庄元兴卧室的壁柜里摸摸索索地拿出来一包，然后迈着她悄无声息的流水步子走过来，好像打赏似的递给姬书藤。想到这儿，姬书藤顺口对庄延说了一句："你们家的日本娘儿们抠得很，给个烟吧，一包一包的给。"

庄延撇了撇嘴说，她能主动给你拿烟，已经是格外开恩啦。抠了一辈子了。

姬书藤问："她为啥对我格外开恩？"

还不是因为你长得漂亮吗，可能她觉得你以后说不定会有点出息，先给点小恩小惠，拉拢一下呢。不过你别说，她挺会看人。

姬书藤又问："你说我这个人抠不抠？"

庄延说，你吗，小抠大不抠，抠物不抠钱，抠吃不抠穿，抠己不抠人。还行吧，不算小气。不像有些人，抠人不抠己，抠男不抠女，抠老不抠小，抠下不抠上。

姬书藤一听，咦，想不到我们庄延还有一套啊？你这一番抠论是从哪儿看来的？相当有水平咧！

从哪儿看来的？自己总结出来的。你去给我找找，哪本书上有？我给你讲，这方面的人和事听得见得多了。我爸他们那儿有个副政委，勤务兵炒菜不许多放油，这还好说，俭省，抠己；饭菜做好了，他们两口子吃，勤务兵不许上桌，吃昨天的剩饭。还有一家，雇的保姆不许洗澡，也不许用热水洗脚，为的是省电省水。人家都是挺有身份的样子，谁能想到他们这么抠门？所以不奇怪，我们家那位也抠。

姬书藤说，看来抠也是富贵人家的一个小特点，人稍微富贵一点了，警惕性就变得特别高，唯恐别人占他便宜。反倒是那些贫贱之人，有肉同吃，有酒同喝，彼此之间，不分你我。俗话说"贫不学俭，卑不学恭"，有道理，反过来不就是"富则俭啬，贵则谦恭"了吗？显富是因为心穷，装贵是因为志短。

庄延说，差不多是这么回事吧。

"你爸爸算不算是个富贵的人？"姬书藤开玩笑道。

庄延说，他原来是个穷孩子，是李家的，那年闹饥荒，没办法活了，卖给了庄家，换了几斗米。庄家是富农，没孩子，供他上了几年学，红军一来，他就跑去参军了。长征到了陕北，他找的我妈；后来全国解放了，他又找了现在这个。我爸算不上富贵，他有一点官气，没有贵气。富就更谈不上，工资高点，家里的摆设都是公家配的，哪有自己的？说到底还是个无产阶级不是吗。

姬书藤听她这么说，不由得心中赞赏。这老婆是找对了，心灵如此大气，一点虚荣浮夸也存不住，难得呢。她对富贵名利看得这么开，肯定不是家庭教育的结果，更不像是学校和社会的影响，只能是本性。还有一个因素，那就是父母离婚带来的消极阴影。一个坏事，就这么无形中酿造出了一个好品质，也算坏事可以变好事吧。不然，庄延还不定是什么样呢。正是因为这种人品，姬书藤从心底里接受她，视之为可爱。谁说可爱仅仅是外貌和肉体呢？不完全是，在这之外，如果没有更深的可爱，最终只是动物性的，没法持久。

四十一

州公安局局长柳司理这两年渐渐养成了一个习惯，每逢周末，也就是星期天，他都要去天南浴池舒舒服服泡个澡。天南浴池是阿图什城里唯一有点儿样子的浴池，有天然温泉，有搓背师傅，还有专门为领导准备的单间卧榻。

阿图什虽然是一座历史名城，但是城区的格局并不大，城市人口不足两万，整个城市比乌鲁木齐的一个大点儿的单位大不了多少。好像走不了几步就到了城外了，城外除了一条公路伸向铁灰夹着褐红的荒山野岭，什么风景也没有，偶有孤树垂头丧气地支撑着几只黑乌鸦，一片凄凉，寸草不生。在这种地方，天南浴池就成了隔开荒凉的天堂。

柳司理脱了一层又一层厚重的衣服，露出他肥壮的身躯。他皮肤黝黑，骨骼粗大，身高一米八二，体重九十八公斤，走路有些摇晃，看起来有些笨拙，像一只熊。其实他真的和熊很像，熊外表憨笨，其实很聪明也很灵活。柳司理也是，他看起来有些憨笨的外相天然地成了他内在聪明灵活的保护色。他憨厚，他看起来不够精明，使人放心，容易产生信赖；使对手放松警惕，容易忽略其竞争力。结果，七八年时间里，他悄无声息地成了全州最年轻的正县级干部。

柳司理半躺在41度的温泉池里,像一只河马那么舒服自在。他微闭着眼睛,体味着一池略带硫黄味儿的地热之水渐渐渗入肌肤、按摩骨头的滋味,好像平日所有的辛劳、奔波、操心费神都在这一刻被涤荡得无影无踪了。

他偶尔睁开眼,看着伴随每一次呼吸,胸部和腹部的起伏推到了水面,引起一些小小的波动。他感到自己身躯的强大壮硕,进而觉得拥有这样强大的体魄,取得现在这种地位也是理所当然的。在阿图什,没有人知道他过去的外号,都称呼"柳局长",连柳司理这个名字也几乎听不到了。他在不知不觉中摆脱了姬书藤给他起的"哈皮",这个外号曾经像影子一样跟随了他好些年,连他自己都习惯了,似乎"哈皮"比柳司理更像他的名字。就好比柳司理是他的头,可是头上总是有一顶帽子,他一个时期戴着叫"哈皮"的帽子,又一个时期戴上了叫"柳局长"的帽子,正经的脑袋反而没人叫了。这时,他想到了姬书藤,刚进大学的头两年,自己确实有些崇拜他,球打得好,诗写得好,文武全才,人又帅气。现在工作这么些年了,自己已经当上了公安局长,统辖了数百干警,姬书藤还是个小干事。事实证明,学校那个场子上的本事不算数,是骡子是马还得在社会的大台台上蹓跶蹓跶才能显出高低。

"姬书藤啊姬书藤,咱们哥俩一路走来,失魂落魄,绝地求生。那些分配到乌鲁木齐好单位的同学谁还把咱们俩放在眼里?现在怎么样,有哪个比我哈皮更行呢?现在该你们崇拜我啦!"柳司理心里这么想着,口中也忍不住喃喃自语起来。过一会儿,他干脆唱起歌来,心情舒畅,歌声洪亮。他唱的是歌剧《洪湖赤卫队》里刘闯唱的那一段——"这一仗呀,打得真漂亮呀啊，好比那猛虎下山岗……"

柳司理这么反复唱了几遍，不唱了。

他泡好了，仍然像河马那样从水池里站起来，搅得水池哗哗哗一阵响动翻腾。他浑身湿淋淋地回头一看，妈的，水怎么好像少了一半？难道都让我划拉走啦？他这么想着，便一摇一晃地走过去搓背。他对这地方很熟悉，便躺在木榻上，等人来搓。

他看到一个人向他走过来，右臂上搭着一条白毛巾。他忽然感到和平常有种异样，气氛，味道，来人的眼神，都不太一样。他一边想一边坐起来问："你是谁？我怎么没见过你？"

来人不答话，疾步上前，搭着白毛巾的右臂朝他肚子上捅过来。

柳司理本能地一把抓住。

他手上一阵剧痛。白毛巾下面遮盖着一把宰羊刀，异常锋利，直取柳司理的腹部。第一刀捅过来，被柳司理一把攥住，连毛巾带刀，死死抓住。血溅出来，白毛巾顷刻染红。刀尖离柳司理的肚子只在分寸之间，捅不过去。

来人猛抽刀，毛巾落地，血光闪射。

柳司理"啊"地大叫一声，手上血肉翻开，可见白骨。

来人抽刀再刺，刀刺入腹部。拔出，再一刀。然后匆忙逃走。

澡堂大乱，血流满地。

一个搓澡工认识他，失声惊问："这不是柳局长吗？"

"是我。"柳司理闷声哼出一句。

后面的事他就什么也不知道了。

搓澡工和几个黑眼睛的柯尔克孜族汉子把柳司理背到州医院抢救。澡堂经理吓坏了,像个没头苍蝇,原地乱跑,不知该干什么。出了大事了,公安局柳局长被刺!

医院急救室电话打到公安局,公安局立即报告州委,州委书记指示:急救后由医院派人陪护立即送喀什抢救。公安局全力以赴,三天之内必须捉拿凶犯破案。

姬书藤得知这个消息已经是第三天了,他和庄延赶到喀什人民医院,孙紫荆正站在床边上发呆,柳司理躺在床上仍处于昏迷状态。一见他俩,孙紫荆忍不住又哭起来,庄延拉住她的手。

姬书藤站在床边,看着哈皮。这张熟悉的黑红脸,变得蜡黄。他已经不像一个活人,而像盖着白被子的蜡像。

姬书藤看了一会儿,无话可说。三天了,哈皮还没有恢复知觉,伤得够重。是死是活,还很难说。真是横祸从天而降,那么壮的人,也经不住一把刀。哈皮呀,你不是福将吗,林场伐木那么多原木从你头顶上滚过去,你趴在一个坑里都没把你砸死,这两刀算什么呀,上天保佑,别死……咱们俩的缘分还没完,路还长着呢,你死个什么呢!

完后他走过去问孙紫荆,她也是学医的,医生说伤势怎么样?能救过来吧?

孙紫荆说,伤势很重,其中一刀戳在肝的位置。医生说好在没有伤到肝,他的肝躲闪了一下,不然早死了。失血也多,把澡堂都染红了……说着孙紫荆又哭起来。

庄延说,紫荆你也要注意休息,守了三天了,没睡过一个安稳觉,今天晚上我来替你。孙紫荆说,不用了,州医院来了几个陪护的人。

姬书藤和庄延从医院回到家里。姬书藤一直纳闷，好端端的一个公安局长，怎么会平白无故地在澡堂被人捅了刀子？到底是怎么回事？这可是建国以来很罕见的案子呢，咋就让我们哈皮碰上了呢？

庄延说，你不知道，搞公安工作的人，容易结仇，这是个得罪人的工作。犯罪分子都是人里面的虎狼，亡命之徒，你擒不住它，它就伤你性命。

姬书藤问庄延，你看我们哈皮这次能不能挺过去？

庄延说，我觉得他死不了，他命大，身体又强壮，应该能活过来。说不定再去看他，他就能认出你了。

"老天爷啊，"姬书藤感慨道，"你说人活这一辈子怎么这么难啊？生之前没有把你打胎、流产，算你命大；生下来没有让你痴呆、聋哑、心脏先天性发育不全，算你幸运；小时候那么多病排队等着你，猩红热、百日咳、小儿麻痹症……，多啦，都让你躲过去，算你机灵；长大点儿了，自然灾害没饿死，上山下乡没累死，'文化大革命'没打死，算你厉害；但你防不住地震震死你，洪水淹死你，汽车撞死你，大风把树刮断掉下来砸死你！死神提着一把破镰刀成天价没时没刻地瞎转悠，不吃不喝不睡觉，比蚂蚁还勤快，比乌鸦还臊腥，到处找茬，无事生非，勾魂索命，它倒是从来没喊过累！"

人活着能不恐惧吗？

你就是睡着了，也有噩梦。

还不如，死了好。一了百了。

再不用恐惧，再不用忧虑，再不用担惊受怕，再不用操心烦恼。只不过哈皮呀,现在死是不是稍微有点儿太早?咱们才30岁出头,志未酬,心渐老。这个世界的万花筒,已经看厌了。别看它花样多,转一下一个图案,一个图案一个情调,真让人眼花缭乱,心比天高。其实里头就是装了些碎玻璃片,一晃一摇,就成了江山如此多娇!

说完,姬书藤出了一口长气。

庄延说,你这是典型的历史虚无主义。

姬书藤笑道,你以为历史是真实的吗?人家鲁迅不是早就说了吗,在历史那个陈年流水簿子里,他看了半夜,从字缝里看出两个字,吃人。这可是鲁迅说的,不是我说的,鲁迅比我虚无一百倍。

为什么我们这个历史悠久,勤劳智慧的民族,几千年跳不出封建社会恶性循环的怪圈?为什么文艺复兴不是产生在中国、资本主义不是产生于明代?为什么四大发明之后再也发明不出任何名堂?

屈原有《天问》,今人为什么不敢再接着发《地问》《人问》?

社会欲进步,民族要发展,没有每个个人的活力是万万不行的。活力和稳定,本身就是一对矛盾,处理得恰当才是真正的政治家,不然,只能是统治者。

庄延摆了摆手:"行了行了,不听你唠叨了,我困了。"

四十二

七十年代的最后几年，中国这艘大船正在浩茫无边的大海上费力地转弯。这个弯转得非常艰难，它不仅要消解掉几十年形成的强大惯性，还要独自寻找、摸索新的航向。船上载着十几亿人，七嘴八舌各有主张，掌管着这艘巨轮各个岗位的船员也都各怀心思。转一个这么大的弯是前所未有的，也是非常危险的，转不好，触礁、遇险、风暴、沉船，一个民族将成为碎片。

谁能驾驭得了它？

谁能让这艘船驶出风暴的漩涡，找到充满希望的航向？

天降斯人必应是一个巨人，长发迎风，飘飘如旗，膂力非凡，形如夸父。其弃杖，化为邓林。结果，恰恰相反，那个矮个子的船长，心里早有定数。他几经沉浮，惯于风波浪中行。历史既然选择了他，他就要毫不客气地去创造历史。

现在，眼前这个躺在病床上的柳司理，已经脱离危险期了，睁开了他的一双小眼睛，认出了姬书藤。哈皮这时候完全不像什么公安局长，倒是很像一个刚刚生完孩子的产妇，脸上一副凄凉无助、让人同情的表情。医生不让他说话，他看起来又像个哑巴，只能用眼睛睁一下闭一下和人对话。

"你现在看起来可怜尿子的。"姬书藤说。

哈皮闭了一下眼，好像叹了一口气。

"你小子确实命大,这回可是把人吓坏了。"

哈皮的胖脸上有一条肉动了一下。

"好好养伤,早点儿康复,大难不死,必有后福!"姬书藤临走给他扔下这么几句。

哈皮的厚嘴唇翕动了一下,没有声音。

实际上,这是姬书藤的告别。他没有告诉哈皮自己很快就要调走了,给孙紫荆也没讲。这个时候讲会让哈皮伤感,两个人一路同行来到这个南疆,现在他重伤住院,你却扔下他远走高飞,心中颇有不忍,这个还是不能告诉他。前几天司马义已经正式通知姬书藤了,张书记同意了,可以办手续了。司马义当时颇有几分无奈地说:"还是你的本事大,让张书记改口了。"姬书藤心里当然清楚,是那封信起的作用。他们之间,有话好说,有事好商量;我们和他们,隔着一辈,差着太多级,根本没有对话的资格。

一件大事终于办妥了,姬书藤心里一块悬了八年的石头终于落地了。回头一想,还是成志敏出的主意高明。他要是想让你好,能帮到点子上;同样,他要是想害你,准能让你日子不好过。前提是,你得忠于他。鞍前马后,跑腿办事,并不能放在他眼里,那不算什么,谁都行;他真正看重、欣赏的人,还是能够在思想上和他交流、碰撞,在精神层面上给他带来新鲜刺激的那种。就像他常说的"庸才哪都有,奇才才是宝"。说到底,成志敏毕竟是人大学满四年的正牌大学生,他虽然有农民式的狡黠,同时也有知识分子的思维特征。

这几年在成志敏手下工作,姬书藤一方面从成志敏那儿学到了几招,另一方面也觉得受约束,自己的东西展不开,空间越来越小。现在终于可以摆脱这种令他厌倦的机关生活了,他庆幸和成志敏的这种关系也该结束了。他想,友谊这种东西,其实是最不可靠的啦,还有什么缘分、交情、老乡、同学,都不过是人生某一特定时期的需要罢了,值不得那么大肆鼓吹。

谁跟谁就是命定的一辈子的朋友呢?友情就像衣服,是随着季节和环境的变化更换的,所以抛弃过时的衣服才是非常正常的事。兄弟姐妹不能抛弃,那是因为有神秘的血缘联系着;正常的夫妻不能抛弃,那是因为在血缘之上还有更加密切的关系。可是人们恰恰对兄弟失和、夫妻反目不以为然,却对抛弃旧友十分痛恨,以为不义。

刘玄德那个王八蛋,从血染战袍的赵子龙手里接过阿斗,忽然一甩手扔在地上,"为这小子险些折我一员大将!"随后又说出一句名言:"妻子如衣服,兄弟如手足。"这不是明摆着骗人家赵子龙的鬼话么?阿斗再蠢也是刘禅当皇帝,赵子龙再神勇也是当一辈子卖命出力的马前卒。

所谓友谊,说白了就是人在社会关系中的可利用资源。揭穿友谊的面纱就等于在自毁资源,所以没人敢否认友谊。

想到这儿,姬书藤心里一阵轻松。

再见吧,喀什噶尔和吐曼河以及乌斯唐布依街;再见吧,深不可测的地委大院和智谋多端的成志敏;再见吧,唱牡丹汗的年轻人和深夜唱黑眼睛的醉汉;我欲乘风归去,旋抹红妆看使君;东望山阴何处是,重过闾门万事非。他满脑子都装着古代赴京赶考秀才的心思,一遍一遍地幻想着即将面临的崭新生活,对即将离开的喀什噶尔没有丝毫留恋。

若问:为什么这么寡情?

答曰：这儿本来就不是我的地方。

一个人，18岁以前生长在什么地方，那地方就会成为他永远的故乡。人可以不断变换居地，可是人的记忆不喜欢迁徙，它像蛇一样盘踞在从前的地盘上不肯离去。还有，父母在的地方，才是你的家，那里具有不可抗拒的引力，它就是你的"祖国"。你以为祖国是什么？祖国就是这么来的——父母之邦。

姬书藤的父母之邦在天山北麓，一座天山分出南北，把这片远离海洋的广袤大陆划得阴阳分明。北疆为阴面，森林草原，河流蜿蜒，天山的每一条沟壑都像是一座伊甸园。南疆为阳面，山势嶙峋，黄沙千里，只有雪水融化的河流养育一片片绿洲。

北疆冷，南疆热。北疆雨雪，南疆干燥。北疆人白皙，南疆人黧黑。北疆人瞧不起南疆人，说"南疆那个地方太干燥得很"；南疆人也很不服气，说"我们才是正宗的维吾尔人，他们说话听起来太可笑得很"。北疆人嘲笑南疆人，说"他们看见天上下了一点点雨，奇怪得很，天上怎么会掉水呢？想不通。哈哈哈哈！"南疆人没办法，只好说"他们做的那叫啥抓饭么？太难吃得很！"

伊犁人是典型的北疆人，他们的日子过得好，家家门前有小桥流水，屋后有果园。地里的活随便种一下就等着大丰收了，地肥得很，雨水也多。剩下的时间就是唱歌、喝酒，大家一起高兴。伊犁人说："南疆人嘛，固执得很，啥也没见过，眼睛嘛还没有睁开，所以保守得很。好多人一辈子没到过乌鲁木齐，上个电梯吗害怕得很，歪江！这是啥东西吗？尖叫呢。"

和田喀什人是标准的南疆人，他们的自然环境比不上伊犁，但是地域的自豪感和对家乡的热爱，一点不比伊犁人差。和田喀什人说:"北疆人吗,没有多少自己的文化,伊犁、塔城的那些人已经太俄罗斯啦。那些人轻浮得很,一群人聚集在街上,讲笑话,不断地爆发出一阵哄笑,像一群山羊叫一样的怪笑,太轻浮得很。他们哪里见过我们麦盖提人的刀郎麦西来甫?那不是跳舞,那是向沙漠示威!"

这就是天山,你说厉害不厉害。

它一下子伸出去一千六百公里,而且是山脉众神中容易亲近人间的一位。天清气朗的时候,飞机临窗可以贴近望见博格达峰的面容,云丝雪线,半空处横亘着一脉凝重而有质感的蓝色烟雾。海拔五千多米的博格达峰是众神中的小弟弟,也是天山之父派遣来观察守望乌鲁木齐的少年王子,它蓝袍镶金,白帽抹红,英俊伟岸,不可一世。的确是天颜啊,那是神的面容神的脸,永不融化的、干爽洁净的冰雪从它的头顶倾泻纷披而下,如银的冠冕或头盔,也如白发三千丈直落胸腰之际。

它的鼻梁果然是高峻的,眼窝果然是深陷的,而嘴总是紧闭着掩藏在浓须之下,一言不发。最伟大者,乃是它的额头,晶莹闪亮的白岩石,一片高处的坦阔,是智慧的额,是勇士的顶,那是智者之相与王者之相的完美结合。一个人平生只要有一次得窥天颜的机会,就会终生铭记这种伟大的容貌,再也不会被人间的俗脸所征服。

姬书藤低声说了一句:"乌鲁木齐,我回来了。"

说完,鼻子一酸,险些泪下。当他走出机舱,站在舷梯上的刹那,丽日蓝天,阳光白云,带着熟悉的气味猛然扑过来,搞得他晃了一下,站立不稳。他仿佛从现实中一步踏进了久违的梦境,难道……这是真的吗?从天山的一侧回到它的另一侧,用了整整八年的时光。那边结束了,这边刚刚开始。等待他的工作环境,将会是什么样的呢?

这时他低头看见舷梯下立着他弟弟,姬书岩开着一辆借来的北京吉普来接他。上了车,姬书岩的头一句话就说:"哥,我咋看你站在舷梯上的样子像做梦一样。"

"一场大梦,做了八年。"姬书藤说。

四十三

哈皮耷拉着眼皮躺在病床上,偶尔抬起眼望一下天花板,然后半闭着眼睛假寐。他一会儿好像睡着了,甚至打起呼噜;一会儿好像醒着,觉得自己从来没有睡着。其实他的心一直醒着,像雷达一样搜寻着记忆屏幕上各种可疑的信号。

实际上他很快就搜寻到了,凭着直觉他就追踪到了几年前的那次搜捕行动。当时,城区边上的一个储蓄所发生了抢劫杀人案,大白天,捅死一人,重伤一人,抢走两万元现金。他当时是主管侦破此案的副局长,带了几个人,最终把凶手堵在他的农家小院里。那小子穷凶极恶,抄了把斧头,砍伤了一名干警,困兽犹斗。

"把斧子扔了!"哈皮喝令道,同时举起手枪,指着那人:"我数到三,不扔就开枪!"

那人不扔,提着斧子,目露寒光。

他右臂刚一上提,枪响了。

哈皮看着他一声没吭，扑倒在地。

这个人小名叫二的，嗜赌成性，平日靠宰羊为生。他有个哥哥叫大的，这个不赌，经常斗殴，抄起什么都敢朝人头上砸。那天哈皮开枪击毙二的时候，大的在屋里从窗户上看着的。

他认下哈皮了，几年后报仇来了。

哈皮心里清楚，你别以为杀人越货的一定是身高体壮、满脸络腮胡子那种，倒真不是，那种人有力无胆。越是看起来强壮的大汉胆儿越小，有贼胆敢下狠手的往往瘦小。干巴人儿，平素蔫里吧唧，眼睛里有精光，骨头里有狠劲儿。

大的和二的兄弟俩，就是这种人，精瘦、小个儿，下手快准狠。

柳司理躺在医院病床上，就把这案子给破了。他想，肯定是这个王八蛋，除了他还能有谁呢？他想不出来。结果还真是这样，半个月后把窜逃到甘肃武威的那小子抓捕归案，他一听说柳司理没死，快出院了，竟然嚎啕大哭，一屁股瘫坐在地上起不来了："哎哟哟咋整的呢吗，咋就莫有捅死呢，哇（我）几几（弟弟）那不背（白）死了吗……"

哈皮是个命大的人，他命不该绝。虽然这次被捅了两刀，经过一段时间的救治，恢复得不错，除了肚子上留下两个伤疤，一个稍大，一个稍小一点，就像那一对被枪毙了的兄弟从这儿钻进了他的身体，留下了两个永远被封死的出口。他俩出不来了，没门了。但是哈皮每次看见这两个难看的伤疤，心里都别扭一下，总觉得那两个鬼不知还会在里面搞什么名堂。而且，他每次洗澡都会觉得旁边有人，满头满脸流淌肥皂沫儿，他不敢闭眼睛。一闭眼，就看见有人站在对面。他没有想到杀了一个人会对自己的心理造成这么大的影响,长久不散的阴影时不时就会袭来。他冤屈地在心里喊着:"他可是坏人啊,真正的抢劫杀人犯啊!"难道不该杀吗?他问自己,想来想去,他想不出任何不该杀的理由。但他确实杀了一个人,很简单,平举右臂,扣动扳机,"砰!"——那个本来站着的人,倒下了。他看着那个瘦狼一样的家伙眼睛里的寒光,瞬间就熄灭了。

那把斧头扔在地上,上面有血。

哈皮后来想,自己当了一辈子警察,真是鬼使神差。他原以为可能会当一个宣传部长,县的宣传部长,州的宣传部长,都应该可以;没想到当了公安局长,更没想到最后当了公安厅长。三十多年之后,有一次他请姬书藤吃饭,饭后出来,两人相互谦让,让对方的车先走。姬书藤的司机不敢先走,哈皮说:"我就不信,我这个新疆最大的警察,还指挥不动这台车了。"这时候的哈皮已经指挥着全疆七八万警察,还身兼武警的第一书记,一手握着枪杆子,另一只手攥着刀把子,成了整个公安系统的掌门人。"大难不死,必有后福",姬书藤没说错。

权势已达极盛,心态自非当初。

有一次在一个小范围的酒桌上,哈皮三杯酒落肚,忍不住口吐真言:"嗨,要说我这辈子的历史功绩嘛,大不了也就是相当于霍去病。"

姬书藤听了,嘴上没说什么,这种话用不着辩论。霍去病是什么人,你柳司理是什么人,再过一万年也拿不到一块说。一座奇峰和一块土坷垃,能有什么可类比的呢?姬书藤除了惊奇哈皮的这种无知的自我判断,倒并没有生气。他想,看来权势对一个人判断能力的扭曲,和作品对作者的扭曲一样,都会和真实相去甚远。这两者都会给当事人眼前造出一幅海市蜃楼，逼真到你无法不相信它是真的。其实却是，什么也没有。

这就像父母对自己的孩子一样，永远无法客观。如果有一种父母看待自己的孩子比外人还清醒，那一定是很了不起的父母。

所以，哈皮这种对自己的高估一点儿也不奇怪，一个成年累月被前呼后拥的人，顺耳的话听多了，献媚的表演见多了，渐渐习以为常，明知是假的也完全当真了。谁能真正搞懂自己呢？人总是被生活的潮流裹挟，要生存就有欲望，有欲望就得服从，这是任何活人无法超脱的事。有多少人知道自己究竟想要什么？又有谁能真正搞懂自己呢？

姬书藤想，哈皮固然自比霍去病显得愚蠢可笑，那么自己呢？自己不是也常存着想让那些破诗烂小说"藏之名山，传之后世"的妄念么？一样的愚蠢可笑。

姬书藤那天在日记里这样写道：

> 一个婴儿来到这世界，
> 他本来是一滴露珠儿
> 后来变成一盆脏水；
> 他本来相信爱情
> 后来蒐集女人；
> 他本来富有同情心
> 后来心硬得像石头；
> 总之，他刚生下来是只羞怯的兔子
> 后来变成了一只狂妄的狼。

这能怪谁呢？谁也怪不着。我们生活在这个社会的大染缸里，谁能"出淤泥而不染"呢？几十年都在阶级斗争这根弦上绷着，谎言弥漫，真相沉埋；人和人互相警惕，动辄撕咬；连美都成了罪过，成了过街的老鼠；自从盘古开天地，未见人间有过如此荒唐。

他老人家不这么看，他高瞻远瞩，豪情满怀，竟能从一片濒临崩溃的瓦砾堆上，看到"遍地英雄下夕烟"。他的眼睛里看到的永远是"形势一片大好"。难道就没有不好的时候？

他那个死老婆，是个集天下所有的女人的缺点于一身的贱货，四处招摇，装腔作势。"庆父不死，鲁难未已"，她比庆父可恶百倍。山东何辜，生此妖巫。

现在，这一页历史血迹斑斑、罪恶累累，终于熬过去了。

矮个子船长啊，你将给我们带来什么？

神走了，人来了。"万岁"变成了"你好"。

铁笼子打开了，新鲜空气进来了。

所有的票证取消了，可以吃饱肚子了。

这时候，我们是不是就像奥斯威辛集中营里那些侥幸活过来的犹太人？面色惨白，骨瘦如柴，互相搀扶着，走出那个漫长的噩梦……？是谁搭救了我们？

搭救我们的不是苏联红军，也不是艾森豪威尔手下的美国大兵，而是这位矮个子的船长。正是他，拯救了整整一个国家的难民。这是个全世界人口最多的国家。

仅凭这个，历史会永远记住他。

从肉体到精神的双重难民——全国那么多的五七干校，全是难民营，也是政治斗争的俘虏营；几千万知识青年上山下乡，那不仅是难民，还是流民，是一幅人间罕见的流民图。

谁把我们这一代人变成这个鬼样子的？

你只要看到这一代人的那些破碎的面孔，疲惫无聊的表情，愚蠢而又哈欠连天的嘴脸，喋喋不休却又毫无意思的语言垃圾，你就会明白，从前他们曾经受到过怎样的蹂躏。今天你要是看到他们不停地像马一样放屁，你也许会原谅他们的，他们只剩下了皮囊，空洞的、乏味的皮囊，那里面装满了比豪言壮语更可笑的臭屁。他们始终都还保持着过去那种关注现实的习惯，对许多事物跃跃欲试不甘落后，不知老之将至。似乎过去岁月的犁铧并未触动过他们什么，只是浅浅地在额头和眼角划出一些沟纹而已。他们一般来说都喜欢回忆往事、有一种回忆录式的心态，也有一些甜蜜的伤感和忆苦思甜的满足，自艾自怜的兴趣有增无减，但是没有什么人理解自己的经历。

四十四

这条街就是东后街。现在他又回来啦，他在这条街上走着的时候，街道是无言的，它不会说话，没有表情，不会因为久别重逢而对你格外怎样。它像一艘旧船的甲板——一半沉没在岁月的水里还有一半暴露在今日的阳光下，陈旧，有点倾斜，走上去凹凸不平，它像一艘船的残骸那样，陈示着无奈和认命的意味儿。

这时候正是秋天，秋天作为万物的刑官，正以它的肃杀之凛斩伐着多余的生命，并使之露出本相。深秋的太阳要比初春的太阳显得温暖许多，然而在它的抚照下，树叶纷纷落地，那种无法抗拒的衰败与坠落在时序中弥漫。它揭开了什么，又告知了什么，但没有说话。

他就在这样的一种时候，在这样一条僻静小街上走着，他走得面目全非，满心都是皱纹。一片一片的落叶在地下躺着，还很干净，好像还活着，等着人的脚踩上去，然后发出一些呻吟。这些落叶看上去似曾相识，其实完全陌生；它们像是和你毫无关系，也像是和你早有密约。这些落叶正像你写过的一篇一篇稿纸，当初饱承心力，而今散落街头。

没有一个人会拾起它们，连你自己也懒得弯腰，你只是多看了它们一眼，看的刹那，你感到满嘴苦涩，你不得不承认，它们不是粮食，只是树叶。你为什么长成了这样一棵抛散落叶的树呢？为什么没有长成一棵抛散传单、钱币、花朵等等东西的树呢，这里面的原因你不是很清楚。你只是清楚你没有跳出这条街道的手掌，你远行千里，它原地不动，你以为跳了很远，结果一落地还在上面。

你终于明白，一条街道往往有时候不仅仅是一条街道，它就是命运。命运这个神秘的东西并不是空洞的词或概念，它时隐时现，若在若无，好像难以捉摸，其实它可能就隐形在一条街道、一处庭院，或者是一些很具体的物件上。它很有耐性，一直等在那里，等你恍然大悟。你十年悟不出来，没关系，它等着；你二十年悟不出来，也没关系，它还等着；你到死都没有悟出来，还是没关系，它仍然在那里等着，等着总有人悟出来。

　　命运就是命的运，那是你独有的，别人无法重复的，一生只能拥有一次的。无论迁徙、远行、磨难、沉浮，还是挫折、失败、痛苦和欢欣，它都是你的，和你的生命一样属于你，谁能拒绝它呢？它要是沉重的，你就扛起它走；它要是轻快的，你就像骑马那样骑着它走。看起来人和人的命运大同小异，千篇一律，实际上却是没有任何一个完全相同的，这才是命运这家伙安排出来的奇迹！所有的人活着无非都是吃饭、睡觉、屙屎、撒尿，活够没活够，最后都会死掉——太千篇一律了，从古到今，无一例外。只因为有了命运的安排，每个人的一生才是独一无二的。

　　他一个人在街上走着，脑子里回味着前几天去老满城看望屈铭的情景。他当时轻轻敲响屈铭家的门，看到这个独门小院里摆满了花盆，花叶长势良好，显出了被料理的仔细，也间接地反映了料理者的情态。

　　屈铭开了门，既不特别惊讶，也不过分热情，同时也没有一丝责怪，好像都很正常，或迟或早，都在预料之中。他们坐下来，慢慢地相互试探着，彼此都有了一种谨慎和重新审视的意味。这时候的屈铭经过上访，历史的错案得到平反，恢复名誉，恢复原有的级别和待遇，住进了位于老满城的这个红军院。两层小楼，独门独院，养花种菜，安享晚年。他漂泊挣扎了半辈子，终于回到了建国初期。他还是关注着文学，在他楼上的书房里，书还是很多，有很早出版的发黄的版本，也有最近出版的几种系列丛书，他仍然关注着这些东西。

　　在一沓放在案几上经常翻阅的书当中，你突然发现一个有点眼熟的封面。你走过去,是它。那本书的书页中间,夹着阅读时留下的纸签,无声地停泊在那里。

那是一本《铁血日记》,没错,程墙的"一个战地指挥员的真实记录"。

你愣在那里,许久,不知身在何处,满心都是"杨柳岸,晓风残月"。原来程墙在这里,可以说他还活着,也可以说屈铭的书房才是他的坟墓。

这里非常宁静,陪伴他的是他的精神之父。程墙是一个误入歧途的孩子,现在只有屈铭陪伴着他;别人早把他忘得一干二净,就像他从来没有存在过。但是屈铭,忘不了他。

屈铭安静地活到了93岁,他在文学上毫无成就,文学只是陪伴了他一生,也许比他的妻子、儿女和所有的朋友都忠诚、都贴心。

成志敏呢?成志敏当了县委书记。姬书藤回去搬家的时候,专门去看过他。那是冬天,他的办公室相当简陋,砖头铺的地面上,生着一个铁炉子,炉子上有个大茶缸子,茶缸子泡着一缸子冒着热气的砖茶。"你可是县委书记啊,过的是这日子?"姬书藤有些意外,太清寒了,太朴素了吧?"啥书记啊,老实说吧,我就是个抡坎土馒的农民。哪儿能和大军区的办公楼比呢,你那是宫殿,我这是地窝子。"成志敏苦笑着说。

"你都快把自己整成焦裕禄了。"姬书藤开玩笑说。

"和焦裕禄比,只有一个共同点,那就是都在基层。"成志敏说。

姬书藤感觉到了,当了县委书记的成志敏并不是志得意满,恰恰是处在艰苦爬坡时期。就像那只萨依巴格乡的岩羊,正处在土墙的中间。它如果行,就调换重心再次一跃跳上墙头;不行,就一头栽翻在土墙下,再别想上房。

这时候的成志敏相当低调,憋着一股心劲,硬是想从沙子堆里刨出羊脂玉来。他之后的日子并不顺利,苦苦奋斗了十年也没有太大的起色,当了个地委副书记,在竞争地委书记时呼声很高,虽然有当了副专员的司马义鼎力支持,最后还是落败。那是他情绪最低沉的时候,他曾对姬书藤说过这样的丧气的话:"早知道是这么回事儿,还不如当初在工学院当个老师,教一辈子书呢。"

成志敏那时肯定也想不到后来也会有时来运转的时候,他终于当上自治区党委常委,组织部长,一个管官的官。组织部长可不是开玩笑的,但是他和姬书藤的关系却一直保持着。按说,两人的地位已经相差很大了,姬书藤一个文人又没什么可用处,渐渐疏远之也属正常。后来姬书藤品出点儿味儿来了,成志敏和姬书藤之间,暗中一直存在着一种较量。这不完全是个人之间的较量,而是从政与从文两种人生道路的较量。这种较量从他俩到乡里一个大队的地窝子时就开始了,直到现在,没有结束。

成志敏有一次对别人冒出一句话,"他不服",这透露出他对姬书藤的心思一清二楚。

怎么会不服呢?姬书藤有什么资格不服一个后来官至正省级的封疆大吏呢?在现实意义上,他是很服的,也很佩服成志敏这个人。但是还是让成志敏看出来了,"他不服",那就是说他从没有在心底的那座城堡上竖起白旗、缴械投降。

一个政治人才和半个文学天才的较量,可能分不出胜负,不会有什么结果，但它确实存在过。这种故事并不稀奇，自古至今多得不可胜数，一般情况下，总是文人落败。尽管如此，姬书藤还是想较量到底，他内心有一股力量，隔一段时间就会像教堂的钟声那样敲响，那钟声说的是"叮当叮当，永远向上！"

一个生命为什么要服另一个生命呢？这很不正常。谁不是独一无二的，不可复制的？来到这个世界的这条街道，占有几十年的时光，干什么来了？留下印记，哪怕是化石。人总是想要留下点痕迹的，明知是妄念、是空想，也比死了心混吃混喝一辈子活得踏实。

一切事物开始时都是梦。

没有梦想的人生不配称为人生。

他就这么一边胡思乱想着，一边在这条东后街上走着。这是七十年代的最后一年，他几乎可以听到，一个时代结束时的帷幕正徐徐垂落。他一点儿也没有伤感，丝毫也不曾留恋，他对那个时代厌恶透了。

远远地，他看见文远之朝他跑过来，挥着手打招呼，咧着那张湖南人的大嘴大声地说着什么，那两排参差不齐的大牙在秋天的阳光下一闪一闪的。

他在说什么？

姬书藤没有听清。

但是他明明白白地看到了，在文远之的背后，伟大的八十年代如同耸立在半空中的大潮巨浪那样，排山倒海，轰隆隆地推进过来了，摧枯拉朽，激浊扬清。这个充满生命活力的时代，莫非是一次短暂的、难得的文艺复兴吗？

他既感到兴奋,又有点胆怯,但他已经暗下决心,投入这大潮之中,变成一条真正的鱼……他想要的那种人生,这才算开始了。

四十五

文远之的大门牙上闪着白光,喘着粗气跑过来,站在姬书藤面前:"啊哈,看来我给你拿来了什么!"

"什么?"

"你想不到吧?"文远之一边说着一边从他的黄挎包里摸索出一沓装订出来的书稿,他那个表情好像是一个刚完成动作的魔术师,"看见了吧,这就是你的《石头是怎样长大的》样书!怎么样?满意不满意?"

姬书藤一把抢过来,像是捧着一个没想到这么快出生的自己的孩子。是自己的心血,模样却如此陌生。我的妈呀,这是我吗?我这么一个普普通通的倒霉蛋,啥时候变得这么庄重可信、面目一新了呢?一个人的想法一旦变成了书,就会把自己都吓一跳!七十年代末的一本样书,会让人一瞬间弄不清楚自己是谁了。

其实,这就是一本薄薄的小册子,书脊上连"姬书藤"三个字都印不上去,太窄了。不过没关系,封面有名字就行了,姬书藤不好意思让文远之多看自己欣喜若狂的样子,反正书出来了,有的是细细品味的时候。他把书收起来,对文远之说,走，到家里去，我父母家就在这个东后街上，咱们慢慢聊。文远之说行啊。

两个人便相跟着去了姬书藤父母家。那是临时住在办公楼里的一间大房子里，几个书架隔开，里边是卧室，外边是客厅。姬承先老两口看到文远之这个给儿子出书的人来了，自然高兴，寒暄过后，马上张罗着包饺子待客。

文远之打量着这个家，观察着姬书藤的父母，心里突然涌上来一股既亲切又复杂的感觉。这和自己那个远在长沙的家有一种同样的气息，温馨、自然，是一种毫不犹豫的接纳。这两个抗战时期参加革命的老人，和自己那两个从美国麻省理工学院留学回国的父母看起来也没有什么明显的不同，都是母亲瘦小，父亲高大，而且都好像是母亲勤劳聪慧、父亲直不愣登的。

"你父母跟我们家那两个真的有些地方太像了呢！"文远之摇晃着大脑袋感慨地说。

哪能比呢，姬书藤说，你爸你妈都是大知识分子，一个是总工程师，一个是医学教授。我爸是高中没毕业，我妈是高小没念完。我给你说，谁的儿子准像谁，这个遗传啊，真是他妈的不服不行！我爸这个人吧，一个是直，一个是真。直的人肯定比较真，"直"字露出两只脚来不就是"真"字吗？他练了这么多年，说起假话来，别别扭扭，吞吞吐吐，前言不搭后语，心里有障碍；可是一说起真话，大河奔流，滔滔不绝，发洪水一样收都收不住！我爸这个人，本事不大可是骨子里傲得很，难得对谁佩服，轻易不说人好，除了他崇拜的那些领袖人物，同事中很少有让他看入眼的。这些方面，我和他简直就是一脉相承，想改都改不了！亏是我还继承了我妈的那点聪明智慧，不然一辈子准憋死在喀什噶尔回不来了。

文远之说，你倒好，好赖还都继承下来了。我呢，光遗传了父母的不足，人家的优点干脆一点儿没弄到手。人家是学理工的，我是个写诗写小说的，这是哪儿跟哪儿啊。

姬书藤说，所以我说咱们两家不能比嘛，麻省理工，那是开玩笑的吗？你爸你妈在美国留学的时候，可能我爸我妈正在山沟里"反扫荡"，让日本鬼子追得满山跑呢！

"革命不是重新洗牌了吗？'文化大革命'又是一次重新洗牌，两次洗牌下来，咱们两家越洗越像了。你们家过去住的房子呢？"文远之问道。

别人住了。你家呢？

"一样，扫地出门了。"

彼此彼此，土豪劣绅，打翻在地，已经有些年头了，现在是不是该翻翻身了？

好像有那么点儿意思吧。

说着，文远之起身又从他的小黄挎包里拿出一册《石头是怎样长大的》，说："我是你第一本书的责任编辑，这本就算你送我的吧，写两句什么，留个纪念。"

"那还不是理所应当的么，"姬书藤略微想了一下，便提笔在扉页上写了：文虽远之，心却近之。姬书藤××年×月×日。写完，文远之拿着书，顺手一翻，停住，"这本书里，我最欣赏的就是这段话了"。说着他轻声地念起来——

"人们都以为石头是从大变小的，别的东西都是从小变大的，只有石头，从大变小。石头是被风和岁月一口一口地吃小的，你以为风和岁月不吃不喝吗？万物都在吃喝，风和岁月也绝对不能饿着。它们吃什么？吃石头，石头是它们的食物。对石头的一生来说，小就是大，大就是小，最小的石头就是年岁最老的。那些沙粒，全是石头里的老人啦，从一座高耸入云的大山，被咬碎、嚼烂，变成这样一片浩瀚无垠的沙漠。塔克拉玛干，是一座石头们的养老院，一座石头们的坟场。尽管这样，风和岁月也不肯轻易放过它们，时不时地还会来翻腾一阵，看看有没有可以充饥的东西。""这是什么？神来之笔呀！"他的嗓门突然变大了，"这简直不是人脑子想出来的！"文远之一激动，嗓门就不由得变大，哇哇哇哇，口沫飞溅，远看过去好像在吵架。

他对姬书藤是毫无保留地欣赏，一点儿也不含蓄，只要有什么地方对上了他的心思，那就像踩上了地雷，嘣，炸你个人仰马翻！他那种显得夸张的、过分的爽快赞扬，让姬书藤感到似乎不是在说自己，而是他文远之借题发挥的一种自我宣泄。

他们俩认识的时间虽然并不长，但却非常体己，投脾气。文远之是个典型的湖南人性格，合得来怎么都行，大嗓门，滔滔不绝；合不来闷声不响，一句话也不和你说。他倒并不信奉什么"惟楚有才"，但他有些"唯才是友"。在他看来，只有那些有才的人才值得交往，他善于发现别人的长处。姬书藤觉得，让这种人做出版工作才是再合适不过的了。

说话间，饺子已经煮好了。一个小方桌，四个小板凳，羊肉白菜馅，母亲的手艺，味道当然不错。

快吃完的时候，文远之说，别人给了两张电影票，《尼罗河上的惨案》，咱们一块儿去看看吧。想不想去？

姬书藤说，可以呀，我回来以后还没在电影院看过电影呢，去看!

吃完抹了抹嘴,文远之向姬书藤父母再三道谢,两个人就去看电影。

待到看完电影散场出来的时候,人群里挤挤挨挨,姬书藤忽然发现文远之不见了。咦?一直在一起并肩走着,怎么一转眼就没影儿了呢?姬书藤四处寻望,发现文远之正在一个角落里和一个陌生人说什么。那个陌生人他从没见过,那人脸上没有表情,只见文远之摊开双手似乎在解释、申辩什么。

姬书藤意识到不便打扰,便走出电影院,在大门外等着。等到他抽完第二支烟的时候,文远之这才急匆匆撞出来,人已散尽了。

夜色下,两人并肩走着,文远之低头不语,心事重重,好像是变了个人。姬书藤挑起的几个话头,都被他的心不在焉熄灭了。显然,散场后在那个角落里跟他说什么的陌生人影响了他,让他变得忧心忡忡,好像心里压了一座山。能有什么事儿这么沉重呢?姬书藤感到诧异,就问:"是不是遇上了什么难缠的事儿?刚才跟你说话的那个人是谁啊?"

"没事儿。"文远之低声吐出一句。

走到岔路口,两个人就散了。姬书藤纳闷地最后望了一眼文远之的背影,他低垂着头,背就显得隆起,好像上面扛着一个很重的大麻袋。但他的脚步却很快,像是逃避什么似的,匆匆忙忙,迅速离去。究竟是什么事情让文远之情绪变得如此低落、沮丧呢?他猜不出来。不过,姬书藤一边慢慢走着一边想,文远之迟早会告诉自己的。他能惹多大的事儿呢?一个三十五岁的出版社年轻编辑,性格开朗,身体健康,有很多新颖的计划正待实现呢。可能遇到了一点小小的麻烦，没事儿，过两天就好了，他的大牙上又会闪着白光，扯着湖南人的大嗓门，哇哇哇哇，口沫飞溅……

姬书藤这么想着，放宽了心。一切都会越来越好的，只能更好，这才是刚开头。

四十六

一晚上他都在细细品味自己的书，很晚才睡。

第二天上午十一点钟左右，咚咚咚，很重的声音，有人敲门。

姬书藤一开门，吓了一跳。呼地一下涌进来五个精壮汉子，五个完全不认识的陌生人，一进屋就把他围在中间，但都保持着一定距离。

"你们找谁？"他问这几个人。

你是姬书藤吧？

"是我，你们是干什么的？"

我们是市公安局的，找你问点事。

"啊？找我问点事？我有什么事？"

你是不是认识一个叫文远之的人？

"是呀，认识呀，怎么了？"

你们之间是什么关系？

"什么关系？朋友关系呀……也是作者和责任编辑的关

系呀。"

他是不是给你出了一本书？

"是。"

你是不是在书上给他写了什么话？

"是。"

写了什么话？

"文虽远之，心却近之。"

你看看，是不是这本书？

姬书藤接过来一看，正是那本昨天签名送给文远之的样书。书已经有些揉皱擦破了，上面还有血迹污痕。"啊？这书怎么到你们手上了？"姬书藤大吃一惊，"文远之呢？文远之怎么了？"

对方没有回答。

他这时开始观察这五个人，没穿警服，但是一看就是公安人员，其中有的可以看出来是当过兵的，复转军人。这几个人详细询问了昨晚的情况。吃了饺子，对。看了电影，对。什么电影？《尼罗河上的惨案》。散场遇上了什么人？陌生人长什么样？穿什么衣服？说了什么？姬书藤如实回答。

问完了，答完了，这五个人的态度渐渐舒缓了一些，不似刚进来时那么警觉、严肃。"打扰了。"他们准备告辞。

"你们还没告诉我文远之究竟怎么了？是不是出什么事了？"

这个，你过几天就知道了。

五个公安人员走了，姬书藤头大了。惊动了公安局的人，这事肯定不是小事！问题是，文远之一介书生，他能惹出多大的麻烦？昨天晚上分手后他不是回家了么？离他家很近，五分钟就应该到家了。他能碰上什么事？打架了？受伤了？还是把别人打伤了？完全有这种可能，文远之这个湖南人也是性强气盛，个子虽然不高，体格也还壮实，如果遇上什么小流氓挑衅惹事，他也决不会认怂。整整一个上午，姬书藤都在作着各种猜想，他甚至觉得文远之是不是正关在什么地方被拘留了？这也没什么大不了的，无非是不好听么，放出来，给个处分什么的，过一段人们就淡忘了，他照样可以大显身手。文远之可不是混日子的人，他是有抱负、有雄心的，他总想干出点不同凡响的事儿，这一点姬书藤深信不疑。

可是，结果并不是像姬书藤猜想的那样，结局如此诡谲，如此出人意料，就像七月的骄阳天气突然下起了暴雪，就像平静而又现实的日常生活忽然变成全套上演了莎士比亚的悲剧《奥赛罗》，谁能想到？谁也想不到！

当天下午，姬书藤的一个朋友给他打来电话，告诉他文远之死了。就在那天晚上，看完电影分手之后，文远之没有回家，而是去了一个什么地方，见了什么人，应该是熟人，因为文远之丝毫没有防备，现场也没有搏斗的痕迹，他被人从后面用钝器猛击头部……被谋杀了。

尸体是在西大桥下面的水泥涵洞里被发现的。

不久，出版社的人、公安局的人都证实了这个情况，姬书藤这才相信，文远之确实是被人谋害了，死了。一个近在身边的，有说有笑的、活生生的文远之怎么说没就没了呢？会不会是一场恶作剧呢？显然不是；但是怎么这么突兀，这么荒诞，这么令人难以置信呢？文远之能有什么不为人知的事情值得让凶手痛下杀手呢？为了钱财？不像，文远之没几个钱。因为情杀？也不太像，文远之没传出过什么绯闻。那是仇杀？更不像，他这个人平常大大咧咧，跟谁都过得去，从未听说有什么仇人。那会是什么？不知道，谁也不知道，出版社的人不知道，公安局的人也不知道。

文远之的死是个谜案，知道的人肯定只有凶手。

但是凶手找不到。

在文远之的追悼会上，姬书藤见到了他从长沙赶来的母亲。确实像文远之说的那样，和自己的母亲很像，小个子，瘦瘦的，灰白的头发，是一个像林巧稚那样的瘦小女性。她只有文远之这么一个儿子，还有一个文远之的妹妹。老年丧子之痛可以想见，但是她始终面色沉静、举止正常，在追悼会上没流一滴泪，更没有失声痛哭。姬书藤暗想，这老人真是太了不起了，不知得经历多少人生的苦痛磨砺，才能修炼出这种境界和功夫！文远之啊文远之，你实在是一个不孝之子，大不孝啊！你这稀里糊涂、不明不白地一死，对你母亲，还有你父亲来说，简直是太残忍了！

你让他们以后永远带着一颗残缺的心孤独地活下去了，文远之，你真是个混蛋！想到这些，姬书藤流泪了。开完追悼会，坐在回来的车上，姬书藤一路上沉默不语、百感交集，他忽然想起了程墙。在喀什噶尔，他死了一个说不清是朋友还是敌人的程墙，从百丈危崖跃下，一头撞在寸草不生的坚硬戈壁上，算是他西行之旅的一个终结。现在，回到乌鲁木齐刚刚开始，又死了一个真正贴心的朋友文远之，被不知是什么人从背后袭击、钝器击头，死于非命。这又算一个什么意思的开始呢？

他看着车窗外面,人们熙熙攘攘,行色匆匆。有的欣喜,有的严肃,各怀心思,各有悲欢。他注意到一个维吾尔族小伙子,在南门的喷水池前,穿着衣服钻进去,把自己淋了个淋漓尽致!他图了痛快,不经意间给车窗后面的一个人留下了难忘的印象。还看到一个骑在父亲脖子上的小女孩儿,扭过脸来恰好看见他看她,她冲着他笑了一下。

正是人间街巷中的这点有趣和温馨,开始冲淡他的悲愤,一点一点地,慢慢化解。

失去了一个朋友,就是在以后的人生中阻断了一条路,切断了一种可能;但是肯定还会有新的路向你展开,他会走下去,从此背负着两个人的生命,两个人未能用完的能量,还有两个人的希望和雄心。

这两个人的死亡已经告诉了他什么是人生。

什么是人生呢?所谓人生,就是乘死亡到来之前(因为你无法知道它什么时候来),把自己这辈子该做的事做完。

那天晚上,他在日记本上写了一首诗,是对文远之的祭悼,也是自己深受刺激后的一些感怀。他是这样写的:

  人生便是在海洋上
  人生没有陆地
  呼吸,沉没
  泅渡,奋游
  一些人陆续从海面失踪
  另一些人接着向彼岸游去
  人啊,无鳍无鳃

其实同样是水族
在生活中
何曾有一块安稳的大陆？
你的帆你的旗帜
你的梦你的航标
向前游，向前游
没有彼岸只有海平线

也许觉得游了很久很久
一回首才发现
出发的港口就近在身后
以为已经发现了一块大陆
一低头才看清
构成礁石的是前人尸骨
向前游，向前游
停止划动就是自沉

生活是大海
人是水族
龟蟹爬行在海底
比目鱼被生活压扁
成群的小鱼随潜流游动
被潮汐裹挟
邪恶长成海底的霸王鲨
吞食弱者又被它们崇敬

但善良却成了巨鲸
浮游天空和海面之间
喷射起它的水柱
召唤飞鱼掠过波涛
在大海上耸起一座
移动的山峰
于是希望就没有消失
向前游,向前游

人生没有陆地
死亡才是陆地

       2017年7月12日第一稿
       2017年9月13日第二稿
       2018年4月17日第三稿